淡海乃海

水面が揺れる時

〜三英傑に嫌われた不運な男、朽木基綱の逆襲〜

十五

［著］

［絵］

TOブックス

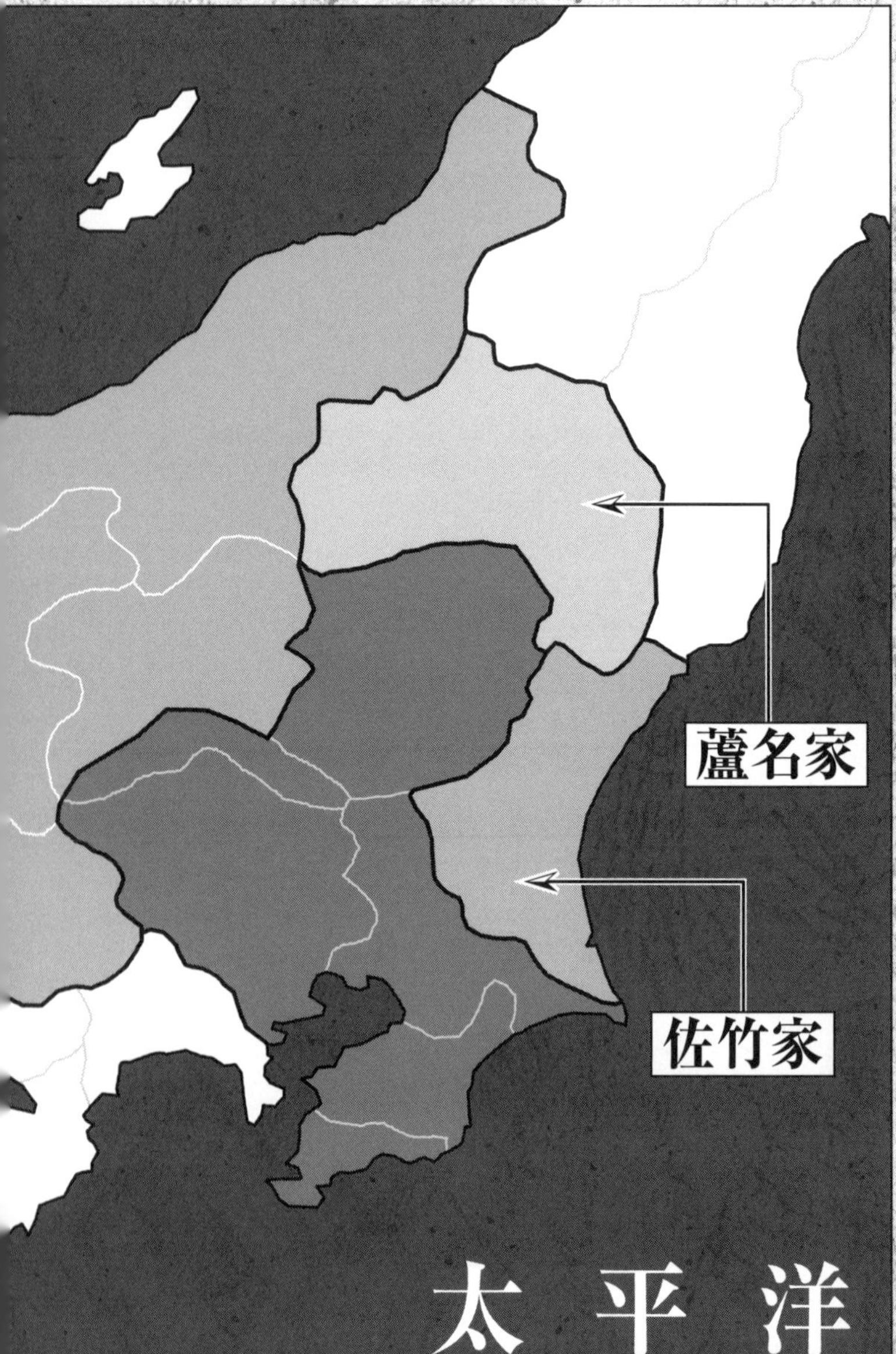
蘆名家
佐竹家
太平洋

日本国勢力図①【にほんこくせいりょくず①】

朽木家
琵琶湖
長曽我部家
太平洋

日本国勢力図② 【にほんこくせいりょくず②】

人物紹介 [じんぶつしょうかい]

朽木家 [くつきけ]

朽木太政大臣基綱《くつきだじょうだいじんもとつな》

主人公、現代からの転生者。天下の半ばを制し天下統一へと邁進する。家督を嫡男の堅綱に譲り隠居する。

朽木小夜《くつきさよ》

基綱の妻。六角家臣平井加賀守定武の娘。聡明な女性。

朽木綾《くつきあや》

基綱の母。京の公家、飛鳥井家の出身。転生者である息子に違和感を持ち普通の親子関係を築けない事、その将来を不安に思っている。

雪乃《ゆきの》

基綱の側室。氣比神宮大宮司の娘。好奇心が旺盛で基綱に強い関心を持つ。自ら進んで基綱の側室になる事を望む。

朽木大膳大夫堅綱《くつきだいぜんだゆうかたつな》

基綱と小夜の間に生まれた子。朽木家の当主。

朽木次郎右衛門佐綱《くつきじろうえもんすけつな》

基綱と小夜の間に生まれた子。朽木家の次男。幼名は松千代。

鶴《つる》

基綱と雪乃の間に生まれた子。朽木家の次女。

黒野重蔵影久《くろのじゅうぞうかげひさ》

鞍馬流志能便。八門の頭領であったが引退し相談役として主人公に仕える。

黒野小兵衛影昌《くろのこへえかげあき》

鞍馬流志能便。重蔵より八門の頭領の座を引き継ぐ。情報収集、謀略で主人公を助ける。

朽木惟綱《くつきこれつな》

稙綱の弟、主人公の大叔父　主人公の器量に期待し忠義を尽くす。

朽木主税基安《くつきちからもとやす》

主人公の又従兄弟《またいとこ》。主人公と共に育ち、主人公に強い忠誠心を持つ。主人公からはいずれ自分の代理人にと期待されている。

明智十兵衛光秀《あけちじゅうべえみつひで》

元美濃浪人。朝倉家臣であったが朝倉氏に見切りを付け朽木家に仕える。軍略に優れ、主人公を助ける。

竹中半兵衛重治《たけなかはんべえしげはる》

元は一色家臣であったが主君一色右兵衛大夫龍興との不和から浪人、主人公に仕える。軍略に優れ、主人公を助ける。

沼田上野之介祐光《ぬまたこうずけのすけすけみつ》

元は若狭武田家臣であったが家中の混乱から武田氏を離れ主人公に仕える。軍略に優れ、主人公を助ける。

朽木家譜代 [くつきけふだい]

宮川又兵衛貞頼《みやがわまたべえさだより》

朽木家家臣　譜代　殖産奉行

荒川平九郎長道《あらかわへいくろうながみち》

朽木家家臣　譜代　御倉奉行

守山弥兵衛重義《もりやまやへえしげよし》

朽木家家臣　譜代　公事奉行

長沼新三郎行春《ながぬましんざぶろうゆきはる》

朽木家家臣　譜代　農方奉行

阿波三好家
「あわみよしけ」

三好《みよし》豊前守実休《ぶぜんのかみじっきゅう》
長慶の二弟。長慶死後、家督問題で不満を持ち平島公方家の義栄を担いで三好家を割る。

安宅《あたぎ》摂津守冬康《せっつのかみふゆやす》
長慶の三弟。長慶死後、家督問題で不満を持ち平島公方家の義栄を担いで三好家を割る。

三好《みよし》日向守長逸《ひゅうがのかみながやす》
三好一族の長老。長慶死後、豊前守実休、摂津守冬康と行動を共にする。

伊賀上忍三家
「いがじょうにんさんけ」

千賀地《ちがち》半蔵則直《はんぞうのりなお》
伊賀上忍三家の一つ千賀地氏の当主。

藤林《ふじばやし》長門守保豊《ながとのかみやすとよ》
伊賀上忍三家の一つ藤林氏の当主。

百地《ももち》丹波守泰光《たんばのかみやすみつ》
伊賀上忍三家の一つ百地氏の当主。

河内三好家
「かわちみよしけ」

三好《みよし》孫六郎長継《まごろくろうながつぐ》
三好左京大夫義継の息子、河内三好家の当主。

三好《みよし》左京大夫義継《さきょうだゆうよしつぐ》
河内三好家の当主であったが足利義昭に斬られ死去する。

松永《まつなが》弾正忠久秀《だんじょうちゅうひさひで》
三好家重臣。義継の死後は仙熊丸を守り育てる。

内藤《ないとう》備前守宗勝《びぜんのかみむねかつ》
三好家重臣。松永弾正忠久秀の弟。義継死後、仙熊丸を守り育てる。

織田家
「おだけ」

織田《おだ》信長《のぶなが》
尾張の戦国大名。三英傑の一人。歴史が変わった事で東海地方に勢力を伸ばす。基綱に好意を持ち、後年同盟関係を結ぶ。大変な甘党。小田原城攻防戦の最中に病死。

織田《おだ》勘九郎信忠《かんくろうのぶただ》
織田信長の嫡男。小田原城攻防戦にて深手を負い死す。

織田《おだ》三介信意《さんすけのぶおき》
織田信長の次男、嫡男信忠の同母弟。優柔不断な性格で決断力が無い。弟の三七郎信孝とは犬猿の仲。

織田《おだ》三七郎信孝《さんしちろうのぶたか》
織田信長の三男、嫡男信忠、次兄信意の異母弟。癇性が激しく思慮が浅い。兄の三介信意を軽蔑している。

上杉家
「うえすぎけ」

上杉《うえすぎ》左近衛少将輝虎《さこんえのしょうしょうてるとら》
上杉家当主。元は長尾家当主であったが上杉家の家督と関東管領職を引き継ぐ。主人公を高く評価し対武田戦について助言を受ける。大変な酒豪。

上杉《うえすぎ》景勝《かげかつ》
関東管領上杉輝虎の姉と長尾越前守房景の間に生まれた子。輝虎の養子となり主人公の娘竹を妻に娶る。

竹《たけ》
基綱と側室雪乃の間に生まれた子。朽木家の長女。上杉家へ嫁ぐ。

華《はな》
関東管領上杉輝虎の姉と長尾越前守房景の間に生まれた子。輝虎の養女となり織田勘九郎信忠に嫁ぐ。

奈津《なつ》
関東管領上杉輝虎の姉と長尾越前守房景の間に生まれた子。華の妹。輝虎の養女となり堅綱に嫁ぐ。

足利家(平島公方家)「あしかがけ・ひらじまくぼうけ」

足利《あしかが》左馬頭《さまのかみ》義栄《よしひで》

義輝、義昭の従兄弟。義輝の死後、三好豊前守、安宅摂津守に擁立され将軍になる事を目指すが病死する。

足利《あしかが》義助《よしすけ》

義輝、義昭の従兄弟。義栄の弟。義栄の死後、三好豊前守、安宅摂津守に擁立され将軍になるが将軍職を辞職する事で義昭と和睦する。

徳川家「とくがわけ」

徳川《とくがわ》甲斐守《かいのかみ》家康《いえやす》

徳川家当主。織田家を裏切り北条家を潰して甲斐、相模を領する。

朝廷・公家「ちょうてい・くげ」

飛鳥井《あすかい》雅綱《まさつな》

主人公の祖父。

飛鳥井《あすかい》雅春《まさはる》

主人公の伯父。

目々《めめ》典侍《ないしのすけ》

主人公の叔母。朝廷に出仕。

近衛家「このえけ」

近衛《このえ》前久《さきひさ》

五摂家の一つ、近衛家の当主。関白の地位にある朝廷の実力者。主人公を積極的に武家の棟梁へと推す事で天下の安定と朝廷の繁栄を取り戻そうとしている。

毛利家「もうりけ」

毛利《もうり》右馬頭《うまのかみ》輝元《てるもと》

毛利家の当主。毛利陸奥守元就の孫。

吉川《よしかわ》駿河守《するがのかみ》元春《もとはる》

輝元の叔父。毛利陸奥守元就の次男。弱年の輝元を支える。勇将として名高い。山陰地方を担当する。

小早川《こばやかわ》左衛門佐《さえもんのすけ》隆景《たかかげ》

輝元の叔父。毛利陸奥守元就の三男。弱年の輝元を支える。知将として名高い。山陽地方を担当する。

安国寺《あんこくじ》恵瓊《えけい》

毛利家に仕える外交僧。朽木の勢力拡大を防ぐために謀略を巡らす。

足利将軍家「あしかがしょうぐんけ」

足利《あしかが》義昭《よしあき》

義輝の弟。一乗院の門跡であったが兄の死後還俗して足利義昭と名乗り幕府の再興を目指す。

龍造寺家「りゅうぞうじけ」

龍造寺《りゅうぞうじ》山城守《やましろのかみ》隆信《たかのぶ》

龍造寺家前当主。〝肥前の熊〟と謳われる歴戦の猛将。朽木家に対して敵愾心を燃やしており、遂に挙兵に至る。

鍋島《なべしま》孫四郎《まごしろう》信生《のぶなり》

龍造寺家の重臣。隆信の挙兵に反対して誅殺される。

龍造寺《りゅうぞうじ》太郎四郎《たろうしろう》政家《まさいえ》

龍造寺家現当主。実権は父・隆信に握られ、お飾り状態。

大友家「おおともけ」

大友《おおとも》左衛門督《さえもんかみ》義鎮《よししげ》

大友氏二十一代当主。法名の宗麟で知られる。豊後、豊前を領するが領内の反乱に手を焼く。キリシタン大名としても高名。足利義輝より九州探題に任じられた事を誇っている。

島津家「しまづけ」

島津《しまづ》修理大夫《しゅりだゆう》義久《よしひさ》

島津氏第十六代当主。島津四兄弟の長兄。三州(薩摩・大隅・日向)の総大将たるの材徳自ら備わりと評される。

島津《しまづ》又四郎《またしろう》義弘《よしひろ》

島津四兄弟の次弟。雄武英略を以て傑出しと評されている。

島津《しまづ》又六郎《またろくろう》歳久《としひさ》

島津四兄弟の三弟。始終の利害を察するの智計並びなくと評されている。

島津《しまづ》又七郎《まただしちろう》家久《いえひさ》

島津四兄弟の四弟。軍法戦術に妙を得たりと評されている。

❖勢力相関図［せいりょくそうかんず］

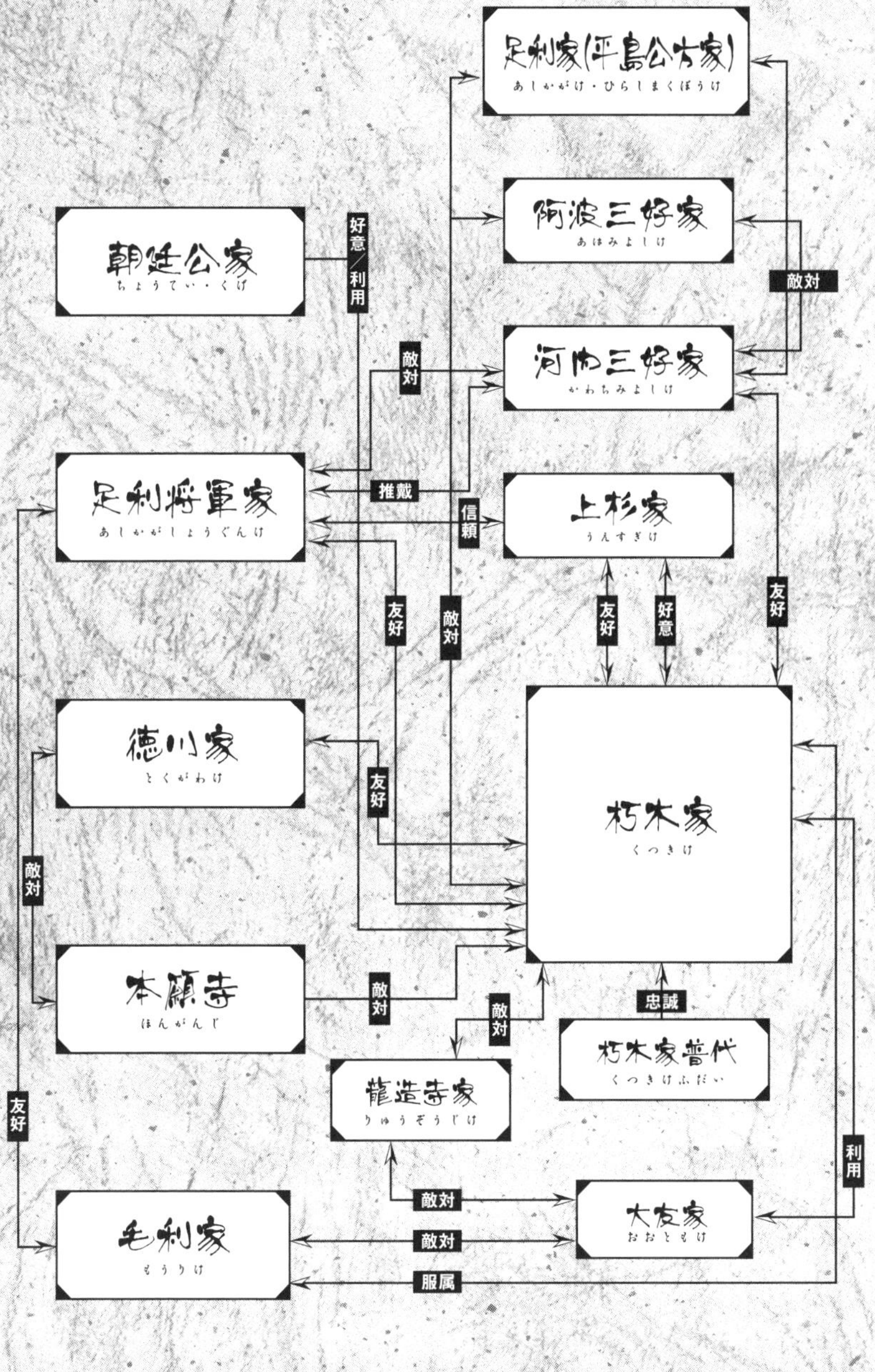

目次【もくじ】

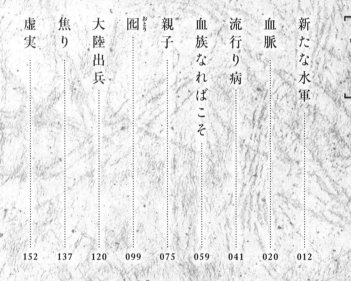

あふみのうみ
みなもがゆれるとき

ILLUST. 碧風羽
DESIGN. AFTERGLOW

新たな水軍

禎兆六年（一五八六年）　七月下旬　　　近江国蒲生郡八幡町　　八幡城　　九鬼嘉隆

「九鬼孫次郎、参りました」

「堀内新次郎、参りました」

挨拶をすると大殿が〝良く来たな〟と上機嫌で挨拶を受けてくれた。ふむ、突然呼び出されたが悪い話ではないらしい。叱責されるような覚えは無いが少しほっとした。多分、新次郎殿もそれは同じだろう。

「これへ、大事な話だ」

大殿が御自身の直ぐ傍を扇子で指し示した。遠慮は要るまい。大殿はその手の無駄が嫌いだ。新次郎殿と共に大殿の前へと進んだ。そんな我らを見て大殿が満足そうに頷いた。

「その方らに新しい仕事を与える」

新しい仕事？　九州攻めの事だろうか？　しかし新しいとなると九州攻めとは思えぬが……。新次郎殿と顔を見合わせた。新次郎殿も訝しんでいる。

「これまでに無い大きな仕事だ。これからの日本の未来を間違いなく左右するだろう」

「それは一体どのような」

問い掛けると大殿が〝ふふふ〟と笑った。上機嫌だ。はて、妙な事よ。日本の未来を左右すると仰《おっしゃ》ったのだが……。

「新しい水軍を作る」

新しい水軍？

「この日の本を守る新しい水軍だ」

「日の本を守ると言いますと敵は？」

新次郎殿が大殿に問い掛けた。

「異国よ。そなた達も分かっている筈だ」

もう笑ってはいない。大殿は厳しい目で我らを見ている。なるほどと思った。大殿は南蛮の者達を危険だと判断したのだ。

「大名達の相手なら九鬼、堀内の水軍で十分だ。だが異国との戦いともなれば国の総力を挙げねばならぬ」

「我らは如何《どう》なりましょう。九鬼、堀内は」

問い掛けると〝共に戦う〟と答えがあった。如何やら用済み、お役御免というわけではないらしい。少しほっとした。分かったのだろうか？　大殿が声を上げて笑った。

「心配するな。平時はこれまで通りで良い。だが異国との戦となれば新たに作る水軍を中核として九鬼、堀内、村上らの水軍と共に戦う事になる。そして全軍の指揮は新たな水軍の大将が執る。分かるか？　敵は強大だ。バラバラに戦ったのでは勝てぬ。各地に有る水軍を一つに纏《まと》め束ねる事が必要だ。そのためにも日の本を守る新たな水軍が必要なのだ」

なるほどと思った。九鬼や堀内が指揮を執ると言えば反発する者も居るだろう。だから日の本を守る水軍か。その水軍の大将の命ならば反発は少ないという事か。

「水軍の大将は世襲ではない。その都度適任者を選ぶ。初代の大将は九鬼孫次郎、副将は堀内新次郎だ」

予想はしていたが嬉しかった。我ら二人が〝有り難うございまする〟と礼を言うと大殿が〝喜ぶのは早い〟と我らを窘《たしな》めた。

「新たな水軍を一から作るのだぞ。容易な事では無い。九鬼や堀内、他の水軍から人を持ってくるのも限度があろう。如何しても人を育てるという事を考えなければならぬ。それに各水軍が集まった時、戦場《いくさば》で混乱しないように予《あらかじ》め軍法を定め、それに従わせる事も必要だ」

〝確かに〟と新次郎殿が呟いた。その通りだ。命令が迅速に伝わらぬようでは困るし混乱しては敵に付け込まれるだろう。軍法か、新しい水軍の軍法。それを俺が作る……。

「先ずは軍法と学校を作るのだ」

「学校でございますか？」

問い掛けると大殿が〝そうだ〟と頷いた。

「学校には調練用の水軍も付与する。軍法を教え、その軍法を用いて船を動かす。学校では地方の水軍の者達の教育も行うのだ。いずれは学校で学んだ者達が各地の水軍、新しい水軍を動かす事になるだろう」

なるほどと思った。新しい水軍とは新たに作る水軍の事だけではないのだと思った。この御方は各地の水軍も新しい水軍に切り替えようとしている。国内で争う水軍ではない。異国と戦う水軍、日本を守る水軍にだ。

初めて会った時は近江から北陸に勢力を持つ大名だった。だが天下を目指していた。この御方には足利など眼中に無かったのだ。そして今、天下統一を目前にしてこの御方は異国との戦いを想定して新しい水軍を作ろうとしている。

『弱ければ捻り潰されるぞ。潰されたくなければ強くなるしかない。それがこの乱世の掟だ』

初対面で言われた言葉を思い出す。その通りだ。敵は国内だけではない。国の外にも居る。そやつらに負けない水軍を作らなければならぬ。震えるような興奮が身体を襲った。この御方はどこまで大きいのか。いや、大きくなろうとしているのか。天下の先が有ったか……。

「必要なのは学校だけでは無いぞ。造船所も要る。そして負傷者を手当てする診療所も要る。兵糧、武器、弾薬の保管場所も必要だ」

確かにその通りだ。では本拠地は？　その事を訊《たず》ねると大殿がニヤリと笑った。

「水軍の本拠地は石山とする。あそこなら物資も人も集めやすかろう。本願寺が使った出城や砦が数多有る筈だ。その中から必要と思う物を使え。遠慮するな、日本の水軍の本拠地となるのだ。どれほど大きくても大き過ぎるという事は無い」

「はっ！」

「はっ！」

俺が大きな声で畏《かしこ》まると新次郎殿も大きな声で畏まった。新次郎殿も異国との戦いに興奮しているのだと思った。

「この件は御倉奉行の荒川兵九郎に話してある。手付けとして三千貫を渡すから兵九郎から受け取るがよい」

「必ずや、ご期待に添いまする」

「身命を賭して事に当たりまする」

我らの言葉に大殿が満足そうに頷いた。

「大殿は南蛮の者達を危険だと見たようだな」

御前を下がると直《す》ぐに新次郎殿が話し掛けてきた。

「うむ。あの者達、南の海では好き勝手にやっておる。いずれはこの日本にも、大殿がそう考えるのは当然の事よ。我らもそう考えていたのだからな」

新次郎殿が頷いた。あの連中に好き勝手はさせぬ。

「新しい水軍か。わくわくするな」

「天下統一の次は異国が相手だ。楽しみよ」

二人で足を止め顔を見合わせた。俺が〝フッ〟と笑うと新次郎殿も〝フッ〟と笑った。そして前を向いて歩き出す。

御倉奉行の御用部屋では荒川兵九郎殿が笑顔で迎えてくれた。

「大殿から話は聞いている。三千貫だが金、銀、銅銭で一千貫ずつ用意した。その方が使い易かろうと思ってな。もう既に大湊の専売所に送ってある。そこで受け取ると良い」

「有り難うございます」

「随分と手早いですな」

俺と新次郎殿の言葉に荒川殿が〝フン〟と鼻を鳴らした。

「新しい水軍を作るのであろう？　費《つい》えが掛かる筈じゃ。必要な銭は遠慮無く大殿に申し出ると良い」

「相当な出費になりますぞ。宜しいので？」

冗談のつもりで言ったが言った後で冗談ではないのだと気付いた。一旦始めれば相当な銭が必要とされるだろう。

「この国を守るために必要な銭じゃ。出し惜しみはせぬよ」

「御奉行も南蛮が攻めてくると思われるのですな？」

新次郎殿の問いに荒川殿が顔を顰《しか》めた。

「南蛮か、それも有るが先に明と戦う事になるかもしれぬ」

明と？　意外な相手だ。明におかしな動きは無いが……。新次郎殿も訝しんでいる。そんな我らを見て荒川殿が一つ息を吐いた。

「意外かな？」

問われて〝それは〟、〝まあ〟と答えると荒川殿が頷いた。

「そうであろうな。だがな、明は危ういぞ」

深刻な表情をしている。かなり確信が有るのだと思った。

「何か有るのですな？」

問い掛けると荒川殿が頷いた。

「明の国では銀が銭として使われているのだがその銀が明から無くなりつつある」

「……」

「その銀、何処《どこ》に行ったと思う？」

新次郎殿と顔を見合わせた。話の流れを考えれば想像はつく。しかし……。

「この日本で？」

俺が問うと荒川殿が頷いた。

「大殿の命で儂《わし》と又兵衛殿が物の流れ、銀の流れを調べた。如何見ても銀は明から日本へと流れておる」

つまり日本の方が儲けているという事か。話の流れからすると又兵衛殿というのは殖産奉行の宮川又兵衛殿だろう。

「大殿は気付いていたのですな？」

新次郎殿が問うと荒川殿が〝そうじゃ、鋭いからのう〟と言った。

「明では税が重くなったらしい。その所為で国内では物が売れなくなった。それで唐物が日本にどんどん持ち込まれていると敦賀の商人にお聞きになっての。訝しんで儂と又兵衛殿に調べよと命じられたのよ」

荒川殿が俺と新次郎殿を見た。

「明から日本へと銀が流れている。その事に不思議はなかった。朽木の倉には金銀が溢れているのだからの。十分に有り得る事よ。だがその事が明の増税に繋《つな》がったと分かった時には驚いたわ」

「……そうでしょうな。某《それがし》も驚いています」

同意すると荒川殿が頷いた。

「だが考えてみれば当然よな。日本に銀が流れたのじゃ。その分だけ明の皇帝に税として納められる銀は少なくなった。だから皇帝は税を重くしたのよ。だが税が重くなれば当然だが民は貧しくなり不満が生じる。それを何時までも無視は出来まい。放置すれば国内で一揆が起きよう。明から銀が無くなる一方で日本には銀が入ってくる。明が貧しくなったのは日本との交易が原因なのじゃ。明がその事に気付けば如何なる？　日本から銀を奪おうと考えるとは思わぬか？」

……。

十分に有り得る事だ。そう言えば大殿は異国と戦うとは言ったが南蛮とは特定しなかった。明か
「それにな、日本には銀山も有るのじゃ。そこから掘り出される銀も有る。明から見れば喉から手が出るほどに欲しかろう」

「……だから戦になると？」

新次郎殿が問うと荒川殿が頷いた。

「豊かだという事は妬みを買い易いのだ。昔の事だが朽木と一向一揆が戦うようになったのも朽木の豊かさを一向一揆が妬み我が物にしようと考えたからだ」

「……日本と明の間で同じ事が起きる」

俺の言葉に荒川殿が〝そうだ〟と答えた。

「儂も又兵衛殿もそう思っている。明が攻めてくるなど多くの者が考えてもいまい。しかしの、昔の事だが元が攻めて来た事も有る。それを考えれば有り得ぬとは言えまい。南蛮も危ういが明も危うい。これから更に日本へと銀が流れれば明は益々貧しくなる。油断は出来ぬ」

「なるほど。日本と明が争う時、南蛮が如何出るかという問題も有りますな」

俺の言葉に荒川殿と新次郎殿が頷いた。明と南蛮か。如何やら俺が思っていた以上に事態は緊迫しているらしい。新たな水軍か、急がねばならぬ。

血脈

禎兆六年（一五八六年）　七月下旬　　近江国蒲生郡八幡町　　児玉元良邸　　児玉周《かね》

「父上、周が戻りましたぞ」

小次郎兄上が私が戻った事を告げると父が〝そうか〟と言った。素っ気ない口調、でも口元には微かに笑みが浮かんでいるのが見えた。父の前に座り頭を下げた。

「ただ今戻りました」

「うむ、今回は少し間が空いたのではないか？」

「はい、この前戻ったのは七月の頭でしたから二十日ほど経っております」

「そうだな」

父が頷いた。

「そなたが中々戻って来ないので父上はだいぶ心配したのだぞ。もしや相国様の寵を受けているのではないかとな」

兄が父を揶揄《からか》うような目で見ている。でも父はまるで気にしなかった。笑いながら〝戯けた事を言うな〟と兄を窘めた。いつもなら十日に一度はこの家に帰る。兄は揶揄うけど本当に心配したのだろう。

「申し訳ありませぬ。今は弓姫様と次郎右衛門様の婚儀の事で色々とございますので……」

「ふむ、帰り辛いか」

「はい」

城中では毎日婚儀の事が話に出る。相国様も御台所様もその準備でとても忙しい。そういう状況ではなかなか宿下がりは出来ない。まして私は毛利の家臣の娘なのだ。勿論、願えば許されるだろうけど……。

「良いのか？　宿下がりをして」

兄が心配そうな表情をしている。

「相国様、御台所様より下がって休むようにと」

「それで戻ったのか！　何故辞退せぬ！」

父が目を剥いている。

「一度は辞退したのですが父上に伝えて欲しい事が有ると仰られて……」

父が大きく息を吐いた。

「お気遣いを受けたか」

「はい」

父が苦笑を浮かべた。

「憎いお人よ。戻ったら必ずお礼を言うのだぞ。私が感謝していた事も忘れずに伝えてくれ。本来なら私を呼びつければ済む事なのだからな」

「はい」

「驚きました。相国様は随分とお気遣いを為される御方なのですな」

父が兄を睨《にら》んで〝当たり前だ！〟と強い口調で叱責した。

「強いだけでは大は為せぬ。人を気遣うとは人に関心を持つ事なのだ。人に関心を持つ者だけが人を纏める力を持つ。そして人を纏められる者だけが大きくなれるのだ。その事を良く覚えておけ」

兄が〝はい〟と答えると父が大きく息を吐いた。

「この戦乱の世で多くの家が興り多くの家が滅んだ。それには様々な要因が有ろう。その一つが人を纏める力なのだと私は思っている。人を纏める力を持つ者が興り人を纏める力を失った者が滅ぶ。天下が乱れたのも足利の幕府に人を纏める力が無くなったからと言えよう。そして相国様が天下を制しつつあるのも相国様に人を纏める力が有るからだ」

「……」

「それは朽木の領内を見れば良く分かる。私は初めて此処《ここ》に来た時にその豊かさに驚いた。領民達の表情は明るく何の不安も無さそうであった。今回の大地震で朽木の領内は大きな被害を受けたが驚くほど速く復旧している。相国様が領民達を大事にしているからだ。領民達もそれが分かっている。だから相国様を信じこの地に留まっている。朽木領から逃げ出すような者は居ない。彼らの表情に不安は無い」

「……」

「児玉の家が今こうして有るのも相国様のお気遣いの御蔭だ。一つ間違えば児玉の家だけではない、毛利の家も潰れたかもしれぬのだ。それを相国様が児玉の家、毛利の家、共に傷付かぬようにと御配慮してくだされた。その事を忘れてはならぬ」

私と兄が〝はい〟と答えると父が頷いた。

私達に言い聞かせるというより自分自身に言い聞かせているような口調だった。先に父が相国様を憎いお人と言った事が気になる。もしかすると父は相国様に惹かれているのかもしれない。毛利の家臣である父が相国様に惹かれている。本当は非難するべきなのだろうけど私には出来ない。私も相国様のお計らいで安泰なのだ。頼り甲斐が有って安心して付いていける御方……。もし相国様が私を側室にと望んだら父は如何するのだろう?

「話が逸れたな。周、私に伝えたい事とは」

「はい、今回の婚儀に五摂家の方々が参列される事は父上も御存じでしょう」

「うむ、地震の後だからな。京の復興の事が絡んでいると聞いている。まあ毛利家にとって悪い事ではない。婚儀に華を添える事になろう」

父の言葉に兄が頷いた。

「竹田宮様も参列されるそうにございます」

「何だと？」

「真か！」

兄と父の声が重なった。二人とも驚きで声が高くなっている。もっともその事に気付いているか如何か……。

「一条左大臣様の北の方様よりそのような文が届いたそうにございます。北の方様は竹田宮様の……」

「姉宮様であらせられる。そして相国様の従兄妹でもあられる。そうだな？」

「はい」

相国様とは幼い時から文を交わす仲なのだと御台所様から教えて頂いた。朽木家が琉球と密接に関わるようになったのも北の方様が一条家に嫁いだからなのだとか。

「他にも西園寺家、飛鳥井家、西洞院家、山科家、葉室家、甘露寺家、冷泉家、勧修寺家、万里小路家、今出川家、庭田家、中山家からも参列したいと」

兄が溜息を吐き父が唸り声を上げた。

「父上、これは……」

兄が狼狽《うろた》えている。予想外の事なのだろう。私も相国様、御台所様から聞いた時には声を上げてしまった。

「西園寺家は左大臣様の北の方、竹田宮様の妹宮様が降嫁された家だ。当然と言えば当然であろう。飛鳥井家もな。他の家も相国様とは繋がりが有る家ばかりよ。勧修寺家、万里小路家は帝、院との繋がりが強い。今出川家は確か……、竹田宮様に御息女が嫁いでいるのではなかったか？」

「はい、父上の仰る通りです」

「宮様方はどなた様も帝の御弟妹で相国様の従弟妹だ。いや、今更ではあるが朽木家は朝廷と密接に繋がっているのだと実感した」

今度は父が首を振りながら溜息を吐いた。

「竹田宮様の参列は帝、院の御内意が有ったそうにございます」

「……」

「……」

私の言葉に父も兄も無言で目を丸くしている。暫くして〝真か？〟と問い掛けてきた父の声は掠《かす》れていた。

「真にございます。北の方様の文にはそのように書かれてあったと聞きました」

私が答えると父と兄が息を吐いた。

「父上、朽木家の竹姫様と上杉家の弾正少弼様の婚儀の事を覚えておられますか？」

「うむ、当時随分と話題になったからな。関東管領上杉輝虎公が病に倒れ弾正少弼様が養子となられて上杉家を継ぐ事になったのだが養子だからの、立場が弱かった。その弾正少弼様を支えるために七歳の竹姫様が上杉へと嫁いだ。相国様に弾正少弼様の後見を頼んだのだ。相国様はそれに応えた。嫁入りの行列は三万人。いざとなれば娘婿のために三万の兵を出すと相国様は行動で示した。前代未聞の事だ」

兄が大きく息を吐いた。

「私は幼かったので良く覚えていないのですがあの婚儀は随分と朝廷の後押しが有ったそうです。竹姫様は近衛家の養女となって上杉家に嫁ぎましたし嫁入り道具には公家の方々の御和歌《おうた》を記した屏風もございます。これには院や帝の御和歌も有るのだとか。その事は御存じでございますか？」

父が〝うむ〟と頷いた。

「知っている。あの当時朽木家は既に北陸、畿内において大きな勢力を持っていたが周囲には敵対する勢力も有った。毛利家もその一つであった。北が混乱しては毛利との戦に支障が出る。相国様にとって弾正少弼様を支えるのは急務であったのだ。朝廷はその事を良く理解して相国様に協力していた。養女の事、屏風の事も有るが弾正少弼への任官もそうだ。様々な形で弾正少弼様の立場を強くしようとしていた。……北が揺れていれば毛利ももう少し戦えたと思うのだが……」

「勝てましたか？」

兄が問うと父が首を横に振った。

「無理であろうな。多少は降伏の条件は緩くなったかもしれぬ。いやむしろ厳しくなったか……。

長引けば戦の費用も嵩《かさ》んだだろう。後が苦しくなった筈だ。それを考えると毛利家は良い形で戦を終わらせたのかもしれぬ」

父の口調からは口惜しさは感じられなかった。どちらかと言えば今を肯定している感じがした。父は今の毛利家の立場に不満はないのだろう。

「此度も同じでございます。朽木家、上杉家の結び付きに比べると毛利家と朽木家の結び付きは弱い。その事を朝廷は不安に思っているのです」

「文に書かれていたか？」

私が〝はい〟と答えると父は〝そうだな〟と言って頷いた。

「上杉家と朽木家は互いに当主が相手の妹を娶《めと》る間柄だ。しかも世継ぎも生まれている。盤石と言って良い。なるほど、それでか……。震災の復興だけではないのだな」

「はい、九州遠征の前に朽木家と毛利家の関係をもっと密なるものにしたいと。そのために竹田宮様、公家の方々が参列するようにございます」

父が二度、三度と頷いた。そして〝そうか〟と呟いた。

「如何《いかが》なされました？」

兄が問うと父が〝そういう事か〟と言った。表情が厳しい。一体何が……。

「小次郎、周。九州遠征が行われれば如何なると思う？」

如何なる？　困惑した。兄も困惑している。

「相国様が勝つと思いますが？」

兄が答えると父が苦笑した。

「ああ、勝つだろう。その後は？」

「それは……、まあ、恩賞を頂く事になるかと」

「そうだな。九州で領地を頂く事になるだろう。既に三好は没落しているのだ。大友、龍造寺が滅びれば毛利は西国一の、いや唯一の大大名だ」

「……」

唯一の大大名……。本来なら喜ばしい事なのに何故か父の言葉には嫌な響きがあった。実際、父は憂鬱そうな表情をしている。

「九州遠征が終われば西には敵は居ない。後は関東から奥州を制覇すれば天下の統一は成る。九州遠征後の戦場は東だ。相国様の天下統一を阻もうと考える者が居れば必ず西で事を起こそうとするだろう」

「まさか父上は」

「そのまさかだ、小次郎。その者は必ず毛利を巻き込もうとするだろう」

兄が絶句している。私も思いがけない事で困惑している。毛利が相国様と戦う？

「そんな事が有り得るのでしょうか？　朝廷の方々はそこまで考えておられると？」

私が問うと父は首を横に振った。

「そうは思わぬ。だがそこまで考えなければならぬという事よ。用心とはそういうものだ」

自分に言い聞かせるような口調だった。

禎兆六年（一五八六年）　七月下旬　　近江国蒲生郡八幡町　　児玉元良邸　　児玉元良

先程まで小次郎と周が居た部屋は私一人となった。妙な事よ、三人で居た時よりも一人の方が暑さを感じるとは……。その事に苦笑が漏れた。如何やら私は暑さを感じる余裕もないほどに追い込まれていたらしい。困ったものよ……。

二人とも困惑していたな。周はともかく小次郎は頼りないわ。いずれは児玉家を継ぐ立場なのに……。いや、それも無理からぬ事か。この近江に居れば嫌でも朽木の強大さを認めざるを得ぬ。朽木と戦うなど馬鹿げているとしか小次郎には思えまい。しかし天下には龍造寺山城守のような男も居るのだ。油断は出来ぬ。

大友、龍造寺が滅ぶという事をもっと重視すべきだった。毛利は安全になると思ったが逆だ、むしろ危うくなるかもしれぬ。何と言っても西国には毛利以外に大きな大名は居なくなるのだ。その分だけ朽木の毛利を見る目は厳しくなるだろう。それを凌がなければならぬ。

上杉と朽木はそれぞれの当主が相手の妹を娶っている。二重に縁が結ばれているのだ。これは強い。残念だが毛利と朽木の絆はそれに比べれば弱い。縁は一本、それに次郎右衛門様は御次男、弓姫様は養女。朝廷が危惧するのはその辺りも有るのだろう。だから出席者が豪華になったのだ。

今のままでは不安だ。毛利と朽木を結ぶ縁がもう一本要る。朽木家から姫を貰う。相国様の姫か、大樹公の姫か。その辺りは何とかなる。問題は毛利側だ。やはり毛利本家と縁を結ぶべきだ。だが……。

「困ったものよ」

思わず溜息が出た。殿には跡継ぎが居らず近々に跡継ぎが生まれる見込みもない。となると養子を迎えるという事になるが……。


禎兆六年（一五八六年）八月上旬　　周防国吉敷郡上宇野令村　　高嶺城　　安国寺恵瓊

「駿河守殿、次郎右衛門様と弓姫の婚儀は京で行われるそうですね」

「槇島城で行われる事になっております。何度か見た事が有りますが槇島城は景観の良い中々堅固な城ですな」

吉川駿河守様が答えると宍戸の五龍の方様が面白く無さそうな表情を見せた。その隣で娘の南の方様は五龍の方様以上に面白く無さそうな表情をしている。やれやれ、貴女様に娘が居ないから弓姫様が養女として嫁ぐのではないか。それほどまでに面白くないなら右馬頭様との間にさっさと御子を儲ければ良いのに……。

「五摂家の方々もお見えになるそうですね」

「他にも参列者は居るようです。詳しい話は恵瓊に聞いて下さい」

駿河守様が露骨なまでに及び腰でこちらに話を振ってきた。毛利家随一の猛将が縋るような目でこちらを見ている。頭が痛いわ。右馬頭様は駿河守様にこの二人を押し付け、駿河守様はこの坊主に押し付けようとしている……。それが分かったのだろう。五龍の方様が咎《とが》めるような視線で駿河守様を一瞥《いちべつ》してから私を見た。

「近江の三郎右衛門殿からの文によれば西園寺家、飛鳥井家、西洞院家、山科家、葉室家、冷泉家、勧修寺家、万里小路家、今出川家、庭田家、中山家。はて、足りぬな。おお、甘露寺家が抜けておりましたな。それらの方々が参列するとの事です」

わざと指を折りながら読み上げると五龍の方様が露骨に顔を顰めた。その一方で駿河守様はホッとしたような表情をしている。やれやれ……。

「それと竹田宮様が御臨席なされるとの事にございます」

〝なんですって！〟、〝母上！〟と悲鳴のような声が上がった。良し、此処だな。今一押し！

「院、帝の御内意が有ったそうです」

〝院、帝〟、〝御内意〟と二人が呟いた。

「左様、御内意です」

敢えて重々しく言った。そして〝そうですな、駿河守様〟と同意を求めると駿河守様も〝うむ、そう聞いている〟と迷惑そうな表情で頷いた。自分に振るなと思っているのだろう。

「相国様は朝廷に随分と奉仕しております。今回の婚儀で朽木家の勢威はまた一つ盤石となりました。朝廷もその事を喜びそれを共に祝いたいと考えているのでしょう。真に目出度い事でございます。これほどまでに豪華な婚儀となれば毛利家も天下に面目を施す事になりましょう」

五龍の方様、南の方様の顔が歪んだ。

「納得いきませぬ。恵瓊、私は此度の婚儀がそれほどまでに華やかなものになるとは思っていませんでした。だから弓で良いかと思ったのです。しかしそれほどまでに華やかな婚儀になるのであれば妙玖様の血を引く娘をこそ毛利の娘として嫁に出すべきなのではありませぬか?」

「私も娘の言う通りだと思います」

五龍の方様、南の方様が私の言葉に反対した。もっとも二人の視線は駿河守様に向いている。駿河守様の表情が渋いものになった。

「朽木家からは日頼様の血を引く娘と言われておるのだ。朽木は妙玖様の血に拘ってはいない。それに姉上、適当な娘が居らぬではないか」

「駿河守殿、古満が居りましょう」

古満様か。まあ、五龍の方様の気持ちも分からぬでもない。古満様は五龍の方様の孫、南の方様の姪だ。どうせなら古満様をとお考えなのだろう。しかしなあ、古満様は日頼様の曾孫、南の方様に子が無い以上毛利本家からは血が遠くなる。駿河守様の表情が益々渋いものになった。

「無茶を言われるな、姉上」

駿河守様が一つ膝を叩いた。

「古満は弓より年が下だ。それに女系ではないか。古満を選べば毛利は何故弓を出さぬのかと朽木は不審を抱こう。毛利は朽木と縁を結ぶ事を望んでいないのかと思われかねぬ。それでは古満を出す意味が無い」

「愚僧も駿河守様に同意致しまする」

五龍の方様、南の方様が私と駿河守様を面白くなさそうに睨んだ。

「とはいえ古満姫様を使って朽木家と縁を結ぶという考えは悪くはありませぬな」

五龍の方様、南の方様が訝しげに私を見た。駿河守様も同様だ。ふむ、悪くない。

「実を申しますと近江の三郎右衛門殿より此度の婚儀だけでは朽木と毛利を結ぶ絆は弱いのではないかと疑念が出ているのです」

五龍の方様、南の方様が駿河守様を見た。駿河守様が一つ息を吐いた。

「恵瓊の言う事は事実だ」

「足りぬと？」

南の方様が問うと駿河守様が渋い表情で頷いた。

「上杉と朽木は互いに両家の当主が相手の妹を娶っている。そして嫡男も生まれている。現当主は義理の兄弟、次期当主は父方、母方のどちらからも従兄弟という事になる。上杉と朽木は強い血縁関係を結んでいるのだ。それに比べれば毛利と朽木の結び付きは弱いと認めざるを得ぬ」

五龍の方様、南の方様は納得していない。如何も鈍いな。打てば響くような勘の良さはこのお二人からは感じられぬ。

「五龍の方様、南の方様、九州遠征が終われば大友、龍造寺は滅ぼされておりましょう。西国でもっとも大きい大名は毛利になります。西の毛利と東の上杉、そう呼称されましょうが下に見られるのは絆の弱い方になります」

「それで古満を？」

五龍の方様が問い掛けてきたから〝はい〟と答えた。

「下に見られるという事は何かと割を食うという事でございますからな。それに危険視されるという事でもある。それは避けねばなりませぬ。本来なら毛利家の次期当主となられる方に朽木家から嫁を迎えたいのでございますが今の毛利はそれが出来ぬ状況にあります」

五龍の方様、南の方様が嫌そうな顔をした。ふむ、本来なら此度の婚儀に不満など言える立場ではないのだ。少しは弁《わきま》えて欲しいものよ。

「公家の方々、竹田宮様が婚儀に参列されるのも如何やら毛利と朽木の絆は弱いと心配しての事のようです。少しでも婚儀を華やかなものにして毛利家と朽木家の関係を密なるものにしておきたい。そういう事なのでしょう。となれば毛利としても手をこまねいているわけには参りませぬ。何らかの手を打たねば」

「……」

「……」

五龍の方様、南の方様が顔を見合わせた。はて、不満なのだろうか？　二人とも何やら目で会話しているが……。

「恵瓊、そなたの言う事は分かりました。毛利と朽木の絆を強くする必要が有る。そのために古満を出す、異存は有りませぬ。そうでしょう、母上」

「ええ、有りませぬ」

五龍の方様が頷いた。やれやれよ、納得したか。と思っていると五龍の方様が〝但し〟と言った。

笑顔だが目は笑っていない。嫌な予感が……。

「古満は妙玖様の血を引く娘なのです。古満の相手はそれなりの相手でなければ納得出来ませぬ。良いですね」

「……」

やれやれよ。

「恵瓊、済まぬな」

駿河守様が大きく息を吐いた。五龍の方様、南の方様は立ち去った。この御方は余程にあの二人が苦手らしい。姉と姪なのだが……。

「駿河守様、愚僧は坊主でございますぞ。坊主に女人の相手をさせるとは感心致しませぬな」

「そう言うな、恵瓊。儂ではあの二人を説得出来ぬ。左衛門佐が居れば任せるのだが……」

「……」

左衛門佐様も私に押し付けそうな気がするな。

「ところで、先程の話だが古満を朽木へ出すというのは何処まで本気なのだ？　あの二人を大人しくさせるための方便か？」

駿河守様がぐっと顔を近付けてきた。

「いやいや方便ではございませぬ。駿河守様、毛利は危うい。お分かりでございましょう」

こちらも負けじとばかりに顔を近付けると駿河守様が〝うむ〟と唸りながら膝を叩いた。

「九州遠征が終われば大友、龍造寺は滅ぶだろう。西国で生き残るのは毛利だけだ。嫌でも悪目立ちする」

「左様でございますな。そしてこの地は大陸、半島に近く交易で豊かになり易い。実際、毛利は朝鮮との交易で利を得ております」

「その通りよ。朽木は交易に煩い。毛利は目を付けられ易いのだ」

駿河守様が苦い表情をしている。本当なら毛利こそ朽木との縁を幾重にも結ばなければならぬ。その事を言うと駿河守様が頷いた。

「だが古満を何処へ出す。簡単な事ではないぞ。姉上も南もそれ相応の相手でなければ納得はせぬだろう。あの二人は弓の相手、次郎右衛門様と比べて見劣りするような相手では納得せぬと言っているのだ」

「左様でございますな」

面倒な事だ。毛利では男よりも女の方が面子を立てろと煩い。

「竹若丸様か？」

駿河守様が問い掛けてきた。竹若丸様ならいずれは朽木家の当主になる。五龍の方様、南の方様も文句は言えぬ。しかし……。

「一案とは思いまするが古満姫様の方が三つか四つほど御年上になりましょう。それに竹若丸様が無事に成人成されるかという問題もございます」

「そうだな。だがそうなると……」

駿河守様が深刻な表情をしている。

「はい、相国様の若君と結ぶのが良いかもしれませぬ。お年の順なら三郎右衛門様となります。三郎右衛門様は、大樹公、次郎右衛門様と同様に御台所様のお腹の子にございます。決して見劣りはしますまい」

「唯一引っ掛かるのは弟という事よ」

「問題になりましょうか?」

問い掛けると駿河守様が〃なる〃と苦い表情で断言した。

「格下だとあの二人は騒ぐ筈だ。簡単には納得するまい」

「なるほど、ではその弟君の万千代様は如何で?」

駿河守様が呆れたような顔をした。

「何を言っている。今、弟では問題になると言ったばかりではないか」

「同母の弟なら格が問題になりましょうな。なれど万千代様は側室氣比の方のお腹の子にございます」

「話にならぬ。庶子ではないか」

駿河守様が吐き捨てた。

「上杉に嫁いだ竹姫様、近衛に嫁いだ鶴姫様は氣比の方のお腹の子にございますぞ。万千代様はその弟君。それでも話になりませぬか?」

「……」

うむ、表情が動いたな。

「愚僧が思いますに今の朽木家には二つの血脈がございます。一つは御台所様の血を引く方々。今ひとつは氣比の方の血を引く方々。いずれも相国様にとっては年長の子にございます。それだけにこれからの朽木家で影響力を発揮する方々でございましょう」

「うむ」

駿河守様が頷いた。

「此度、弓姫様と次郎右衛門様の婚儀で毛利は御台所様の血脈と繋がりを持ちました。ならば古満姫様は氣比の方の血脈と繋がりを持つべきではありませぬか？」

「なるほど、そういう考え方も有るか」

「はい」

駿河守様が〝はははははは〟と笑い出した。

「坊主というのは上手い事を考えるものだ」

「笑うのはお止め下され。愚僧は本心から申しております。あの御二方を説得するための方便では有りませぬ」

「……」

「駿河守様、血の繋がりを甘く見てはなりませぬぞ。五龍の方様、南の方様が此度の婚儀に不満を持つのも妙玖様の血を重く見ているからではありませぬか？」

「うむ、そうだな」

駿河守様が頷いた。三好修理大夫長慶様の跡を継いだのは左京大夫義継様であった。その理由は母親が五摂家の一つ、九条家から出ていたため。だが左京大夫義継様が三好家を継いだために三好家は分裂した。血を甘く見てはならぬ。家を栄えさせる事も有れば衰えさせる事も有るのだ。それほどまでに扱いは難しい。

「おそらくは殿の御養子の件も絡んでいるのではないかと愚僧は思います。毛利本家を妙玖様以外の血に奪われるのではないかと懼《おそ》れているのではありませぬか？　妙玖様の血を粗略に扱うなというのもそれ故の事かと思いますぞ」

「かもしれぬ」

駿河守様の表情が鎮痛なものになった。この方も妙玖様の血に拘《こだわ》りが有るのだと思った。殿の御養子の件は慎重に進めなければなるまい。

今回弓姫様が次郎右衛門様に嫁ぐ。ならば毛利家の次期当主には弓姫様の弟君である宮松丸様をという手も有る。それが実現すれば弓姫様は次期毛利家当主の姉となるのだ。弓姫様の重みも増すというものよ。それは朽木家内部で次郎右衛門様の重みが増すという事でもある。次郎右衛門様も毛利を悪くは思うまい。

その上で宮松丸様に朽木家から嫁を貰う。出来れば御台所様、氣比の方の所生の姫君が良い。或いは大樹公の姫君だな。そして古満姫様を万千代様に嫁がせれば血の繋がりにおいて毛利が上杉に劣る事は無い。だが……。

「如何した、恵瓊」

駿河守様が訝しげな表情で私を見ていた。ふむ、自分の考えに没頭し過ぎたか……。

「いえ、血というものは厄介だと思ったのでございます。まあ古満姫様の件は弓姫様の婚儀が終わってから改めて考えた方が宜しゅうございましょう。案外、他に良い御方が居るやもしれませぬかな」

駿河守様が〝そうだな〟と頷いた。

「直に四郎様がいらっしゃいます。四郎様にも今は……」

首を横に振ると駿河守様が〝うむ〟と頷いた。御養子の件は未だ話さなくて良いだろう。右馬頭様に子が出来ぬと決まったわけではないのだ。だが子が出来ねばいずれは宮松丸様を御養子にという話が出る筈だ。毛利が揺れるのはその時かもしれぬな。となるとその前に古満姫様を万千代様にという事を考えなければならぬ。近江の三郎右衛門殿にそれとなく話しておくか。万千代様の事、調べてもらう必要が有る。

流行り病

禎兆六年（一五八六年）八月上旬　　周防国吉敷郡上宇野令村　　高嶺城　　毛利元清

「如何かな？　弓の様子は」

心配そうな表情で兄、吉川駿河守元春が訊ねてきた。猛将と名高い兄だが家族思いの面も有る。

弓の事が心配になったらしい。

「未だ十一です、婚儀と言われても良く分からぬのでしょう。京に行けるという事の方が嬉しいようで頻《しき》りに〝京に行ける〟と燥《はしゃ》いでおります」

答えると兄が〝そうか〟と言って痛ましそうな表情をした。

「無邪気なものだ」

「はい」

「まあ直ぐ嫁ぐわけではないからな」

「ええ」

「そなたも気が楽だろう、四郎」

「それはそうです。もっとも早ければ二、三年、遅くとも四、五年先には向こうへ送らねばなりませぬ」

「そうだな、そうなれば簡単には会えなくなる」

兄の言葉に頷いた。その通りだ、私の娘として毛利家中に嫁ぐのではない、毛利右馬頭様の娘として朽木に嫁ぐ。居城は尾張だ。一旦嫁いでしまえば簡単には会えなくなる。

「婚儀の後は弓は毛利の娘としてこの城で暮らす事になる」

「はい」

「大丈夫か？」

兄が私の顔を覗き込んできた。

「娘には言い聞かせております」

「いや、そなたの事よ。寂しくは無いかと思ってな」

思わず苦笑いが出た。兄が意地の悪い目で私を見ている。揶揄われたようだ。〝大丈夫です〟と答えると兄が〝フン〟と鼻を鳴らした。

「今回の婚儀、だいぶ派手になるらしい」

「恵瓊からそのように聞いております。五摂家からも出席者が出るとか」

兄が首を横に振った。はて……。

「それだけではないぞ、四郎。近江の三郎右衛門からの報せによれば西園寺家、飛鳥井家、西洞院家、山科家、葉室家、甘露寺家、冷泉家、勧修寺家、万里小路家、庭田家、中山家、今出川家からも参列者が出る。それに竹田宮様も御臨席になられるそうだ」

「なんと！　真ですか？」

帝の御一族が……。

「竹田宮様は帝の弟君、飛鳥井家の目々典侍を母に持つ御方だ。そして竹田宮家は世襲宮家という極めて高い格式の宮家でもある。相国様とは従兄弟という間柄になる」

「なるほど」

「その宮様が出席なさる。帝もこの婚儀を喜んでいるという事よ」

「帝の代理、そんなところですか？」

「まあそうだな」

溜息が出た。京を支配しているのが朽木だという事、朝廷を庇護しているのが朽木だという事を改めて教えられたような気がする。そして相国様は帝に極めて近い存在なのだと思った。帝の弟宮が従兄弟……。

「勿論、朝廷が此処までするのはそれなりに理由が有る」

「と言いますと？」

兄がジッと私を見た。

「不安なのだ。朽木と毛利の結び付きが弱いとな」

「……なるほど、上杉と比べているのですな？」

問い掛けると兄が渋い表情で〝そうだ〟と頷いた。

「九州遠征の前に朽木と毛利の関係をもっと緊密なものにしておきたい。朝廷はそう考えているらしい」

「……」

「その先の事も考えているだろう。九州遠征が終われば残るのは関東、奥州だけだ。朽木は兵力を東に集中する事になる。そのためにも……」

分かるだろう？　というように兄が私を見ている。

「西は安定しなければならない。そういう事ですな」

「ああ、そうだ」

「なるほど、単純に朽木と毛利の婚儀を喜んでいるわけではないという事ですか」

苦笑いが出た。兄も笑っている。

「朽木は色々と奉仕しているからな。朝廷は一日も早く朽木の手で天下を統一して欲しいと思っているのよ」

「復興の事でございますか？」

問い掛けると兄が首を横に振った。

「それも有るが朝堂院の事を忘れてはいかん」

「なるほど、それが有りましたな。大極殿で琉球の使者を謁見したと聞きました」

異国の使者と会う、絶えて無かった事だと聞く。それを再興した。

「帝は琉球の使者の話に大層興じられたらしい。何度も声を上げて御笑いになったと聞く」

「左様で」

「公家達も喜んでいるようだ。足利は朝堂院を再建出来なかった。それに比べれば……」

分かるだろう、という様に兄が私を見た。分かる、朽木は朝廷を支えるだけでなく盛り立てている。朝廷と朽木の関係は円滑と言って良い。

「派手になるとの事ですが宍戸の姉上、南の方様の事、大丈夫で？」

私が問うと兄が顔を顰めた。

「この婚儀が毛利のために必要だという事は姉上も南の方も分かっている。面白く無いと思ってはいるようだがな。そこは抑えてもらわなければ……」

大丈夫という事だろうか？　如何も不安だ。

「京で婚儀を行う事が不満と伺いましたが？」

「ま、それも有る」

「やはり妙玖様の事ですか」

兄が困った様な顔をした。珍しい事だ。宍戸の姉、南の方が今回の婚儀に不満を持っているという噂が九州にまで届いて来た。聞こえるように言ったのかもしれぬ。一つは京で婚儀を行うという事が面白く無いらしい。もう一つは朽木に嫁ぐ娘は日頼様の正室、妙玖様の血を引く娘にすべきだという事だった。つまり、毛利本家、吉川、小早川、宍戸から選ぶべきだという事になる。

「妙玖様の血を引く娘と言ってもな、適当な娘が居らん。あの二人は宍戸の古満を勧めてきたが古満は弓よりも幼い。朽木は日頼様の血を引く娘を毛利本家の養女にすれば良いと言ってきた。妙玖様の血にこだわっては居らぬのだ。古満を、と言えば朽木側が不審を抱こう。何故敢えて幼い娘を選ぶのかと。まして宍戸は女系だ」

「確かに」

不審どころか毛利に不満を持つだろう。だが宍戸の姉、南の方が如何思うか、弓の周辺には注意を払わねばならんな……。

「大丈夫だ、自分の産んだ娘ではないという事が不満なのだ。姉上も南の方もそれは分かっている。この婚儀が毛利にとって大事だという事もな。それに古満には別な役割が有る」

「別な役割？」

「まあそれは後の話だ。……ところで宗氏の事、如何だ？」

兄が気がかりな表情を見せた。

「讃岐守殿は病のようですな。かなり御悪いのでしょう、姿を見せませぬ」

「間違いないのか？」

「医師が呼ばれております。床から立ち上がれぬようで……」

「そうか……、となると宗氏は混乱するな」

頷く事で答えた。跡継ぎの彦三郎殿は若い、宗氏は混乱するだろう。

「龍造寺との繋がりは？」

「密かに続いておりますな」

「朝鮮と結び付けようと？」

「いえ、如何も違いますな。念のために龍造寺に接触しているのではないかと思います」

「……龍造寺が勝つと考えているのか？」

兄が呆れた様な声を出した。いや表情を見ると心底呆れているのだろう。

「そうではないでしょう。相国様が動きませぬからな、万に一つも龍造寺が対馬を攻めぬ様にとの事だと思います」

「なるほど」

兄が頷いた。攻められぬ様に味方に付く可能性が有る事を龍造寺に報せる。龍造寺も兵を出す事無く対馬を味方に出来るかもしれぬとなれば無理はするまい。龍造寺の主敵は大友であり朽木なのだ。

「讃岐守殿は病です。家臣達の誰かが跡継ぎの彦三郎殿を危ぶんで独自の動きをしたのかもしれませぬ」

「彦三郎殿を守るためにか？」

「おそらく。宗氏としては相国様に付く。だが一部の者が龍造寺と接触したという事でしょう……。彦三郎殿は何も知らぬ、或いは知らぬ振りをしている可能性も有りましょう」

「なるほど、念のためか」

兄が頷いた。

「それならそれで良い。いやむしろ好都合だ。坊主の懸念が現実になればとんでもない事になるかな」

兄がホウッと息を吐いた。同感だ。朝鮮が、異国が絡む戦など如何いう戦になるか分からぬ。恵瓊か、切れるのは間違いないが少し切れすぎるな。注意が必要だろう。

「左衛門佐にはその事を？」

「はい、お伝えしてあります」

佐の兄は今私の代わりに九州の若松城に居る。婚儀に出られぬ事、さぞかし御不満であろう。だが私に負担を掛けまいとしてだろう、兄は肩が凝らずに済むと笑っておられた。有り難い事だ。

「それと次郎兄上、臼杵城で流行り病が起こりました」

「なんと、それは真か」

兄が目を剥いた。

「この季節ですからな、だいぶ酷いらしい」

「……大友は耐えられるのか？」

「分かりませぬな」

答えると兄が唸った。大友が龍造寺に滅ぼされるかもしれない。兄にとっても予想外の事なのだろう。

梅雨時から夏と食べ物が傷み易い季節だ。だが籠城しているとなれば食料は如何しても節約しながら食べる事になる。おそらくは傷んだ物でも食したのであろう。そこから病が起きた……。夏場の籠城で怖いのは敵よりも流行り病だ。一旦起きれば城内の士気は一気に下がる。戦いたくても戦えなくなるのだ。そこから降伏・開城へという流れも珍しくは無い。

「では婚儀の後は」

「はい、その辺りも相国様に話さなくてはなりますまい」

まあ報せるまでも無く知っているだろう。相国様は大友など滅んでも構わぬと御考えだろうが出来るだけ龍造寺を手古《てこ》摺《ず》らせ疲弊させて欲しいとも考えている筈。さて、如何なるか……。


禎兆六年（一五八六年）　八月上旬　　近江国蒲生郡八幡町　　八幡城　　朽木基綱

主税が大紋を纏った若い武士に烏帽子を着けた。若い武士が纏っている大紋には丸に三つ葉葵の紋が入っている。現代人なら見慣れた紋だろう。知らない人間よりも知っている人間の方が絶対多い紋だ。

「凛々しい若者の誕生だな」

俺の言葉に同席していた酒井左衛門尉、大久保新十郎、石川伯耆守が目を潤ませた。今日は徳川小太郎の元服の日だ。この日を心待ちにしていた筈だ。

主税が紙を取り出し広げた。そこには基家と大きく書かれてある。

「小太郎、今日からは徳川次郎三郎基家と名乗れ」

〝基家様〟、〝次郎三郎基家様〟と声が上がった。徳川の旧臣達が感無量といった感じで呟いている。

「徳川家の代々の当主は次郎三郎を仮名とした。基家の基は俺から、家は甲斐守殿から取った。徳川は一度滅んだ。そなたの力で徳川の礎を築く。基家にはそういう思いを込めた。励めよ」

俺の言葉にまた〝基家様〟、〝次郎三郎基家様〟と声が上がった。さっきよりも声に力が有る。俺のところには家が没落した者が多いからな。基の字は役に立つ。御爺に感謝だ。朽木の礎を築けと付けてくれたが今では俺が同じ思いを込めて付けている。

「有り難うございまする。名に恥じぬように努めまする」

力強い声で小太郎、いや次郎三郎が答えた。良い若者だ。信長に似ている。三介などよりもずっと似ているだろう。

「有り難うございまする。心からお礼申し上げまする」

左衛門尉が礼を言うと新十郎、伯耆守も〝有り難うございまする〟と礼を言った。

「次郎三郎」

「はい」

「甲斐守殿の事、決して恨むなよ。恥じてもならぬぞ」

驚いたのだろう。次郎三郎は目を見開いて〝大殿〟と呟いた。左衛門尉達は懸命に表情を消そうとしている。

「やる事があざとい、非道だと甲斐守殿を非難する者も居る。俺もそう思う。否定はしない。その方もその事で随分と嫌な思いをした事も有ろう。だがな、乱世なのだ。綺麗事だけでは生き残れぬ。まして西三河の国人が甲斐、相模の大名になったのだ。難攻不落の小田原城も落とした。中々に出来る事ではない。そして最後は皆を助けるために腹を切った。見事なものではないか」

「……」

「良いか、甲斐守殿の事、決して恨んでも恥じてもならぬぞ。甲斐守殿はこの乱世を見事に生きた。甲斐守殿を恨む、恥じるという事は甲斐守殿を助けて生きてきた左衛門尉達を恨む、恥じるという事でもあるのだ。今、その方の元服を誰よりも喜んでいるのはそこに居る左衛門尉達だぞ。その想いを踏み躙《にじ》ってはならぬ」

左衛門尉達は肩を震わせて懸命に泣くのを堪えている。次郎三郎はそんな左衛門尉達を見て大きく頷いた。

「御言葉、肝に銘じまする。決して父を恥じませぬ、恨みませぬ。左衛門尉達の想いを無に致しませぬ」

次郎三郎の言葉に左衛門尉達が泣き出した。〝有り難うございまする〟、〝この御恩、決して忘れませぬ〟なんて言っている。辛かったんだろうな。家康は最初俺に服従しようとした。しかし俺は許さなかった。当たり前だ、毒蛇と分かって懐に入れる馬鹿は居ない。だがその生き様は認めなくてはならん。

「その方には二千石を与える。九州遠征にはその方も参加せよ。兵は百人ほど用意してある。俺の旗本を務めよ」

「はっ、有り難うございまする」

「今日はもうよいぞ。尾張から母御が出てきていると聞いた。その姿を早く見せてやれ」

「はっ、御配慮有り難うございまする」

左衛門尉達も〝有り難うございまする〟と頭を下げた。

次郎三郎と左衛門尉達が出て行くと主税が〝お疲れでございましょう〟と言って茶の用意を小姓に命じた。

「主税にも苦労を掛けるな」

「いえ、そのような」

主税が首を横に振った。主税には何人もの烏帽子親をやらせている。それだけ繋がりが出来るという事だからな。苦労しているだろう。感謝している。昔は俺の代理人が務まるくらいになって欲しいと願ったが十分過ぎるほどに育ってくれた。

「徳川の旧臣達も安堵した事でしょう」

「そうだな」

四国遠征では良く働いてくれた。あの連中の想いに報いなくてはならん。次郎三郎を元服させた。

次はあの連中の中から領地を与えよう。自分達は差別されていないと安心する筈だ。益々働いてくれるだろう。

「次は嫁取りだな」

「はい」

主税が渋い表情をしている。そうだよな。甲斐守の悪い評判が強過ぎて次郎三郎の嫁取りは難しそうなんだ。武田、北条、今川、織田の関係者からは絶対嫌だと言われるだろう。しかしな、次郎三郎も十六だ。嫁取りは決して早くない。遅くとも二、三年の内には許嫁を決めないと。その事を言うと主税が頷いた。

「徳川の旧臣達から選びますか？　あまりお勧め出来ませんが」

「俺もそれは避けたいと思っている」

徳川の旧臣達なら嫌とは言わない。しかしな、それでは次郎三郎の繋がりは徳川の旧臣だけという事になりかねない。朽木の中に徳川閥が出来る事にもなる。余りそれは歓迎出来ない。小姓が茶を持ってきた。麦茶だ。温《ぬる》いが美味いと思った。主税も美味そうに飲んでいる。

「では西からという事になります」

「そうだな」

東海から関東は駄目となれば畿内から西で選ばざるを得ない。そこなら徳川に対してそれほど嫌悪感は強くないだろう。朽木の譜代の家から選ぶのも有りだな。

「後は次郎三郎の器量次第だ。皆が認めるだけの男になればそれなりの嫁が来る」

「そうですね」

主税が頷いた。まあ本人の資質は悪くなさそうだから働き次第という事になる。場合によっては嫁は俺の養女にしても良い。それなら次郎三郎も肩身の狭い思いをする事は無いだろう。


禎兆六年（一五八六年）八月上旬　　近江国蒲生郡八幡町　　八幡城　　酒井忠次

「次郎三郎基家ですか。良い名です」

尾張から今日の日のために出てきたお市の方様が元服した次郎三郎様を目を細めて見ている。視線が優しい。このような目をする御方だっただろうか？　もっと激しい目をする御方だと思ったが……。訝しんでいると御方様が儂を見てクスッと笑った。

「如何しました、左衛門尉。先程から私を見ていますが」

「これは御無礼を致しました。御方様がとてもお優しい目をなさっていますので」

御方様が頬を赤らめた。これも珍しい事よ。新十郎、伯耆守も驚いている。

「故殿にも同じ事を言われました。優しい目をしていると」

思わず新十郎、伯耆守と顔を見合わせた。故殿がそのような事を……。

「それは何時《いっ》の事でしょう？」

新十郎が訊ねると御方様が困ったように笑った。

「開城する五日前の事です。その後、二人で櫓台に行き外を見ました」

御方様が次郎三郎様を見た。

「その時、故殿はこう言われたのです。儂の一生は失敗であった。だが後悔はしておらぬ。儂は精一杯生きたと。織田を退け北条を潰し徳川は自立した。儂の願いは叶ったと」

「……」

「私が楽しゅうございましたかと問うと故殿は楽しかったと答えました。そして私に楽しかったかと問うたのです。私も楽しゅうございましたと答えました。多分、私の目が優しくなったのはそれが理由でしょう。道具ではなく人として生きる事が出来た。生きる事を楽しいと思う事が出来た。そしてその思いを分かち合う相手に恵まれた……」

「徳川の家を潰してもでございますか？」

〝若〟、〝次郎三郎様〟、〝お口が過ぎまするぞ〟と儂、新十郎、伯耆守が窘めたが御方様が〝良いのです〟と我らを抑えた。

「申し訳ありませぬ。母上を責めているのではないのです。ただ、何故織田に逆らったのかと……。徳川は甲斐一国を得ていました。甲斐から関東に攻め込み領地を広げる事も出来た筈です。何故あのような事をなされたのか。あのような事をすれば皆から誹《そし》られるとは思わなかったのでございますか？」

次郎三郎様の問いに御方様が苦笑なされた。

「そなたには道具として生きるという事の辛さは分かるまいな。私も故殿も自分の一生を自分で切り開きたい、道具ではなく人間として生きたいと願ったのです。それなのに道具として生きる事を強《し》いられた……」

「……」

主君が道具として扱われるという事は家臣も道具になるという事だ。今川から離れこれからと思った時に一向一揆の所為で三河は滅茶苦茶になった。人ではなく道具として生きねばならぬ事になった。徳川の自立の夢は踏み躙られたのだ。あの時の無念さは今でも忘れられない。儂だけではない、新十郎、伯耆守も同じ無念を味わったのだ。誰よりも故殿がその無念さを噛み締めておられた。あの無念さがその後の徳川を動かしたと言って良い。

「兄も私を道具として使う事は不本意だったのかもしれませぬ。しかしそうせねば織田が危ういと思ったのでしょう。織田のために兄は私に道具として生きる事を強いたのです。私はそれを拒絶出来なかった。弱かったから出来なかった。この乱世で弱いという事は自らの意思で生きる事が許されないという事なのです」

「……」

そう、弱いという事は自ら望む生き方が出来ないという事なのだ。乱世で自らの足で立てない弱者は強者の道具になるしかない。道具になる事でこの乱世を生きるしかないのだ。だがそれは自らの夢や希望を捨てるという事だ。殿は必死に耐えた。何度も絶望し諦め掛けた。だが耐えた。夢を諦めなかった。良く耐えたものよ。今思えば御方様も故殿を励ましたのだろう。

「私も故殿もそこから抜け出すために足掻きました。兄に刃向かい北条を潰した。そうする事でしか道具から人に戻れなかったからです。皆がそれを責めます。しかし乱世で自立するとはそういう事なのです。奇麗事では押し潰されるだけです。故殿も裏切り者、梟雄《きょうゆう》と誹られる事を覚悟しておられました」

御方様の言葉に次郎三郎様が困ったような表情をなされた。納得がいかないのだろう。

「私には良く分かりませぬ。父上も母上も自ら破滅を選んだように思えます。ですが責める事は致しませぬ。先程大殿に決して父上の事を恨むな、恥じるなと言われました」

御方様が〝まあ〟と声を上げ目を瞠《みは》った。

「大殿は父上の生き方を見事だと言ったのです。そして父上を恨む、恥じるという事は父上を助けて生きてきた左衛門尉達を恨む、恥じるという事だと言われました。今、私の元服を誰よりも喜んでいるのは左衛門尉達だと。その想いを踏み躙ってはならぬと」

「……相国様はそのような事を」

「はい」

御方様が優しく微笑んだ。

「あの御方も国人衆から成り上がりました。この乱世の厳しさは誰よりも良く御存じの筈。だからでしょうね」

「……」

「相国様は良い主君ですか？」

次郎三郎様が〝はい〟と答えた。

「大殿は私を徳川の人間だからといって差別する事も疎んじる事も有りませぬ。むしろお気遣いを受けていると思う事が有ります」

有り難い事だ。大殿は徳川の旧臣達を疎んじていない。朽木は外から家臣を受け入れるのに積極的だと聞いていたがその通りだと思う。

「次郎三郎殿、そなたの望みは？」

「徳川の家を興す事です。領地を頂き、皆に恥じる事の無い立場を得たいと思います」

「ならば励みなさい。相国様はそなたの望みを叶えてくれるでしょう」

「はい」

御方様が優しく微笑んだ。

「そなたは運が良い」

「そうでしょうか？」

次郎三郎様が訝しげに訊ねた。

「ええ。運が良いと思います」

「……」

次郎三郎様が納得していないと思われたのだろう。御方様が微かに苦笑をなされた。

「天下の統一も間近、直に戦の無い世の中になります」

「はい」

「私の見るところ、そなたは乱世の梟雄にはなれませんが治世の能臣にはなれるかもしれない。良い主君にも恵まれた。……励みなさい。母はそなたが悔いなく生きる事を願っています」

「はい」

次郎三郎様が大きく頷いた。

治世の能臣か……。どことなく寂しさを感じながらもそれで良いと思った。もう徳川が大きく羽ばたく事は有るまい。これからは朽木の一家臣として生きていく事になる。だがそれも已むを得ぬ事よ。乱世は終わりつつある。そして次郎三郎様には乱世の梟雄になる資質が有るとも思えぬ。それで良い……。

血族なればこそ

禎兆六年（一五八六年）　八月下旬　　周防国吉敷郡上宇野令村　　高嶺城　　毛利元清

妻、娘を連れて部屋に入ると部屋では殿、南の方、次郎の兄、その妻の新庄局、宍戸左衛門尉殿、その妻の宍戸の姉、弟の天野六郎左衛門尉元政、末次七郎兵衛尉元康、奉行を務める国司右京元武、粟屋与十郎元信、桂源右衛門尉就宣、そして安国寺恵瓊が既に着座して待っていた。

「四郎にございます。娘弓を連れて参りました」

席について言上すると殿が〝うむ〟と頷いた。

「弓、御挨拶をしなさい」

促すと弓が〝はい〟と答えた。妻の松が心配そうに弓を見ている。

「弓にございまする。宜しくお願い致しまする」

「うむ。御苦労だな、弓」

殿が弓を労うと松がホッとしたような表情を見せた。

「では席を改めまして殿、御方様と弓姫様の養子縁組を行いまする。皆様、御準備を」

国司右京の言葉に皆が立ち上がろうとした。それを〝暫く！〟と声を張り上げて止めた。皆が訝しげに私を見ている。

「暫くお待ち頂きたい。養子縁組の前に少々お訊ねしたい議がございます」

私の言葉に皆が座り直した。

「松、そなたは弓と共に外せ」

〝はい〟と松が小さい声で答えると弓を促して席を立った。顔が強張っていたな。私が何をしようとしているのか分かったのだろう。二人が部屋から出て行くのを見届けてから正面を向いた。皆、緊張している。宍戸の姉、南の方もだ。先程までは不愉快そうな表情をしていたのだがな。

「此度、娘弓が毛利家の娘として朽木次郎右衛門様に嫁ぐ事になります。朽木家と毛利家を結ぶ大事なお役目を頂いたのですが毛利家中には弓は妙玖様の血を引いておらずその任に相応《ふさわ》しい娘ではないという声が有ると聞きました。真でござろうか？」

シンとした。皆、騒いでいるのが誰かは分かっているのだ。チラッ、チラッと宍戸の姉、南の方に視線が行く。二人の顔は強張っていた。

「真ならば此度のお役目、受けられませぬ。辞退致しまする」

「何を申されます、四郎様。今更そのような」

「右京殿の申される通りじゃ。左様な事は出来ませぬぞ」

国司右京、粟屋与十郎が私を咎めたが首を横に振って拒絶した。

「毛利家のためにならぬと言ってもかな？」

二人が押し黙った。皆が視線を次郎の兄に向けた。兄に私を止めて欲しいのだろう。だが兄は無言だ。

「蔑まれては弓は大事にしてもらえますまい。毛利家のためを思って娘を出したのに粗末に扱われては某も面白くない。不満を持つなと言うのが無理でござろう。家中の間で不和が生じる事になる。それに朽木もこの事を知れば面白くはござるまい。毛利は劣った娘を寄越したのかと不満に思う筈。当然ですが毛利の心に疑念を持ち弓に対する扱いも粗雑なものになる。次郎右衛門様も弓に辛く当たりましょうな。そして婚儀に出席された竹田宮様、公家の皆様も毛利を不快に思いましょう。これでは弓を養女に出す意味がござるまい。毛利家のためにならぬ。違うかな？」

誰も何も言わない。兄は目を閉じている。咳払いが聞こえた。宍戸左衛門尉殿だ。

「四郎殿の懸念、尤もと存ずる」

左衛門尉殿の言葉に宍戸の姉、南の方の顔が強張った。

「妻と娘の暴言、さぞかし御不快であられよう。この通りにござる」

左衛門尉殿が頭を下げると宍戸の姉、南の方が〝殿！〟、〝父上！〟と声を上げたが左衛門尉殿が

〝控えよ！〟と一喝した。

「この目出度い日に斯様な騒ぎが起きるのもそなたらが弁えぬからじゃ。控えよ！　亡き日頼様は何よりも一族の結束を重視なされた。一族が結束してこそ家中が纏まると見たからであろう。儂が娘婿にもかかわらず御厚情を賜ったのもそれ故の事じゃ。それなのにそなたらがそれを乱すような事をして何とする！」

「……」

「大友を見よ。家中が収まらぬという事がどれほど恐ろしいか分かろう。そして相国様はそのような家の存続を許すほど甘い御方ではない。大友は滅ぶ。毛利が乱れた時は毛利も滅ぶ！　その事を忘れるな」

宍戸の姉、南の方が小さく〝はい〟と答えた。

「二度と斯様な振る舞い、許さぬぞ。毛利のためを専一に思え。それこそが日頼様のお望みになる事じゃ」

宍戸の姉、南の方がまた小さく〝はい〟と答えた。上手いものだ。父の名を出す事で二人を抑えたか。左衛門尉殿が一つ息を吐いた。

「四郎殿、見ての通り妻と娘にはよくよく言って聞かせ申した。弓殿を蔑むような事はさせませぬ。御安心頂きたい」

「忝《かたじけの》うございます。宍戸の義兄上のお力にて疑念が晴れました。有り難うございまする」

頭を下げると左衛門尉殿が〝いやいや〟と手を振った。

「当然の事をしたまでにござる。礼など言われるような事ではござらぬ。我らは一族、これからもよしなに願いたい」

「こちらこそ宜しくお願い致しまする」

頭を下げながらこれで良いと思った。油断は出来ぬが宍戸の姉、南の方も少しは自分を抑えよう。席を変え養子縁組の式が終わると弓は殿と南の方の許に引き取られた。この後は京に行き婚儀に出席する事になる。上手く行ってくれれば良いが……。


禎兆六年（一五八六年）　八月下旬　周防国吉敷郡上宇野令村　高嶺城　吉川元春

「宜しゅうございますかな？」

廊下から恵瓊の声がした。恵瓊か、と思ったが不快では無かった。来ると思っていたからか、或いは恵瓊の坊主頭に慣れたのか。恵瓊の坊主頭に慣れる？　そう思うと苦笑いが出た。妻が儂を見た。頷くと妻が立ち上がり戸を開けた。

「失礼致しまする」

恵瓊が部屋の中に入ってきた。そして妻が部屋を出て行く。恵瓊は転げ落ちそうな頭を撫でている。余り不快には感じなかった。やはり慣れてきたらしい。昔はこの癖が嫌いだったのだが……。

「四郎様、お働きでございますな」

座るなりニヤニヤ笑いながら言った。

「娘が心配なのであろう」

「皆様、駿河守様の仲裁を望んでいたようですぞ」

ニヤニヤ笑いが益々大きくなった。やはりこの坊主は好かぬ。

「四郎を抑える事は出来ぬ。そんな事をすれば異母弟《おとうと》達が不満に思おう。それこそ毛利一族に亀裂が入る」

「左様でございますな」

恵瓊が頷いた。もう笑ってはいない。六郎と七郎は不愉快そうな表情をしていた。恵瓊もそれを見たのであろう。

「だからといって儂が宍戸の姉上や南の方を窘めて大人しく納得すると思うか？　南の方はともかく宍戸の姉上は納得するまい。それこそ言い合いになるわ。そうなれば妻も参戦しかねぬ。だから黙ったのよ」

姉は妙玖様の血にこだわるが今では妙玖様の血を持たぬ者達が働き盛りなのだ。左衛門佐も藤四郎を養子に迎えたが藤四郎にも妙玖様の血は入っていない。徐々にだが妙玖様の血を引く者は少数になりつつある。その事に十分配慮しなければならぬ。それを言うと恵瓊が頷いた。

「左様でございますな。左衛門尉様がお二方を叱責されたのもそれ故でございましょう。まして駿河守様が仲裁なされぬとなれば宍戸は孤立したと思いましょうからな。駿河守様、中々のお働きで。愚僧は感服致しましたぞ」

恵瓊がニヤニヤ笑いながら儂の顔を覗き込んだ。

「……戯けた事を」

苦笑いが出た。恵瓊も笑う。そこまで考えたわけではない。だがそうなのかもしれぬ。宍戸の義兄はこれ以上妙玖様の血にこだわれば宍戸は毛利家中で孤立しかねぬと怖れたのであろう。道理で義兄は一族の結束こそが大事と言ったわけよ。あれは妻や娘を窘めるよりも宍戸を除け者にするなと皆に言いたかったのかもしれぬな。

「こうなると古満姫様の事、如何なさいます？」

「万千代様との件か？」

「はい、家中に妙玖様の血にこだわるのかという声が出かねませぬ。弓姫様に張り合うのかと」

「……」

「それに左衛門尉様は朽木家に嫁がせるよりも家中のしかるべき家に古満姫様を嫁がせたいと望むやもしれませぬ」

「……」

表情が動きそうになるのを懸命に堪えたが恵瓊も自分と同じ事を考えたのだと思った。宍戸の義兄は孤立を怖れている。

「駿河守様もそうお思いなのでは？　そのように愚僧は拝察致しましたが」

溜息が出た。この坊主は他人の心を読み過ぎる。読むのは構わぬが何故それを口に出すのか……。だから嫌いなのだ。まあその分話は早くなるが……。

「否定はせぬ。だが毛利と朽木の血の結び付きが上杉と朽木のそれに及ばぬのは事実だ。それを無視は出来ぬ」

　恵瓊が頷いた。

「実は此処に来る前に六郎様、七郎様に個別にお会いしました。その後で右京殿、源右衛門尉殿、与十郎殿にも会いました。こちらは三人一緒です」

「……」

「どなた様も五龍の方、南の方様への不満を言っておられましたな。元はといえば御方様が子を産まぬから養女をとなった。本来なら四郎様を労わなければならぬ立場の筈。それを蔑むとは如何いう事かと」

　思わず息を吐いた。

「見過ごす事は出来ぬか」

　恵瓊が首を横に振った。

「危険ですな。得策とは思えませぬ。愚僧も見落としておりました」

「無視すれば？」

　恵瓊がジッとこちらを見た。

「今は御方様への不満ですがこれが募れば宍戸家への不満になりましょう。厄介なのは殿と南の方様が不仲な事。殿は南の方様、宍戸家を庇わぬ可能性が有ります。その分だけ家中の南の方様、宍戸家への不満は大きくなりかねませぬ」

　この坊主がそこまで言う以上、古満を使って朽木家と婚姻を結ぶのは止めた方が良いのだろう。

無理に進めれば毛利家中に深刻な亀裂が入るに違いない。古満は毛利家中のしかるべき家に嫁がせる。その方が一族の結束を強める事になる。

となると次の九州遠征では是非とも働かなければなるまい。相国様に毛利は役に立つ、朽木の天下に協力していると思わせなければならぬ。

禎兆六年（一五八六年）　九月上旬　　山城国久世郡槇島村　　槇島城　　安国寺恵瓊

槇島城の大手門では老いた武士が待っていた。遠目にも身形《みなり》が良いのが分かる。それなりの立場にある者だろう。ふむ、相国様の出迎えは無いか。まあ当然ではあるがまた騒ぐ者が居るだろう。特に女だ。毛利は男よりも女の方が煩い。殿に直接相手をさせるわけにはいかぬな。前に出て初老の武士に近付いた。見覚えが有る。確か……。

「毛利右馬頭様、ならびにその御一行の方々ですな」

「いかにも、愚僧は安国寺恵瓊と申しまする」

名乗ると相手が笑みを浮かべて頷いた。悪くない、朽木家では私の評価はそれなりのものらしい。顔が綻びそうになるのを懸命に堪えた。

「某は平井加賀守と申しまする」

そう、平井加賀守殿だ。御台所様の父親、次郎右衛門様の祖父に当たる。

「これは、御出迎え有り難うございます。殿、こちらの平井殿は御台所様の御父君にございます」

驚愕の声が上がった。殿も驚いている。

「では次郎右衛門殿の」

殿の言葉に加賀守殿が〝はい〟と頷いた。

「畏れ多い事では有りますが次郎右衛門様は某の孫になりまする」

「わざわざの出迎え、痛み入る」

殿の労いに加賀守殿が首を横に振った。

「いえ、本来なら主が出迎えるべきところでございますが主は今竹田宮様のお相手をしております。宮様は毛利家の方々にも会いたいと仰られています。さあ、こちらへ」

なるほど、竹田宮様の相手をしているのか。上手い手だ。宮様の相手をしているなら我らを出迎えずとも非礼と誹られる事は無い。それに出迎えは平井加賀守だ。これも悪くない。十分に毛利の面目は立つ。

加賀守殿の案内で大手門をくぐる。そして城内に入る。廊下を歩く途中で何人かに出会ったがいずれも脇に控え片膝を突いて丁重に頭を下げた。朽木家は毛利家を重視している。嬉しかったが同時に緊張もした。重視しているという事は警戒しているという事でもあるのだ。油断は出来ない。歩いているうちに談笑する声が聞こえてきた。如何やら着いたらしい。加賀守殿が立ち止まり片膝を突いた。

「加賀守にございます。毛利右馬頭様、その御一行の方々をお連れしました」

「うむ、御苦労だな、舅殿。毛利家の方々に入ってもらってくれ」

「はっ」

加賀守殿が手振りで部屋の中へというように示した。殿が部屋の中に入りその後に皆が続いた。皆が戸惑っている。正面の上座には束帯を纏った若い男性が居た。おそらくは竹田宮様であろう。そして宮様から見て左側の下段には相国様を先頭に朽木家の方達が居た。

「右馬頭殿、正面の上座に居られるのが竹田宮永仁親王殿下であられる。席について御挨拶をしては如何かな？」

相国様の言葉に殿が右側の先頭に慌てて座った。皆も殿に続いて座る。それを見届けてから殿が畏まった。

「竹田宮様にはお初にお目通り致しまする。毛利右馬頭輝元にございまする」

「うむ、永仁である。遠路遙々大儀だな」

ふむ、表情は分からないがおおらかで明るい声だ。こちらに悪い感情は持っていないらしい。

「畏れ入りまする」

「此度、朽木家と毛利家が縁戚になる事、真に目出度い」

「はっ」

「右馬頭、面を上げよ。皆もだ」

顔を上げた。宮様がこちらをじっと見ている。

「これでまた一つ天下統一が近付いた。その事を院、帝も大層喜んでいる。勿論、私もだ。我らの願いは毛利が相国に協力して一日も早く戦の無い世の中が来る事だ。頼むぞ」

「はっ、必ずやご期待に添いまする」

殿が答えると宮様が頷かれた。上手いものだ。毛利が相国様への協力を誓った。直ぐに広まるだろう。

「その言葉を聞いて安心した。明後日の婚儀を楽しみにしている。色々と打ち合わせも有るだろう。私はこれで失礼する」

宮様が立ち上がった。平伏してお見送りした。

足音が聞こえなくなるのを待って顔を上げた。毛利家、朽木家、皆が顔を上げている。

「右馬頭殿、久しいな」

「はっ、お久しゅうございまする」

「先程は俺に協力すると言ってくれた。有り難い事だ。感謝している」

殿が〝いえ〟と言った。

「当然の事にございます。礼を言われるような事ではございませぬ」

「いや、九州遠征の前だ。嬉しく聞いた。心強い限りだ」

「畏れ入りまする」

うむ、この辺りの気遣いは流石よ。一族の前だ。殿を持ち上げてくれる。

「紹介しておこう。妻の小夜だ」

「小夜にございまする」

隣に座っていた女性が挨拶をした。若いと思った。もう四十に近い筈だが三十の前半に見える。

目元の優しそうな女性だ。その後は次郎右衛門様、三郎右衛門様、三好孫六郎様夫妻、平井加賀守夫妻、朽木長門守夫妻、朽木左兵衛尉夫妻、朽木右兵衛尉夫妻、朽木左衛門尉夫妻、朽木主殿夫妻、朽木主税夫妻、次郎右衛門様の傅役の石田藤左衛門、長左兵衛と紹介された。ふむ、次郎右衛門様は母親似だな。三郎右衛門様とは同母兄弟だが顔立ちが違う。その後でこちらも南の方、弓姫、宍戸夫妻、吉川夫妻、毛利四郎夫妻、天野夫妻、末次夫妻、そして私と紹介された。

「明後日の婚儀だが朽木からは評定衆、奉行、他にも何人か出る事になるだろう。三好、松永、内藤からも人が来る」

「はっ」

相当な人数になるな。宮様、公家の方々も来るのだ。盛大というより豪華と言った方が良いだろう。

「吉川次郎五郎、小早川藤四郎の二人もこの城に連れてきた。婚儀にも出る。後でゆるりと話されると良かろう」

「有り難うございまする」

毛利側から声が上がった。ふむ、駿河守様は嬉しかろうな。奥方の新庄局も喜ぶ筈だ。

「弓殿、お疲れではないかな？」

相国様が問うと弓姫様が首を横に振った。

「ちゃんと返事をしなさい。相国様に失礼ですよ」

南の方が慌てて注意すると相国様が〝はははは〟と声を上げて笑った。

「無礼とは思っておらぬ。突然見知らぬ男に声を掛けられて驚いたのであろう。そうか、疲れてはおらぬか。それは良かった」

やれやれ、後で挨拶もまともに出来ぬと一悶着有りそうだな。

「相国様？」

「ああ、そうだ」

「怖くない」

不思議そうな声は弓姫様の声だった。相国様を無心に見ている。これは……。

「弓！」

「申し訳ありませぬ！」

「とんだご無礼を」

毛利側が慌てて謝ったが朽木側は相国様を除いて皆が笑い出した。なかでも一番笑っているのは御台所様だ。相国様を見ながら笑っている。

「小夜、そのように亭主殿を笑う事は有るまい」

相国様が困ったように言うと御台所様が漸く笑うのを止めた。

「失礼いたしました。昔を思い出したのでございます。私も嫁いできた時は大殿の事を怖れていました。何と言っても武勇の大将と近隣に怖れられていましたから余程に大男で武張った殿方かと思っていたのです。でもお会いすればそのような事は無くて……。思わず大殿をまじまじと見てしまったものでございます。大殿に何か目を楽しませるものが有ったかと揶揄われました。あの時は顔から火が出るかと思うほどに恥ずかしゅうございました」

御台所様がまた笑うと今度は相国様も笑った。

「そんな事もあったな。そなたは俺を穴が開くほどにまじまじと見ていた。不思議そうにな。随分と困惑した事を覚えている」

「まあ、左様でしたか」

「あれは俺が十三でそなたが十四の事だからもう二十五年も前の事になるか。懐かしい事だ」

「はい、懐かしゅうございます。今弓殿が大殿を怖くないと言うのを聞いて嬉しくなりました。大殿は昔と少しも変わりませぬ」

「変わらぬか」

「はい」

「もう直ぐ四十なのだが」

「それは私も同じでございます」

「そなたも少しも変わらぬぞ」

「まあ、御上手な」

二人が笑いながら楽しそうに話している。そして朽木の家臣達はそれを温かい目で見ている。夫婦仲の良さ、家中の温かさがじんわりと伝わってきた。毛利側でも二人を不思議そうに見ている者が少なからず居た。相国様の事を恐ろしい御方だと思っていたのだろう。恐ろしいところは有る。だがそれだけではないのだ。闊達《かったつ》なところ、優しいところも有る。そうでなければ人が付いてこない。

「申し訳ありませぬ。養女《むすめ》がご無礼を致しました」

殿が謝罪すると相国様が〝いやいや〟と首を横に振った。

「無闇に怖れられるよりはずっと良い。俺は気にしておらぬ。だからな、毛利家の方々もこの件は気にしないでくれ。弓殿を責めてくれるなよ」

「弓姫殿の御蔭で緊張が解《ほぐ》れました。むしろ感謝しなくては」

「そうだな」

毛利側は恐縮する一方で相国様、御台所様が笑っている。これで弓姫様を責める事は出来なくなるな。それにしても御台所様は良い。お優しそうだ。何人かに御台所様の爪の垢でも煎じて飲ませたいものよ。毛利の女共は煩いからな……。

親子

禎兆六年(一五八六年)　九月上旬　山城国久世郡槇島村　槇島城　吉川経信

「御久しゅうございます」

挨拶をすると父が〝うむ〟と頷き母が〝本当に〟と言った。二人とも元気そうだ。ただ、少し年を取ったと思った。以前に比べれば頭に白い物が目立つようになった。そして目尻の皺《しわ》も。

「もっと文を寄越しなさい。父上もそなたの事を心配しているのですよ」

父のところには折々文を出しているのだがな。〝申し訳ありませぬ〟と素直に謝った。口答えなどすればどんな騒ぎになるか……。

「忙しいのかな？」

「はい。兵糧方は九州遠征の準備も有りますが地震の後始末も有りますので……」

父が〝なるほど〟と頷いた。

「大丈夫なのですか？　疲れているのではありませぬか？」

母が心配そうに私を見ている。

「大丈夫です。五日に一度はお休みを頂いておりますし今回は家族に会う様にとお気遣いを頂きました」

「それなら良いのですけど」

母は未だ心配そうだ。そんな母を見て父が苦笑した。

「案ずるな。次郎五郎は元気そうだ。顔色も良い。心配は要らぬ」

「そのようですね」

漸く母は納得したようだ。父の苦笑は未だ止まらない。

「九州遠征では一緒に戦えるな」

嬉しそうな父を見ると胸が痛んだ。

「申し訳ありませぬ。私はこちらに残る事になりました」

「なんと」

「まあ」

父と母が失望の声を上げた。

「物資を用意するのはこちらの方が便が良いので」

「なるほど、そうだな」

父の声には自分を納得させようとしている響きがあった。

「それに畿内の復興は急務です。後回しには出来ませぬ」

「うむ。だいぶ酷いと聞いたが？」

「大きな地震でした。家屋が壊れ多くの民が行き場を失いました。家屋が潰れた時に下敷きになって死んだ者も多うございます」

母が息を吐いて〝そんなに、惨《むご》い事ですね〟と言った。

「大殿は地震が冬に起きて良かったと言っておられました。夏ならば死体が腐乱し忽ち疫病が流行っただろうと」

「そうだな。地震に疫病、とんでもない状況になっただろう。九州遠征などとてもではないが出来なかったに違いない」

父が首を横に振っている。自分は何故冬で良かったのか説明を聞くまで分からなかった。情けない話だ。死者の埋葬、壊れた家屋の撤去、壊れそうな家屋の撤去も終わった。しかし地震の所為で土地がぬかるんでいる場所が有る。そこはしっかりと土地を固めなければ家屋は建てられない。街道も同じだ。地割れを起こしている場所が有る。道をしっかりと固めなければ重い荷を運ぶ事は出来ない。その事を言うと両親が溜息を吐いた。

「兵糧方というのはそんな事までしているのか」

「はい。朽木が豊かなのは物が流れるからです。今回の地震でその事が良く分かりました。物が流れなくなれば如何なるか？　地震の直後ですが物の値が跳ね上がりました。京では塩の値が常の三倍を越えたのです」

〝三倍を越えた？〟と両親の声が重なった。両親が顔を見合わせている。信じられないのだろう。自分もそれを知った時は信じられなかった。〝馬鹿な〟と言った事を覚えている。

「これまで塩は北陸から近江、京へと運んでいたのですが北陸は地震の被害が大きかったので北陸からの塩の流れが一時的に止まったのです。北陸からの塩が届くまで二月ほど掛かったでしょう。播磨の方から運ぶにしても畿内も被害が酷い。それで大殿は急遽八幡城に蓄えてあった塩を放出したのですが塩の値は殆ど変わりませんでした」

「何故だ？　塩は民に届いたのだろう？」

父が不思議そうな表情をしている。母も同様だ。

「量が十分ではなかったのです。それに塩の流れが元に戻ったわけでもなかった。民はそれを不安に思い塩を買い占めました。あっという間に塩は無くなり塩の値は殆ど変わりませんでした」

両親がまた溜息を吐いた。

「大殿は南伊勢、志摩の塩を桑名まで船で運びそこから陸路で淡海乃海へ、そして大津から京へと運ぶ事を決めました。桑名から淡海乃海までの街道は最優先で直したのですが値が元に戻るまで一月近くかかりました」

両親がまた溜息を吐いた。何度目だろう。

まあ無理もない。物の値とはこんなにも簡単に上下するのかと自分も驚いているのだ。それでも一月で値が戻ったのは大殿が居たからだろう。大殿が居なければ如何なっていたか……。怪我をして動けなくても必ず暦の間に出て指示を出した。急ぎの報せは夜中でも受け取った。毎朝地図を見ながら街道が何処まで直ったかを確認していた。物が流れるようになれば皆が安心すると言って。

朽木の繁栄は物が流れるからなのだ。その事を誰よりも理解しているのが大殿だった。

「物の有る無しではないのです。物が無くなるのではないか、届かなくなるのではないか。そういう不安だけで物の値は跳ね上がるのだと今回の地震で分かりました」

私の言葉に父が頷いた。

「戦も同じだ。援軍の有る無しではない。援軍は来ないのではないか、見捨てられたのではないか、その不安だけで兵は怯えてしまう。戦えなくなる」

なるほどと思った。戦も政《まつりごと》も人を相手にする。同じなのだと思った。

「大殿は今回の地震での復興の手順を紙に纏めています。いずれ次に大地震が来た時に役に立つだろうと言って」

〝そうか〟と言って父が頷いた。

「昔の事だがな、左衛門佐が相国様を隙の無い御方だと評した事が有る。儂もそう思ったが今そなたの話を聞いて改めて思った。隙の無い御方だとな」

隙の無い御方か。そうだな、私もそう思う。大樹公を駿河に送ったのもそれ故だろう。今では大樹公は徳川を下し関東に攻め込んでいる。誰も大樹公を頼りないとは思うまい。立派な跡継ぎだ。

「それにお気遣いも相当なものだ。戦には一緒に行けぬが婚儀には一緒に出席出来る。そうであろう？」

父が母を見て問うと母が笑顔で〝はい〟と答えた。

「某も楽しみにしております」

「そうか」

父が笑うと母も笑った。自分も笑った。和やかな空気が流れた。

「某は兵糧方に配属された事が不満でした。軍略方に配属された藤四郎殿を羨ましく思ったものです」

「そうだったな。そういう文が届いた。困った奴だと思ったものだ」

「そうですよ、父上は随分と怒っておいででした」

両親が笑いながら言った。

「申し訳ありませぬ。でも今は違います。やりがいの有る仕事だと思っています」

父が満足そうに頷いた。母も頷いている。

「いずれそなたは毛利に戻ってくる。今の経験はその時に役立つ筈だ」

「はい」

「その時が楽しみだな」

「はい！」

その時が楽しみだ。きっと毛利を今以上に豊かにしてみせる！

禎兆六年（一五八六年）　九月上旬　　山城国久世郡槇島村　　槇島城　　宍戸隆家

肩をぐるっと回す様に動かすとボキッと音がした。妻が儂を見て笑った。

「おやまあ、お疲れでございますか？」

「疲れた。肩が凝る席は苦手じゃ」

妻がまた笑った。

「あと一日、我慢してもらわなければなりませぬ」

「そうじゃの」

まあ悪い顔合わせではなかった。それでも疲れたのだ。緊張したのだろう。無理もない。相国様だけではなく竹田宮様も居られた。予想外の事であったな。

「あちら様が弓を咎めなかったのでホッとしました」

「うむ」

皆が笑っていた。恐ろしいと評判の相国様だが身内に見せる顔はそうではないらしいな。むしろ親しみやすい御人なのかもしれぬ。

「御台所様が一番笑っておられました」

「そうだな」

相国様には側室が十人ほど居ると聞いた。だが夫婦仲は円満なようだ。御台所様は自分が愛されているという自信が有るのだろう。まあ嫡男、次男、三男は御台所様のお腹の子だ。朽木家でしっかりとした立場を築いている。それも有るのだろうな。……羨ましい事だ。

「次郎右衛門様ですが眉目も良く御人柄も好ましい御方のようで」

「そうだな。御顔は御台所様に似たのだろう」

妻が一つ息を吐いた。

「惜しゅうございます。嫁ぐのが古満ならば……」

「言うな、それ以上は言うてはならぬ」

「分かっております」

妻がまた息を吐いた。

「そなたが妙玖様の血を誇りに思うのは良い。だがそれにこだわる事は危険だ。その事は先日の四郎殿の件で分かっていよう」

「……はい」

「あの時、駿河守殿は仲裁に入らなかった。その事を忘れてはならぬ」

「……はい」

妻が悔し気に唇を噛み締めた。日頼様はその多くの戦を妙玖様の産んだ息子達、娘婿である儂と共に戦った。何故なら側室達の産んだ庶子は未だ幼かったからだ。だが今は違う。四郎殿を始めとして庶子達は成人し働き盛りなのだ。それを無視する事は出来ぬ。無視すれば宍戸は孤立するだろう。危険だ。

「左衛門佐殿も藤四郎殿を養子に迎え入れた。妙玖様の血を引く家は少ないのだ」

残念だが殿と娘の間には子が無い。このままなら本家も養子を迎える事になる。そうなれば本家の当主も庶子の家から選ばれるという事も十分に起こり得るだろう。その状況で宍戸が妙玖様の血を誇るのは危険だ。一つ間違えば宍戸家は排斥されかねない。その事を言うと妻が〝分かっております〟と頷いた。

「ですが御台所様を見ると……、あの娘《こ》に如何して子が無いのかと……」

妻が言葉を途切らせた。声が湿っている。御台所様と娘は当主の妻としては同じ立場だ。だが御台所様は子に恵まれ相国様に愛され何の不安も無い。それなのに娘は……。妻はその事を思ったのだろう。

「今のままではあの娘が可哀そうで……。せめて姫の古満を養女にして朽木に嫁がせればと」

「……」

「そうなればあの娘も少しは立場が良くなるかと」

妻が泣き出した。傍に寄って背を撫でた。気持ちは良く分かる。夫婦仲が良くない、子が無い。今のままでは娘は徐々に立場を失い肩身の狭い思いをする事になるだろう。

殿が今少し覇気の有る御方ならば……。そう思わざるを得ない。娘は優柔不断な姿を見せる殿が不満なのだ。あれは儂を、日頼様を間近で見た。儂も日頼様も上に立つ者として周囲に迷う姿を見せる事はしなかった。だが殿は……。思わず溜息が出た。

「泣くな」

「申し訳ありませぬ」

妻が涙を拭った。

「古満は家中の者に嫁がせよう。その方が良い。宍戸の家が毛利家中でしっかりとした立場にある。その事があれのためになる」

「はい」

幾つになっても子供は子供か。気の休まる暇は無いの……。


禎兆六年(一五八六年)九月中旬　近江国蒲生郡八幡町　八幡城　朽木基綱

次郎右衛門の婚儀は良い式だった。毛利の弓姫は物怖じしない天真爛漫な娘だった。式の前に対面したがまじまじと俺を見て〝相国様?〟と呟いた後不思議そうな表情で〝怖くない〟と言って毛利側を大いに慌てさせた。朽木側は皆大笑いだったな。一番笑っていたのは小夜だった。昔の自分を思い出したそうだ。毛利の連中、俺をどんな風に教えていたのやら……。嫁いで来たら一度厳しく詮議しなければならん。

式には竹田宮、五摂家、西園寺、飛鳥井、西洞院、山科、葉室、甘露寺、冷泉、勧修寺、万里小路、庭田、中山、今出川が参加した。結構豪勢な式になったな。毛利側は喜んでいた。今回の式で朝廷、公家に毛利の存在を印象付ける事が出来たと思っているようだ。良いのかねえ、金の無心をされるぞ。

次郎右衛門も弓も相手に対して好意を持ったようだ。正直に言えばそれが一番嬉しかった。朽木と毛利を繋ぐという事では無く二人が仲睦まじく過ごせれば良い。それが結果的に朽木と毛利の関係を緊密なものにするだろう。毛利側とは二年後に弓姫を尾張へ送る事で合意した。

婚儀は問題無く終わった。問題はその後だ。九州遠征を如何するか。大友が滅びかけている。臼杵城で流行り病が起こった。多分、集団食中毒、或いはそこからの二次感染だろう。夏場の籠城戦の怖さだ。食料は傷みやすい、そして衛生観念の低い人間達が城中という狭い空間に籠もっているのだ。食中毒が起こらないわけがない。籠もる人間が多ければ多いほど危険だろう。

大友が滅ぶ前に遠征を行う、或いは援助を行うべきではないかというのが毛利側の提案だった。大友が滅べば龍造寺は毛利に向かう、或いは態勢を整えてこちらを待つ。そうなる前に大友と戦うべきだというわけだ。しかしな、台風は十月まで来る。その辺りを考えると戦は十一月にすべきだと言った。嵐の中じゃ朽木の強みの火力が使えない。

毛利側が危惧したのは大友を滅ぼし龍造寺が毛利領に押し寄せる事だった。単独では押し返すのは厳しい。毛利と龍造寺の消耗を図られたのでは敵わないという疑念が見えた。そうなった場合は必ず朽木が後詰すると約束した。毛利も大友に義理が有るわけでは無い。それに台風の中での戦は難儀だ、避けたいという思いは向こうにも有った。色々と意見は出たが最終的には十一月で合意した。やはり婚儀の効果は有ったと思う。親戚なんだから見殺しにはしないよという事だ。

対馬の宗氏については心配する必要は無いだろうという事で意見が一致した。如何も本気で龍造寺に付こうとしたわけでは無いらしい。龍造寺の矛先を躱《かわ》すのが目的の様だ。交易問題は絡んでいないという事だ。俺も小兵衛も少し交易問題にこだわり過ぎたのかもしれないな。現状では宗氏を咎める事はしない。そんな事をすれば却って宗氏を龍造寺側に押しやりかねない。宗氏には戦局を変えるほどの力は無いが不必要に危険を冒す事は無い。宗氏への処分は龍造寺討伐後という事になった。

それと水軍の拠点は赤馬関という事になった。赤馬関は現代の下関だ。ここに朽木の水軍を置けば関門海峡を制し玄界灘、周防灘に睨みを利かせられる。朝鮮が攻め込む事など万に一つも無いだろうがそれにも十分に対応は可能だ。対馬沖で朝鮮水軍を撃滅する事になるだろう。全滅させなくても良い。ゲームじゃないんだ、多少の損害を与えれば兵を退く筈だ。あ、小夜が来た。何か用かな？　文を書いているのだけれど……。

禎兆六年（一五八六年）　九月中旬　　近江国蒲生郡八幡町　　八幡城　　朽木小夜

大殿の自室に行くと大殿は難しい表情で文を書いているところだった。直ぐ傍に座っても気にする事なく集中して文を書いている。暫く書いてから大殿が一つ息を吐いた。筆を置いて書状を見直している。

「どなたへ文をお書きになっているのです？」

「うむ、毛利だ」

「まあ、毛利家に。婚儀の事でございますか？」

大殿が私を見て〝それも有る〟と言った。

「良い婚儀で満足している、朽木に協力すると言ってくれた事に感謝しているとな。だが今回は九州遠征の件で色々と決めた事が有る。その事を文で確認している。こういう事を決めたとな」

「まあ」

「これを怠ると後々話が違うなどと揉める事になりかねぬ。特に今大友は疫病が流行って相当に苦しい状況にある。九州遠征は十一月だが毛利は大友がそれまで保たぬのではないか、大友が滅べば龍造寺は毛利を攻めるのではないかと危惧している。その時、毛利と龍造寺の消耗を朽木に謀られては堪らぬとな」

「そのようなお話が出たのでございますか？」

驚いて問うと大殿が〝出た〟と苦い表情で言った。

「毛利側は九州遠征を早めてくれと言ったほどだ。相当に危惧している。大友は危ういのだろう。だからな、その時は必ず後詰《ごづめ》する。毛利だけを戦わせる事は無いと約束した。それを文に記し安芸の十兵衛達にもその時は後詰するように命じたと書いた。毛利も口だけではないと安心するだろう」

「左様でございますね」

大殿が私を見てニヤリと笑った。また悪い事をお考えになったらしい。

「それにこの文は俺の直筆だ。毛利側でもそれは分かる筈だ。祐筆《ゆうひつ》ではなく自分で書いたとなれば保証も増す、安心も増すというものだ」

「まあ、悪筆も時には役に立つのでございますね」

私が笑うと大殿も笑った。

「そなたは酷い事を言うな。時々ではない、相当に役に立つぞ」

二人の笑い声が一層大きくなった。でもそうかもしれない。大殿は良く家臣達に直筆の文を送っている。家臣達もそれを喜んでいるのだ。

「この後は十兵衛達にも文を書かねばならぬ。大樹にもな」

「大樹にも？」

大殿が〝そうだ〟と頷いた。

「あれにもこういうやり方を覚えさせなくてはならぬ。まあ周囲には頼りになる男達が居る。俺の気遣いなど無用なものかもしれぬ。だがな、念のためだ」

「御苦労なされますね」

「苦労と言うほどのものでもない」

大殿が笑う。でも苦労していると私は思う。政の事、戦の事、そして子供達の事、気の休まる時が有るのだろうかと不安に思う事が有る。今年は地震も有った。その復興のためにどれほど苦労されたか……。

「いいえ、御苦労されています。御存じですか？　鬢《びん》に白い物がございますよ」

「白い物？　白髪か」

「はい」

大殿が〝そうか、白髪か〟と言った。気付いていなかったのだと思った。でも驚いてはいない。

苦笑している。先日、毛利家の方との対面の時に気付いた。隣に座っている大殿の鬢に白髪が有る事に……。

「未だ四十には間が有るのだがな。白髪が生えたか」

「……」

「そなたは無いな」

大殿が私を見ている。

「楽をしているのでしょう」

「そんな事は無い。女房殿が若いのは良い事だ。亭主は励みになる」

笑いながら言う。私を気遣っているのだと思った。

「抜きますか?」

〝抜く?〟と声を上げた。そして顔を顰めた。

「痛いだろう。抜かずとも良い」

「まあ」

「そなたは白髪の有る亭主は嫌か?」

「そんな事は有りません。大殿は大殿ですもの」

大殿が〝ははははは〟と笑った。

「それなら良い。若白髪は金持ちの証なのだ。朽木は皆が羨むほどに裕福だ。俺に白髪が有るのは当然の事だな」

「……」

「それに、後五年もすれば白髪の似合う年頃になる。今更繕う必要は無い。……いや、待てよ。側室達は嫌がるかな？　爺むさいと」

大殿が首を傾げている。

「さあ？　如何でしょう？」

「抜くか？」

「鑷《けぬき》ならございますが？」

用意しておいた鑷を袂から取り出した。

「うむ、そうだな。四十になるまでは抜こう。頼む」

「はい」

大殿の傍に寄った。

「小夜、痛くないようにな」

「御約束は出来ませぬ」

「小夜」

困った御方。

「そのような情けない御声を出さないで下さい」

「そうは言うが……」

白髪を鑷で挟んだ。

「行きますよ」

「うむ」

「エイ！」

「痛っ！」

大殿が鬢を押さえている。もう一本有るのだけれど……。


禎兆六年（一五八六年）九月中旬　　山城国葛野・愛宕郡　　仙洞御所　　目々典侍

「母上、次郎右衛門殿と毛利の弓姫の婚儀は華やかで良い婚儀でございましたぞ」

息子、竹田宮永仁がにこやかな表情で言った。

「そうですか。毛利右馬頭殿は天下統一のために力を尽くすと誓ったそうですね」

「はい、これで朽木と毛利の紐帯《ちゅうたい》も一層強くなろうというもの。九州遠征の成功も間違いないと皆が申しております」

息子の笑顔を見ながら良い事だと思った。

「相国様から文が届きました。畏れ多い事に竹田宮様にお気遣い頂いた、宜しくお伝え頂きたいと記してありましたよ」

「私のところにも文が届きました。同じようにお気遣い頂き感謝していると。なんとも読み辛い字で直筆の文でした」

私も直筆の文を貰ったと笑うと息子も笑った。飛鳥井の血を引くのに如何してあんなにも悪筆なのか。

「不思議です。如何してあんなにも悪筆なのでしょう。相国にも飛鳥井の血が流れているのですが」

「姉上に聞いたのですが朽木家中ではあの悪筆が喜ばれているそうですよ」

私の言葉に息子が〝ほう〟と興味有りげに声を上げた。

「伯母上がそのように？　それは如何してでしょう？」

「ほほほほほほ。政も上手、戦も上手。それなのに如何してあのように悪筆なのかと家臣達は面白がっているのだと聞きました。それに直筆の方が自分を重視しわざわざ直筆の文をくれたと嬉しいのだそうです。祐筆が書いた綺麗な文は代筆かと余り喜ばれないのだとか」

息子が〝なるほど〟と頷いた。

「確かに直筆の方が有り難みが有りますね。如何してこうも悪筆なのかと読んでいるうちに笑いたくなります。まあスルメのようなものですな。噛み締めるほどに味が出てきます。それに比べれば綺麗な字ではすらすらと読んで終わりです。あっけない、面白みが有りませぬ」

「まあ」

私が笑うと息子も笑った。確かにそうかもしれない。綺麗な代筆の文よりも直筆の読み難い文の方が印象に残る。それだけに記憶にも残るだろう。そう考えると悪筆も悪くないのかもしれない。

それにしてもスルメとは……。可笑《おか》しみを感じていると息子が〝母上〟と私を呼んだ。

「私は本来なら寺に入れられ俗世とは縁を切る立場になる筈でした。ですが世襲宮家を設立してもらい俗世を楽しんでおります」

「そうですね」

「有り難い事です。それもこれも相国の御蔭です」

その通りだ。相国が居なければこの子は寺に入れられていた。そして自分が何故生まれてきたのかと自問する日々を過ごす事になっただろう。私もこの子を想って切ない思いをしたに違いない。

「院、帝から婚儀に出席せよと言われた時は本当に嬉しかった。漸く相国に恩返しが出来ると思ったのです。母上、私は相国の役に立てたのでしょうか」

「ええ、勿論です。だから直筆の文が来たのでしょう」

息子が嬉しそうに顔を綻ばせた。

「母上、九州遠征が終われば残りは関東と奥州です」

そう、毛利と緊密な関係を結び、大友、龍造寺を下せば西に不安要素は無い。

「九州遠征は来年の半ば頃には終わるでしょう。関東では大樹公が朽木の天下統一に従わない大名達を征伐していると聞いています。こちらもそれほど時が掛かるとは思いません」

「となれば後は奥州ですか。いよいよ天下統一ですね」

「ええ」

息子の声が弾んでいた。その気持ちは良く分かる。私が生まれる前から続いていた乱世が漸く終わるのだ。院がどれほど喜ぶ事か……。

「月が変われば馬揃えが有ります」

「そうですね。既に仮桟敷《かりさじき》が用意され皆が楽しみにしていると聞きました」

「はい、私も楽しみにしています。天下第一の朽木の兵を見る事が出来るのです。九州遠征に赴く兵を。今から胸がわくわくしております」

「まあ」

嬉しそうに言う息子が可笑しかった。でも多くの公家が同じように胸を弾ませているのだろう。朝廷を守る兵を見るのだと。朝廷は漸く信頼出来る武家の棟梁を得たのだと思った。

「院、帝からは共に仮桟敷で馬揃えを見ようとお誘いを受けました」

「そうですか、有り難い事ですね」

「はい」

嬉しそうに頷く息子を見ながらこれで良かったのだと思った。父はこの息子を帝にしたいと考えていた。相国の力を借りれば不可能ではないと考えていたのだ。実際そうだっただろう。だが相国はそれを拒否した。朽木は皇統には関わらない、平氏とは違うと。

今でも覚えている。あの時の相国の厳しい表情を。そして今天下の半ば以上を手にしても相国の姿勢は変わらない。武家として朝廷を支え守ろうとしている。朝廷は本当に頼りになる武家の棟梁を得たのだ。だから院も帝もこの子を大事にしてくれる。これで良かったのだ……。

禎兆六年（一五八六年）　九月下旬　　山城国葛野郡　　近衛前久邸　　朽木基綱

「良い婚儀でおじゃったの。内府もそう思うであろう」

「はい」

太閤近衛前久と息子の内大臣近衛前基が満足そうにしている。まあ嬉しいだろうな。朽木家が上杉家、毛利家、三好家、そして近衛家と結んだ事で近衛家は間接的とはいえ上杉家、毛利家、三好家とも関係を結んだのだから。上杉家、毛利家はそれぞれ北陸、中国で大領を持つし三好家は畿内でそれなりの勢力を持つ。近衛家は公家の中では複数の有力武家と縁を持つ家になった。ウハウハだな。

「毛利とも縁を結んだ。次は九州かな？」

「はい、来月の末には軍を動かす事になります」

二人が頷いた。しかしこの二人、親子だが余り似ていないな。太閤は筋肉質だが内府は華奢な感じだ。間違っても鎧の似合う男じゃない。だが鶴の文によれば公家よりも武家に気質は近いようだ。

「琉球の使者を同道させると聞いた」

「はい、琉球との交渉には武威を見せる事も必要だと考えております。その良い機会でしょう」

「ほう、では負けられぬの」

「負けられません」

そう、龍造寺相手に負ける事は勿論だが手古摺る事も出来ない。だから台風を避けたのだ。負ける事は無い。有馬、大村はこちらに寝返った。そして多久長門守安順、龍造寺安房守信周もこちらに傾いた。多久長門守は龍造寺の一族だが鍋島孫四郎の娘を妻にしている。居心地が悪いらしい。龍造寺安房守は隠居の直ぐ下の弟なのだが母親の身分が低いために三男よりも下の扱いを受けている事に不満を持っている。簡単に靡《なび》いたな。他にも何人か靡きそうな男達が居る。隠居は猜疑心が強いらしいからな、誰か一人が裏切れば皆を疑いの目で見だすだろう。

「来月にはこの京に畿内の主だった者が集まりまする」

「馬揃えか、楽しみよな」

「それほど大掛かりな物ではございませぬ」

「それでも楽しみじゃ、のう、内府」

「はい」

困ったものだ。二人とも目を輝かせている。この時代、娯楽はそれほど多くない。馬揃えなんて珍しいのだろう。まあ殿下は自ら参加するのだけれど。

だが大掛かりな物ではないというのは事実だ。今回の遠征では畿内、山陽、山陰、四国が動員の対象になる。そして今回の馬揃えに参加するのは畿内の大名、国人衆だけだ。それぞれ供は五人まで、国ごとに纏まって行進する。そして帝の前で姓名を名乗る。例えば××国○○郡△△の住人、山田太郎村正。そんな感じになる。

帝や公家達から見れば大名、国人衆達が自分に忠誠を誓っているように見えるだろう。そして大名、国人衆達から見れば帝や公家達が見てくれているという満足感になる。何と言っても海賊の九鬼や堀内も出ると言い出したからな。今頃は皆鎧、馬を新調しているかもしれない。もっとも戦場には常の鎧、馬を使う様にとは触れを出してある。慣れない鎧や馬を使うと死に装束になりかねない。

「義父上、九州遠征はどの程度の兵力を動かす事になるのでおじゃりましょう」

内府が興味津々といった表情で訊ねてきた。

「畿内、山陽、山陰、四国、合わせれば十五万を越えましょう」

「十五万……」

内府が呆然としている。それを見て太閤殿下が〝ほほほほほ〟と笑った。悪い父親だ、息子を笑うなんて。だがこの十五万を琉球の使者が如何見るか、それが大事だよ。そして十五万は朽木の全兵力じゃない、その一部なのだ。

畿内、山陽、山陰は北九州方面から、四国軍は日向方面から攻め込む事になる。龍造寺の隠居は間違えたな、豊前、豊後だけじゃなく日向にも兵を入れるべきだった。いや、いざとなれば薩摩、大隅方面からも兵は上陸させられるのだ。意味が無いか。

「まあ兵よりも兵糧の方が大変です。十五万人を食わせるのは決して簡単では有りませぬ」

太閤殿下が〝なるほど〟と言うと内府が今度はホウッと溜息を吐いた。算盤が得意らしいからな、米の量でも計算したのだろう。大変では有るが問題は無い。幸い今年の米の出来は悪くないようだ。これから収穫だが畿内から山陽、山陰は豊作が見込める。米は海路で赤馬関に送る。そこからは兵の進撃状況によって送る場所が変わるだろう。問題は無い。

囮《おとり》

禎兆六年（一五八六年）　十月上旬　　近江国蒲生郡八幡町　　八幡城　　朽木基綱

「父上」

「父上」

福と駒千代が俺を呼びながら抱き着いて来た。やれやれだ、それぞれを膝の上に乗せた。二人とも嬉しそうにしている。福が八歳、駒千代が六歳か。まだまだ甘えたい盛りだな。

「二人ともいけませぬよ。大殿は御怪我をされたのですから膝の上に乗るのはお止めなさい」

辰が心配そうな顔をしている。いかんなあ、子供達が顔を上げて不安そうな表情を見せているじゃないか。

「大丈夫だ、辰。もう心配は要らぬ」

「ですが」

「大丈夫だ」

心配は要らない。屈伸も問題無く出来るし走る事も出来る。鎧を着て歩いても全然問題無かった。アキレス腱も十分に伸ばせるのだ。子供達を膝に乗せる事など何の問題も無い。頭を撫でてやると二人とも嬉しそうにしている。

「半年後には子が生まれる。目出度い事だな」

「はい」

辰が嬉しそうに答えた。辰の御腹には俺の子がいる。大体三カ月ぐらいとの事だ。来年の六月には生まれているだろう。暑くなる前に生まれるのだ。何よりだ。だが辰が子を産むとなれば篠も欲しがるだろう。張り合うわけではないが二人とも従姉妹で仲が良いからな。困ったものだ。

「弟か妹が生まれる。嬉しいか？」

「嬉しいです」

福と駒千代が声を揃えて嬉しいと言った。それを聞いて辰が嬉しそうに笑い声を上げた。幸せそうだ。ホッとした。

十五年ほど前になるか、篠と共に俺のところに来た時には酷く怯えていた。表情も暗かった。だが今の辰は明るく笑っている。辰を側室にする事は迷ったが間違ってはいなかったのだろう。後は温井の家を再興させる事だ。駒千代が元服したら再興させよう。喜んでくれる筈だ。

「もう直ぐ御出陣ですが御戻りは何時頃になりましょう？」

不安そうな表情だ、胸が痛んだ。

「そうだな、はっきりとは言えぬが半年から一年先になるだろう。子が生まれる前に戻れるか、難しいところだ」

「左様でございますか」

寂しそうな顔だ。〝済まぬな〟と謝ると辰が慌てて〝申し訳ありませぬ、はしたない真似を致しました〟と謝った。

「しかしな、一番大変な時に傍に居てやれぬ。辛かろう」

「子を産むのは三度目です。慣れております」

「そうか」

「御無事でのお戻りを待っておりまする」

嘘だ。今だって無理に微笑んでいるのが分かる。傍に居て欲しいと思うのは当然の事だ。

「名を考えた。男なら文千代《ふみちよ》、女なら香《こう》だ。如何かな？」

「文千代でございますか？」

「うむ、戦が無くなる時代が来る。そうなれば武よりも文だ。そう思ったのでな」

「良い名前だと思います」

〝文千代〟、〝文千代〟と繰り返した。嬉しそうにしている。女だったら如何するんだろう。香だって良い名だと思うんだが……。

少しの間子供達と遊んでから園と龍のところに行った。龍が嬉しそうに俺の傍に来た。龍は八歳になった。随分と大きくなった。

「もう直ぐ寒くなる。風邪を引かぬように暖かくするのだぞ」

龍が〝はい〟と言って頷いた。

「園、あと五年、遅くとも七、八年すれば龍を嫁に出さなければならんな」

「はい」

俺と園の会話を聞いて龍が不安そうにしている。

「如何した？」

「……」

「父に遠慮は要らぬぞ。思った事を言いなさい」

「行きたくありませぬ」

「嫁にか？」

「はい」

思ったよりも強い口調で戸惑った。普通女の子って嫁に行きたがるものじゃないのかな？　園に視線を向けたが園も困惑している。

「今直ぐというわけではない。龍が大人になったらだ」

「此処に居てはいけませぬか？」

「此処に居たいのか？」

「はい、いけませぬか？」

「駄目だとは言わぬが……」

龍が嬉しそうにした。園は戸惑ったままだ。母親が心配なのかな？　それとも今川、北条の者達と離れたくないのか。後で園と話してみようか。

「園、もう直ぐ出陣だ。永源寺には行けそうにない。済まぬな」

「いいえ、そのような」

「今川家、北条家、武田家の方々には済まぬと伝えてくれ」

「はい」

北条が滅びてから七年、武田が滅びてから九年が経っている。今川が滅びたのは更に前だ。この十年で大きな家、名門が次々と滅びた。その中には織田、徳川も有る。目まぐるしいほどだ。

今月の末には馬揃えが有る。そして九州出兵だ。九州が終わったら俺も関東に行こう。一気に制圧し東北に向かう事にしよう。天下統一だ。


禎兆六年（一五八六年）　十月上旬　　近江国蒲生郡八幡町　　八幡城　　北条園

大殿の私室に向かった。良かった、人が居ない。大殿は独りで文を書いている。

「宜しいでしょうか？」

声を掛けると大殿がこちらを見て頷いた。内に入り大殿の前に座った。

「そなたから訪ねて来るとは珍しいな。何かな？」

「龍の事でございます」

答えながらも珍しいと言われた事が心に刺さった。娘を養女として育ててもらいながら形だけの側室。滅多に大殿の許を訪ねる事も無い。偶に訪ねるのは娘が大殿の許に居るのではないかと捜す時だけ。一体私は何なのか……。大殿が筆を置いた。

「先日の事かな？　この城を出たくないと言っていたが」

「はい」

「それで、龍は何と言っている？」

「それが……、他の城は暗くて寒いから嫌だと」

答えると大殿がジッと私を見た。

「それは、小田原城の事か？」

「多分、そうだと思います」

大殿が〝憐れな〟と呟いた。私も憐れだと思う。小田原城は常に戦の臭いがした。そして重苦しい空気に包まれていた。私達はそれに怯えていたと思う。心から笑った事など殆ど無い。それは龍も一緒だったのだ。未だ幼かったあの子にも小田原城の記憶が焼き付いている……。

「龍は心に傷を負ってしまったのだな」

「はい」

痛ましそうな表情だ。この御方は本当に優しいのだと思った。実子でもないのに龍の事を心から心配している。

「余程に怯えていたのだろう。この城に来て漸く怯えから解放されたか」

「そうだと思います。龍はこの城はとても明るいと言っていました。美味しい物が沢山有って皆が笑っていて温かい。安心出来ると」

大殿が〝そうか〟と言った。痛ましそうな表情は変わらない。もしかすると関東管領への助言の

所為だと責任を感じているのかもしれない。

「そなた達も苦労したであろう」

「……はい」

声が小さくなった。気の休まる時など無かった。織田に敗れ駿河を捨て小田原に逃げた。小田原城は難攻不落の名城と言われたけど決して安住の地では無かった。味方は常に劣勢で押されていた。徐々に徐々に押し込まれ身動きが取れなくなっていく。そんな恐怖感が有った。希望など何処にも無かった。今でもあの頃の事を夢に見る。目が覚めるのは如何いうわけか決まって夜中だ。そして酷く疲れている。私は此処は小田原城ではない、八幡城なのだと自分に言い聞かせて眠ろうとする。でも眠れる事は希だ。殆どは眠れずに悶々として朝を迎えている。

「以前から聞きたかったのだが龍は俺の事を血の繋がった父親だと思っているのか」

〝良く分かりませぬ〟と首を横に振った。

「ただ父親が二人居る事は分かっております。昔の父上、今の父上と区別しておりますから」

大殿が〝そうか〟と複雑そうな表情で答えた。

あの子は今の父上の方が好きだと言っていた。強くて明るくて優しいから。今の父上の傍なら安全だからと。そして皆も今の父上の傍で明るくなったと言っていた。私は何も言えなかった。亡くなった夫の事は今でも愛している。そして龍の本当の父親なのだ。それを思えば龍を窘めるべきだったのかもしれない。でも今私達が何の不安も無く暮らしているのは事実なのだ。それが大殿の御蔭で有る事も事実。龍はそれを言ったに過ぎない。

私自身、大殿の優しさに守られている。私は大殿を受け入れられなかった。その事を知った御台所様は激怒したと聞いている。何故大殿の重荷になるのか、苦しめるのかと。それを宥めたのが大殿だった。私が御台所様に謝罪した時、御台所様は私を責めなかった。何故そんなにも優しいのだろう。本当なら一番怒って良い筈なのに……。

「ところで、この事は周りには話したのかな？」

「いいえ、母にも、北条の叔母にも話しておりませぬ。話した方が良いでしょうか？　私も迷っているのです」

大殿が〝そうだな〟と言って少し考える素振りを見せた。

「大袈裟にする必要は無いと思うが隠すのも変な話だ。それとなく話した方が良いと思う」

「はい」

「今は未だ小田原城の頃の記憶が強いのだろう。それだけにこの城から離れたくないと思っているのかもしれぬ。もう少し年が上になれば変わるのかもしれない。無視するわけではないが余り騒がずに見守ろうと皆に言っては如何かな？　変に騒いでは龍が苦しむかもしれぬ」

「はい」

私が答えると大殿が笑みを浮かべた。ホッとした。胸がスッと軽くなったような気がした。相談して良かったと思った。

「龍は今川、北条、武田の三家の血が入った娘だ。龍の行く末を心配している者は沢山居る。大事に育てなければな」

「はい」

「龍の事で気になる事、困った事が有れば遠慮無く相談してくれ。龍は俺の娘でもあるのだ。これは本心だぞ」

「はい」

声が震えた。大殿の笑みが心苦しい。この御方が本当に龍の父親なら……。そうであれば私は何の戸惑いも無くこの御方に寄り添って甘えられただろう。

「俺は直に戦に行く。その前にもう一度龍と遊ぶ事にしよう。そなたも如何だ。少し寒いかもしれぬが一緒に船遊びでもせぬか？　龍も喜ぶと思うが」

如何しよう？　迷った。大殿は笑顔で私を見ている。……龍は喜ぶだろう。断るべきではないと思った。

「はい、お願い致しまする」

「よし、決まりだ。楽しみだな。龍にはそなたから伝えてくれ」

「はい」

楽しみだなと言った大殿の表情は本当に楽しそうだった。血は繋がっていない、でも本当に父親なのだと思った。

禎兆六年(一五八六年) 十一月上旬 安芸国佐東郡比治村 比治山城 朽木基綱

「十兵衛、久しいな」

「真、久しゅうございます」

十兵衛がにっこり笑みを浮かべた。相変らずのイケメンだ。若い頃よりも渋さが出て男振りが上がっている。女には持てるだろうな。羨ましい限りだ。でも十兵衛は愛妻家で側室は居ないらしい。奥方は幸せだろう。

「随分と城下が賑わっているな」

俺の言葉に付き従ってきた家臣達が口々に同意した。相談役の四人、真田源五郎、宮川重三郎、荒川平四郎達の軍略方、蒲生忠三郎、鯰江左近、吉川次郎五郎達の兵糧方、他に田沢又兵衛、小山田左兵衛尉、立花道雪、高橋紹運……。倅《せがれ》の明智十五郎も素直に感嘆している。皆の賛辞を受けて十兵衛が顔を綻ばせた。

「海が近くに有りますし土地も開けております。山陽道も通じている。これほど良い土地は滅多に有りませぬ。この地を拝領出来たのは真に有り難い事で……」

「一向一揆の問題が有ったからな。信頼出来る者に預ける必要が有った。実際戦が起きた。後始末で随分と人が減った筈だ」

皆が頷いた。吉田郡山城に立て籠もった一揆勢は悲惨な籠城戦に追い込まれた。降伏後は安芸から追放された。人口減少は十兵衛にとっては大きな痛手だった筈だ。だが今ではそれが想像出来ないほどに賑わっている。

「安心して暮らせる土地だと分かれば、そして豊かになれる土地だと分かれば人は自然と集まってきます」

「そうだな。だがそれを理解させるのは簡単ではない。十兵衛の領主としての力量だろう」

「お褒め頂き恐縮にございまする」

人間なんて臆病な生き物なんだ。今ある暮らしを捨てて新しい土地へなんて簡単にはいかない。人を集めたという事は十兵衛には内政家としての力量も有るという事だ。

安芸では一向門徒が排除された後、天台宗、日蓮宗、曹洞宗、臨済宗、浄土真宗の高田派、佛光寺派などが進出した。それらは十兵衛が俺に推薦し俺が許す事で行われた。勿論、決して信徒を唆す様な事はしないと誓紙も出してもらった。本願寺派の一大拠点であった安芸では坊主だけでは無く信徒も叩き出されたのだ。違反するような者は居ないだろう。

「京では御馬揃えをなさったと聞きましたが」

十兵衛が羨ましそうな顔をしている。そうだよな、出たかっただろうな。

「うむ、今回は初めてだったのでな。人数を抑えて畿内の者を中心に行った。朝廷も御慶びであった。次に行う時は山陽、山陰、四国、九州の者も参加させようと思っている」

「楽しみにございます」

十兵衛が嬉しそうに言った。口約束じゃないぞ、朝廷からは催促が来ているのだ。

馬揃えは成功だった。公家達は娯楽に飢えているから珍しい物には直ぐに飛びつく。大勢の武者達が参加したがその武者達がそれぞれに何百人、何千人、何万人を指揮する男達なのだ。その武者達が自分達の前で名を名乗りながら行進する。公家達は名乗りを聞く度に何処の領主で何人ぐらいの大将だと話し合ったらしい。京の町民達も見物に集まった。それを見込んで食べ物を売る者も集まった。大騒ぎだったな。

琉球の使者達も、馬揃えに参加した武者達は朽木に属する一部の者だと知って驚いている。九州遠征は十五万近い軍勢が動員されるという事に半信半疑だったようだが馬揃えと実際の軍勢を見て納得したようだ。連中、かなりこちらに心が傾いている。後は九州遠征が上手く行けば琉球は日本に服属するべきだと琉球に戻ってから報告してくれるだろう。

禎兆六年（一五八六年）十一月上旬　　肥前国杵島郡堤村　　須古城　　龍造寺隆信

月が出ていた。細く長く、弓のような形をしている。その弓を見ながら酒を飲む。膳の上には胡瓜と茄子の漬物が有った。それとスルメを使った里芋、大根、人参の煮物。そして銚子は三本。質素な膳だがこれで良い。スルメの出汁《だし》の利いた煮物を食べると心が落ち着く。孫四郎を誅した日からそうなった。

「ふふふふふ、度し難い事よ」

大根を食べながら思った。美味いわ。甘味が堪らぬ。里芋を食べた。これも良い。

朽木勢が周防国まで来ている。十五万を越える大軍だ。家臣達はその事に騒いでいるが儂には驚きは無い。前回の島津攻めを思えば想像出来た事ではある。むしろ儂一人のために十五万も兵を用意したのだと思えば誇らしいわ。

「とはいえ、重いのう」

十五万の大軍にはズシンとした重みが有る。儂が四万、三分の一にも足りぬ。その四万で百戦錬磨の相国様に挑む事になる。

「ふふふふふ、ようやったわ」

良く兵を挙げたと思った。無謀だと皆が言う。確かにそうじゃ。勝ち目など殆ど有るまい。だがあのまま腐って行くよりはずっと良い。儂は龍造寺隆信として死んでいく事が出来るのだ。それは龍造寺隆信として生きるという事でもある。たとえ滅びようとも後悔せずに済む。むしろ誇りを持って死ねるだろう。

杯に酒を注いだ。一息に飲む。美味いと思ったが物足りないと感じた。孫四郎、お主が居ないと物足りぬわ。酒も肴も一味違うのよ。酒を注いだ。胡瓜を囓った。ボリボリと音がする。その事が妙に哀しかった。もうお主が胡瓜を囓る姿は見られぬのだという事が哀しい。

「ふふふふふ、度し難いのう」

独り言が多くなったと思った。以前は鬱々と一人で飲んでいた。気分が落ち込んだわ。だが今は違う。戦うと決めてからは心が軽くなった。そして寂しい……。

孫四郎を殺した時の事を思った。あの時、腹を刺された孫四郎は儂にしがみつきながら掠れる声

で〝何故〟と言った。だから儂はお主が居ては皆が本気にならぬからだと言った。そして済まぬと何度も謝った。泣きながら謝りながら孫四郎の腹を抉った。儂にしがみついていた孫四郎の身体から力が抜け、儂はずり落ちる孫四郎の身体を慌てて抱きしめた。床に血が大量に流れていた。綺麗な赤い血であった。酒を飲んだ所為かの、あっという間であった。儂は血溜まりの中で孫四郎を抱きしめながら泣いていた……。

孫四郎、お主が居らぬのが寂しいのよ。お主と共に戦いたかった。勝ってお主に〝殿、やりましたな〟と言ってもらいたかったのよ。儂らは二人で一人だったのかもしれぬ……。腰に差してある脇差しに手を触れた。孫四郎の脇差しじゃ。この脇差しが有れば寂しくないかと思ったが……。思わず失笑が漏れた。度し難いのう。度し難いほどに儂は愚かなのか、愚かだから度し難いのか。どちらなのか。失笑が止まらぬわ。孫四郎、お主が居ればどちらかと訊きたいわ。なんと答えるかの。月を見た。頼りなく宙に浮いている。早く来いと思った。周防国などでもたもたせず早く九州へ渡れと。朽木勢をこの目で見れば寂しさは消える筈じゃ。儂はその時から如何やって勝つかに集中する事が出来る。敵が強大であればあるほど、儂は孫四郎を失った寂しさを忘れる事が出来るだろう。だから……。

「早く来い」

独り言が多くなった……。

禎兆六年（一五八六年）　十一月上旬　周防国吉敷郡上宇野令村　高嶺城　小早川隆景

朽木軍が周防国に集結した。凄まじいほどの大軍だ。前回の九州遠征に匹敵するだろう。相国様が龍造寺を決して軽視していない事が分かった。この時期に戦を行うのも野分を避けての事。島津攻めで有った失敗は繰り返さないという事だ。その面でも慎重だと分かる。大軍に安んじてはいない。直ぐに軍議を開く事になった。

「先ずは大友の状況を聞きたい。臼杵城は如何いう状態か？」

相国様が問い掛けてきた。

「暑さも和らいだ事で流行り病も収まったようでございます。なれど宗麟殿が……」

「宗麟が？」

「病に倒れたと」

私の言葉に朽木側から驚きの声が上がった。相国様も驚いている。

「流行り病とは別なようです。おそらくは心労からのものでございましょう」

「危ないのかな？」

「それは分かりませぬ。ですが起き上がれぬとか」

シンとした。宗麟はもう五十を過ぎている。今回の籠城戦はかなり堪えたのだろう。おそらくは長くあるまい。

「宗麟が倒れたとなると大友の反撃などというものは期待出来ぬな」

相国様の言葉に皆が頷いた。宗麟の息子、五郎義統が凡庸で頼りにならぬというのは皆が分かっている。

「源五郎、説明を」

「はっ、軍略方の真田源五郎にございます。九州攻めの方策を説明いたしまする」

真田源五郎か。相国様の信頼が厚いと聞いている。かなり出来るのだろう。その事は近江に送った藤四郎、次郎五郎からの報告でも分かっている。真田は元々は信濃の国人であったが父親の代に武田氏に仕えた。だが信玄の死後、致仕して朽木に仕えている。真田家は伊勢の北畠一族の誅殺にも関わっている。なかなかのやり手だ。

「先ず龍造寺勢でございますが肥前を中心に筑前、筑後、肥後、豊前、豊後を領しその兵力は約四万から五万に達すると見ております。しかし朽木勢が兵を動かしてからは兵を戻し肥前に集中させつつあるという報告が上がっております」

籠城では有るまい、龍造寺山城守は決戦を望んでいるのであろう。

「筑前に兵を上陸させた後、全軍で筑前を攻略します。その後、兵を三手に分けまする。第一の軍は肥前へ攻め込みます」

肥前の制圧か。龍造寺の本拠地を突くという事だな。一番きついところだ。おそらくは主力、精鋭だろう、相国様が率いる筈だ。先鋒は我等毛利が請け負わねばならん。隣で兄が厳しい表情をしていた。損害は大きなものになると思っているのかもしれない。

「第二の軍は筑後を目指しまする。筑後平定後は肥前へと攻め込みまする」

龍造寺は主力の第一の軍に対処しようとする筈、筑前から筑後は楽に攻め獲れよう。となると第三の軍は豊前から豊後か。此処は大友から龍造寺へ寝返った者達の平定戦になる。難しくはない。

実際に真田源五郎が第三の軍は豊前から豊後を攻めると言った。

「では次に各軍の兵力と大将を発表しまする。第一の軍の総大将は明智十兵衛殿が務めまする。兵力は約七万、従う大将は後程紙で貼り出しまする。御確認頂きたい」

どよめきが起こった。明智が大将？　主力ではないのか？　では相国様は？

「第二の軍は兵力は五万、大殿が総大将を務めまする。第三の軍の総大将は朽木主税殿、兵力は三万となりまする」

ざわめきは止まらない。相国様が第二の軍を率いる、しかも兵力は五万？　第一軍よりも少ない。つまり龍造寺の主力を本拠地から引き摺り出そうという事か……。

相国様が立ち上がった。ざわめきが止まる。

「もう分かっていると思うが俺が第二の軍を率いるのは龍造寺の隠居を引き摺り出すのが目的だ。先ず俺が軍を動かす。隠居も兵を起こした以上、籠城などはすまい。俺の首を狙って出撃して来るだろう。第二の軍は厳しい戦いをする事になる」

皆が頷いた。

「十兵衛」

「はっ」

「第一の軍は龍造寺の隠居が兵を動かしてから肥前に攻め込む。第一の軍が肥前を順調に攻略しているとなれば隠居はともかく配下の者達は落ち着くまい。必ず焦る、そこが狙い目だ」

明智十兵衛が〝はっ〟と畏まった。

「主税」

「はっ」

「豊前、豊後について大友が何か言ってきても無視して良い。その方の役目は豊前、豊後を平定する事。それに専念せよ」

「はっ」

朽木主税が畏まった。

「その他にも薩摩、大隅、日向、南肥後の兵を纏めて肥後から肥前へと攻め込ませる予定だ。四国の兵も参加する。勝てるだけの準備はしてある。焦らずに戦え」

「はっ」

皆が頭を下げ畏まった。


禎兆六年（一五八六年）　十一月上旬　　周防国吉敷郡上宇野令村　　高嶺城　　朽木基綱

軍議が終わると別室で毛利家の主だった者達との懇談になった。主だった者と言っても右馬頭輝元、駿河守元春、左衛門佐隆景、安国寺恵瓊の四人だ。朽木側からは俺と十兵衛、主税と四人の相談役。毛利は俺の直下で動く。毛利軍一万五千の存在は大きい。この会談は齟齬《そご》を無くすためでもある。

「驚きました、相国様が第二の軍を率いられるとは……」

恵瓊が首を振っている。いやね、軍略方にも反対する人間は多かったのだよ。だが押し切った。一番拙《まず》いのは粘られて長滞陣になる事だ。

「龍造寺山城守、出てきましょうか？」

「さあ、分からんな、左衛門佐殿。出て来れば十兵衛が肥前を攻略し易くなる。出て来なければ俺が筑前から筑後を攻略して肥前に向かう。俺が肥前に入った時点で十兵衛も肥前に入る。隠居は俺と十兵衛を相手にする事になる」

皆が頷いている。俺と十兵衛を肥前に入れてしまえば隠居はもう動けない。国人衆は次から次へと寝返るだろう。そうなれば動かせる兵力も減る。勝算は益々少なくなるのだ。そうなれば調略を施していた連中も裏切る筈だ。彼らは龍造寺の中枢に居る人間なのだ。それが裏切る、影響は大きい。隠居は俺を肥前に誘い込み乾坤一擲《けんこんいってき》の大勝負をと考えているだろう。俺が肥前に来ないと知れば隠居は怒り狂うだろうな。その後は悩み、そして苦しむだろう。俺の狙いは隠居も理解する筈だ。そして出て来る。俺との乾坤一擲の戦いを挑んで来る。それ以外に龍造寺が俺に勝つ手段は無いのだから。

戦わないぞ、隠居。俺はお前を引き摺りだした後はじっくりと構えて待つつもりだ。十兵衛の肥前平定が進むにつれてお前の軍は弱くなる。そして戦えなくなる。俺が兵を動かすのはその時だ。お前は戦う事無く俺の前に敗れるだろう……。

悔しいだろうな、卑怯だと思うかもしれない。だがな、戦とは殺し合い、騙し合いなのだ。正々堂々などというのは物語の中だけだ。お前がこの戦に賭けている物は何だ？　九州制覇？　或いは龍造寺の自立か？　俺が賭けているのは天下だ。負けるわけにはいかない。だから卑怯と言われようとも勝つ。

大陸出兵

禎兆六年（一五八六年）　十一月上旬　周防国吉敷郡上宇野令村　高嶺城　小早川隆景

「先鋒は我ら毛利に」

右馬頭が願い出た。だが相国様は首を左右に振った。

「毛利家が先鋒を願い出てくれた事は嬉しく思う。だが先ずは我らが戦う。他家に戦わせて兵力を温存したなどと言われては敵わぬからな」

「なれど」

右馬頭が言い募ると相国様がまた首を横に振った。

「此度の戦、無茶はせぬ。軍はゆっくりと動かす。隠居が俺と戦おうとすれば本拠地からかなり離れて戦う事になる。その間に十兵衛が動く。隠居が俺との決戦を望んでも家臣達は十兵衛の事を無視は出来まい。不安に思って撤退を進言するだろう。心を一つにして戦うのは無理だな」

皆が頷いた。明智を見ている者も居る。

「隠居が出てくれれば俺は戦わぬ。備えを固くして隠居の軍が自ら崩れるのを待つ」

「……」

「余り気遣いは為されるな、右馬頭殿。毛利家の働きには十分に満足しているし感謝もしている。今回は倅と三好の婿も連れてきている。少しは戦を学ばせなくてはな」

相国様は笑みを浮かべ右馬頭が困ったような表情をしている。助け船を出さねばなるまい。

「御信頼、有難うございまする。しかし相国様、龍造寺山城守、出て来ましょうか？」

ちょっと皮肉っぽい問いだったかもしれない。右馬頭が表情を強張らせている。だが相国様は不機嫌そうな表情を見せなかった。

「分からぬ。だが出て来なければ俺は筑後を攻略し肥前へ攻め込む。そうなれば十兵衛も動く。前後から攻められ押し詰められるだけだ。それでは俺に勝てぬ。龍造寺の隠居は兵を挙げれば俺が来ると分かっていた筈だ。俺と戦う覚悟が無ければ兵は起こせぬ、そうだろう？」

皆が頷いた。

「十兵衛が動かぬ前に俺と決戦して勝つ。それが最善だと見定めるだろう。第一、兵を挙げてからは俺との間に交渉は無い。龍造寺の隠居は俺を敵と見定めているのだ。勝つためには俺の首が必要なのは分かっている筈だ、そうではないか？」

皆が頷いた。

「俺が肥前に入ってから隠居が動くという可能性も有る。近付かせて飛び掛かるわけだ。そこは注意が要るな。だがその時には十兵衛も肥前に攻め込んでいるのだ。七万の大軍がだ。そうなった時、動けるのか？　かなり難しいが十兵衛を一叩きしてから俺に向かうという手も有る。そこは十分な注意が必要だとは思う」

相国様が明智に視線を向ける。明智が〝心致しまする〟と答えると相国様が〝頼むぞ〟と言って頷かれた。

「隠居は乱世の男だ。俺と戦いたがっている。そして勝って大きくなりたがっている。そう思っている。まあ出たくても出られぬ。そうなる可能性も少なからず有る。だが出来る事なら出てきて欲しいものよ」

相国様が笑うと座に笑い声が上がった。

「ところで琉球の使者を同道なされているようですが……」

恵瓊が問い掛けると相国様が頷かれた。

「この後は海路、薩摩へ行き琉球へと戻る。こちらの武威は十分に見せた。使者達の心はだいぶこちらに寄って来たな。後は琉球に戻ってからだろう」

毛利側は顔を見合わせた。朽木の家臣達は満足そうにしている。

「では琉球は服属すると？」

琉球が服属すれば次は朝鮮との交易を如何するかになる筈だ。そう思ったのだが相国様は首を横に振った。

「そう簡単には行かないと考えている。仮にも一国の王だ。琉球王にも面子が有ろう。簡単に服属は出来んだろうな」

「……」

なるほど、面子か……。とすれば厄介な。理性では無く感情面で納得出来るかという事になりかねん。

「だが明は明らかに危うい。琉球でもそう考える人間が増えている。南蛮人が勢力を伸ばしつつある今、万一の時に明が琉球を助けるか如何か……。その事は琉球王も不安に思っている筈だ。そうでなければ二年連続で使者が来る事は無い。迷うだろうな」

今度は皆が顔を見合った。明が危うい。その事を訝しんでいるのかもしれない。

「来年は如何でございますか？」

「来るぞ、駿河守殿。日本という国を知りたがっているのだ。前回、今回と三人ずつだったが来年は増えるかもしれん」

「と申されますと？」

兄が問い掛けると相国様が顔を綻ばせた。

「今回は朝廷で謁見も有った。琉球の使者達はかなり恐縮していた。きちんと使節という形を取るべきだったと言っていたな」

何人かが唸り声を上げた。朝堂院の再建が役に立っているという事か。相国様の笑みはそれ故か。しかし琉球王は使節を送るだろうか？　送るとなれば一歩こちらに近付いた、そう見て良いのかもしれない。

「大殿は明が滅ぶと御考えでございますか？」

明智十兵衛が問うと相国様は眉を顰《ひそ》めた。

「滅ぶだろうな。あの国は大きいだけに底力が有る。皆は明が簡単には滅ぶとは思えまい。だが明の皇帝は明らかに馬鹿だ。それも相当の大馬鹿だな。明の屋台骨を自ら齧り倒そうとしているとしか俺には思えぬ」

「……」

皆が顔を見合わせている。明らかに驚いていると思った。明が滅ぶ？　危ういのでは無く滅ぶ？　そんな事が有るのだろうか？

「皇帝は未だ若い。皇帝が長生きすればするほど明が滅ぶ可能性は高くなる。明が滅ぶ時は地響きを立てて滅ぶだろう。その振動で周辺の諸国は揺さぶられるだろうな。正月の大地震と一緒だ。混乱するだろう」

「その揺さぶられる諸国が琉球、朝鮮、そして日本でございますか？」

兄が問い掛けると相国様が〝さて〟と言って首を傾げた。

「琉球、朝鮮は明に服属しているから当然影響を受ける。日本は如何かな？　交易などで影響は受けるかもしれんがやりようは有るだろう」

日本には余り大きな影響が出るとは見ていない。やはり琉球、朝鮮か。日本に琉球から使者が来るのもそのためか。

「厄介なのは南蛮だ。あの連中、明が滅べば、いや混乱すれば必ず大陸に食い込もうとするに違いない。その時、利用しようとするのが日本だな」

皆が顔を見合わせた。

「それは日本の兵力を当てにするという事でございますか？」

私が問うと相国様が頷いた。

「バテレン共が大友に食い込んでいる。大友の日向遠征では神の国を造ると言って神社、仏閣を壊しまくった。明が危ういとなれば必ず大友を利用しようとするだろう。危険だ。そういう意味でも大友は潰さなければならぬ」

大友を潰すのは朽木の天下に従わないからだと思っていた。だが今の話を聞けば相国様は大友がバテレンに操られて大陸に出兵しかねないと危惧している。そちらの方が危機感が大きいのかもしれない。

「南蛮の者達が危険だというお考えには某も同意します。しかし明が滅ぶというのは間違いないのでしょうか？　疑うわけではありませぬが如何も……」

兄が困ったような表情をしている。それを見て相国様が笑い声を上げた。

「駿河守殿、その気持ちは良く分かる。明のような大国が滅ぶのかと疑念を持つのは尤もだ。俺も確証を得たのはつい最近だからな」

「それは？」

私が問うと相国様が〝二つ有る〟と言った。

「一つは明の皇帝がとんでもない浪費家な事だ。自分の墓造りに税収の四分の一を費やしているらしい」

皆が顔を見合わせた。

「大殿、それは本当に墓なので？」

明智十兵衛が首を傾げながら問うと相国様が笑い出した。

「俺もそう思った。それは本当に墓なのかとな。だが事実らしい。そして墓造りは未だ終わっておらぬ」

シンとした。空気が固まっている。税収の四分の一？　これを浪費と言って良いのか？　何かもっと別な言葉で表すべきではないのか？

「今ひとつは銀だ」

〝銀？〟という声が幾つか上がった。相国様が頷く。

「そう、銀だ。明では銀を銭として使っているのだがその銀が明から日本へと流れている」

〝なんと！〟、〝真で！〟と声が上がった。

「真だ。その所為でな、国に納められる銀が少なくなった。それを不満に思った皇帝は税を重くした。墓造りのためにな」

またシンとした。直前まで上がっていた声が途絶えている。皆が相国様を見ていた。相国様は唇に薄い笑みを浮かべている。嘲笑だと思った。

「このまま行けば税が払えずに逃げ出す者が出るだろう。主に百姓だな。百姓が減れば当然だが税も減る。不満に思った皇帝はまた増税する。その繰り返しだ。逃げた連中は賊となる。集まれば皇帝に対して反乱を起こす者も出る筈だ。その数は増える事はあっても減る事は無い」

「……」

相国様が〝ウフフ〟と含み笑いを漏らした。顔が引き攣るかと思うほどに恐怖を感じた。何故笑えるのだろう。

「大陸の百姓を甘く見るなよ。大陸では百姓が国を滅ぼすのだ。元を滅ぼし明を建国した洪武帝は百姓だった事を忘れてはならん」

この国でも加賀、越前は一向門徒が制覇した。確かに百姓だからと甘く見る事は危険なのかもしれない。

「朝鮮は明の現状を如何見ておりましょう？」

右馬頭の問い掛けに相国様が首を傾げた。

「おそらく、明が滅ぶとは見ていないだろう。銀の事など何も分かっておるまいな。明で悪政が布《し》かれている事を困った事とは思っていようが琉球のようには動けまい。何と言っても地続きだ。妙な動きをすればそれだけで兵を向けられかねぬ。その恐怖が有ると思う」

「……」

「朝鮮が混乱する時が有るとすれば北だろう」

〝きた〟？　〝きた〟とは？　皆が顔を見合わせている。私だけの疑問ではないらしい。

「北に蒙古が創った元の様な国が現れた時だな。その時になって明に付くか、北の国に付くか、朝鮮は迷うに違いない。国内がそれによって混乱する筈だ。それまでは悲鳴は上げても明に付いて行くだろう。間違っても海の向こうの日本を頼る事は有るまいよ」

「なるほど、弱小国人衆と同じだという事ですな」

飛鳥井曽衣の言葉に皆が頷いた。なるほど、北か。

「その後は？　明の後は如何なりましょう？」

黒野重蔵が問い掛けたが相国様は首を横に振った。

「それも分からん。分裂するのか、新たな国が登場するのか、それとも異国に攻め獲られるのか……。滅ぶまで多少の間が有るだろう、それまでに明の内、明の外が如何なるか、それ次第だとは思うが……」

「……」

なるほど、南蛮人が付け込む隙が有るのだ。相国様が危険視するのも道理だ。

「明の外に強大な国が登場すればその国が明を滅ぼす事も有るだろう。そして新たな国を造る。嘗ての元がそうだ」

「大殿は如何でございますか？」

長宗我部宮内少輔が問い掛けると驚いたように〝俺が？〟と言った後、一瞬間を置いてから声を上げて笑い出した。

「無理だな。明は日本より国も広ければ人も多いのだ。間に海が有るから兵を送るのも簡単ではない、兵糧を送るのもな。おまけに言葉も通じない。この状況で明を討ち破って占領して新たな国造りと言われてもな、失敗するのは目に見えている。そうなれば日本も疲弊する。また乱世に戻りかねん。そんな事は出来ぬ」

シンとした。皆が顔を見合わせあっている。それを見て相国様が〝フッ〟と笑った。

「まあ目は離せんな。出来る事なら明が滅ぶところを見たいと思うが俺の寿命が尽きるのが先かもしれん。俺と明の寿命、どちらが先に尽きるのか。競争だな、楽しみな事よ」

相国様が笑い声を上げると〝大殿！〟と平井加賀守が声を上げた。相国様が更に大きな声を上げて笑った。

「長生きしなければならんという事だ、舅殿。そう怒られるな」

「そうでは有りますが」

朽木の家臣達は困ったものだと言いたげな表情だ。相国様の言葉から察するに明が滅ぶにはかなりの年月を要すると見ているらしい。しかし先程の間、嫌な空気が流れた。もしかするとそれを打ち消すためかもしれぬ。

「対馬の宗氏だが……」

室内がまたシンとした。宗氏の家臣が龍造寺に繋ぎを付けた事は分かっている。はて、如何されるのか……。

「潰しはせぬ。だが領地替えを命じるつもりだ。対馬は土地が貧しい故如何しても交易に頼らざるを得ぬ。そして朝鮮に対して弱い立場になってしまうからな」

皆が頷いた。朝廷の中でも宗氏を問題視する声が有ると聞く。それも関係しているだろう。

「では対馬は？」

右馬頭が訊ねると相国様が頷いた。

「朽木の直轄領とする。奉行所を置きそこで朝鮮との交易を管理させよう。それと水軍の根拠地にもするつもりだ。日本は島国だ、この国を攻めようとすれば根拠地が要る。根拠地になり易いのが琉球、九州、対馬だと思う。朝鮮の影響を受け易い宗氏に対馬を委ねる事は出来ぬ」

皆が頷いた。

なるほど、だから先程元の事に触れたのか。二度の元寇では対馬、九州に敵が押し寄せてきた。強大な水軍を対馬に置けば敵が上陸する前に海で撃退出来る。宗氏では無理だ……。明が滅びかけている今、新たに興った国が日本に攻め寄せてくる可能性は有る。琉球の服属を求めているのもそれを見据えての事かもしれぬ……。

夕餉の後、右馬頭、兄、恵瓊、私の四人で話の場を持った。

「琉球の使者はこの大軍を如何見たでしょうな」

「琉球はそれほど大きな国では無いそうだ。肝を潰しただろうな」

「それも有りますが次は琉球《じぶんたち》だと思ったかもしれませぬぞ、兄上」

「なるほど、そうかもしれん」

恵瓊、兄、私の会話を右馬頭は黙って聞いている。

「明はこれから混乱するのだろう。琉球もそれは分かっている。となると琉球の服属は早いかもしれんな」

兄の言葉に皆が頷いた。

「そうなれば朝廷の相国様への信任も一層厚くなりましょう」

恵瓊の言う通りだ。今でも十分に厚いがより一層厚くなるのは間違いない。その分だけ朽木の天下は安定する。

「明が滅ぶか。如何思うか？」

右馬頭が不安そうな表情で訊いてきた。兄、恵瓊と顔を見合わせた。二人の顔にも不安が有ると思った。或いは相国様への畏れだろうか。

「些《いささ》か信じがたい事ではありますが滅ぶのではないかと思います」

「左衛門佐に同意します。滅ぶのかもしれませぬ。或いは滅ばずとも相当に混乱するか」

「愚僧も同意致しまする。朝鮮、琉球も相当に混乱致しましょう。その時に動くのが南蛮かと思いまする」

恵瓊の言う通りだ。その時に動こうとするのが南蛮だろう。だが今回の遠征で大友は滅ぶ、となれば一体何処から兵を調達するのか……。

「足利とは違う」

ぽつんと吐いたのは右馬頭だった。恵瓊、兄、私で顔を見合わせた。確かに違う。足利は自らの事だけで手一杯だった。力も弱く諸大名の統制など全く出来なかった。対馬の宗氏に対して領地替えを命じる事など到底出来なかっただろう。

「義昭様は足利の天下しか見ておられなかった。それも邪魔な大名を如何やって排除するかしか考えていなかった。国の行く末を考えた事など無いだろう。足利の天下がずっと続く、それだけを信じ願っていた。相国様は違う、この国の事、国の外の事を見ておられる。大きい」

〝足利とは違う〟、今度は首を振りながら呟いた。確かに視野が広い。何時の間にか琉球、朝鮮だけではなく明、南蛮の事まで見据えている。明に攻め入らぬと言っていたが果たして……。


禎兆六年（一五八六年）　十一月上旬　周防国吉敷郡上宇野令村　高嶺城　朽木基綱

眠れない。明日は早いんだから寝なくてはならないんだが如何も眠れない。分かっているんだ、長宗我部宮内少輔の所為だ。全くとんでもない事を言いやがった。

『大殿は如何でございますか？』

俺に中国大陸に攻め込めって……。それじゃ俺は秀吉になってしまうじゃないか！　秀吉《あいつ》、元気かな？

嫌な感じがしたのは俺が出来ないと言った後だ。変な間が有ったな。あれは何だったんだろう？　冗談言って笑い飛ばしたが俺なら出来ると思っているのかな？　それなのに否定されたんで失望している？　しかしなあ、中国大陸に出兵なんて常識的に考えて失敗するのは目に見えている。

先ず人口が違う、つまり兵力が違うわけだ。圧倒的に中国大陸の方が多い。勿論人口が少なくても大国を占領した例は有る。清がそうだ。だが稀な例だろう。清に出来たから俺にも出来るという根拠にはならない。それに兵の補充、兵糧の補給も有る。

この時代の船は風が推力だ。つまり船を出すのも風を利用してとなる。何時でも出せるわけではないのだ。その辺りが清とは違う。清は地続きだったから何時でも兵は出せた。そして騎兵が中心だろうから機動力も有った筈だ。兵の展開は早かったのだ。

蒸気船の登場以降は風を無視する事が出来た。だが昭和の陸軍は中国大陸に攻め込んだが負けた。勿論アメリカと戦ったりソ連を敵視したりインド方面に兵を出したりと戦略が無茶苦茶だった所為も有る。だがたとえそれが無くても厳しかっただろう。大陸は兵を飲み込む。中国大陸の様な広大な土地では幾ら兵が有っても足りない、結局は息切れしただろう。それを防ぐには現地人の味方が必要だ。だが言葉が通じない異国人、特に東夷扱いしている倭人を支配者として認めるとは思えん。中国人にしてみれば北方の騎馬民族の支配の方が受け入れやすいだろう。実際何度か受け入れている。隋、唐、元だ。清の支配を受け入れたのも過去に例が有るからだと思う。中国人にとって北方の遊牧騎馬民族は時として自分達の支配者になる存在だったのだ。日本とは違う。

日本の中国大陸侵攻は如何見ても失敗するな。歴史を知っている俺には分かる。だが歴史を知らない周りには分からないのかもしれない。特に明の皇帝が馬鹿だと分かった今、攻め時だと考えてもおかしくはない。秀吉の朝鮮半島出兵は明の征服が目的だった。もしかすると秀吉も万暦帝が馬鹿だと知っていたのかもしれない。だから攻め時だと思った、周囲も賛成した……。十分に成算が有ると見たのだろう。

朝鮮に対して明への先導を命じたのも何時までもそんな馬鹿に仕えて如何する？　俺に仕えた方が美味しい思いが出来るぞ、少し考えれば分かるだろう、そんな感情が有ったのかもしれない。まあ日本でなら簡単に裏切るケースだ。これも明征服の成算の一つだったかもしれん。

しかし朝鮮は秀吉に付かなかった。もし、北にそれなりの国が有ったなら如何だったろう。朝鮮は迷ったんじゃないだろうか。北に付いて秀吉には通行を許すとか。秀吉も選択肢が増えたな。北と同盟を結ぶ事を優先すれば朝鮮は敵対しなかっただろう。そういう意味では明は運が良かったのかもしれない。朝鮮には明を頼るという選択肢しか無かったのだから。

不本意だっただろうな、秀吉は。なんで朝鮮が明を頼るのか理解出来なかったかもしれない。自分に降伏すればそれなりの待遇を与える、だから朝鮮の兵を率いて一緒に明に攻め込めば良いのに。そうすれば領地も増やしてやった。何で馬鹿に義理立てするのか、そう思った筈だ。講和交渉ではその馬鹿が秀吉を日本国王に封じた。それは怒るわ、再度の朝鮮出兵になる。

厄介なのはこの世界では明が日本に攻めてくる可能性が有る事だ。平九郎、又兵衛はその事を報告書で指摘していた。銀欲しさに明が攻めてくると。俺もその可能性を否定出来ない。だから新たな水軍を作ろうとしている。明が攻めてくる時、単独で攻めてくるとは思えない。間違いなく朝鮮にも出兵を命じるだろう。その事は元寇が示している。

勝てるか？　と問われれば先ず勝てるだろうと答えられる。対馬に水軍の根拠地を置くのだ。あの辺りでの水上戦になるだろう。海上で撃滅出来れば一番だがそれが出来なくても上陸させた兵を撃滅するのは難しくない。問題はその後だな。必ず明、朝鮮に対して報復をと叫ぶ者が出る筈だ。それを如何するか……。無視は拙い。朽木政権は未だ足腰が弱いのだ。無視して不満を持たれるのは危険だ。皆が納得する何らかの報復が必要だ。

大陸侵攻は不可、半島上陸も不可となれば周辺の島を占拠して皆の不満を宥めるという形を取らざるを得ない。朝鮮は済州島、鬱陵島、他にも幾つか島が有る筈だ。明は台湾、海南島、澎湖諸島だな。他にも取れる島は全部取る。その辺りなら朝鮮、明の反発も少ない筈だ。朝鮮の島は主として国防の拠点だろうな。台湾、澎湖諸島は日本の海上通商航路の拠点にもなる。南方へ睨みを利かす事にもなるだろう。その辺りを説明して納得させるしかない。

実際大陸へ侵攻するよりも南方に出た方がリスクは少ない筈だ。但し、南蛮との衝突は不可避だろう。うむ、やはり新しい日本の水軍が要る。急がなくてはならん……。さて、そろそろ寝よう、明日は早いんだ。

禎兆六年（一五八六年）　十一月上旬　　周防国吉敷郡上宇野令村　　高嶺城　　毛利輝元

眠れないと思った。明日は早いのに眠れない。

「ほうっ」

暗闇の中、一つ息を吐いた。明が滅ぶか……。自分には考えられない事だ。当然だ、自分は足利の幕府が滅ぶ事さえ想像出来なかったのだ。明が滅ぶなど……。

「ふふふふふふ」

自嘲が漏れた。

凡庸なのだと思った。吉川の叔父、小早川の叔父、家臣達に懸命に支えてもらって漸く当主が務まる私なのだ。祖父が一代で大きくした毛利家も自分の代で小さくしてしまった。妻が私を頼りないと蔑み嫌うのも当然だ。自分でも時に自分が嫌になる事が有る。決断出来ない、自分の意思を押し通せない。いつも誰かに頼ってしまう。弓を養女に迎える時の事を思い出した。妻が血の事で騒いでいるのは知っていた。窘めるべきだった。毛利家の当主としてそうすべきだった。一族の和を乱すなと。だが妻の反発が怖くて放置した。そしてあの騒ぎになった。

四郎の叔父はさぞかし私の事を頼りにならないと思っていたのだろう。もし、私が頼りになると思っていたなら私に何とかしてくれと訴えた筈だ。

「ふふふふふふ」

また自嘲が漏れた。頼りにならない当主か。一体何のために存在するのか。存在する価値など何もない当主だ。惨めな限りだ。

最近義昭公の事をしきりに思い出す。領地も兵も無かった。有るのは自分が征夷大将軍である、武家の棟梁であるという誇りだけだった。誰もあの方の事を征夷大将軍、武家の棟梁と認めていなかったが誇りだけは高かったな。全く以て滑稽な存在だった。自分も同じだ。毛利家の当主だ。領地も兵も有る。だが皆から頼りにならないと蔑まれている。滑稽さでは少しも変わらない。

何か一つ、誇れるものが欲しいと思った。自分の力で成し遂げ皆が認める何かが。そうでなければ自分は一体何のためにこの世に生まれてきたのかと問い続けるだけの一生になるだろう。九州遠征で武功を上げる。それが出来ぬのなら討死しても良い。一生惨めに苦しみ続けるくらいなら死んだ方がましだ。そうだ、ましなのだ。怯むな、周囲の声など無視しろ。後は無いのだ。思いっきり、自分の思うようにやれ……。

焦り

禎兆六年（一五八六年）　十一月下旬　　近江国蒲生郡八幡町　　八幡城　　雪乃

「既に筑前国は制圧した。これから筑後国に向かう」

御台所様が大殿からの文を読み上げると皆から〝なんと早い〟、〝本当に〟と声が上がりました。これなら戻られるのも早いと喜んでいるのでしょう。

「如何やら龍造寺勢は兵を一つに纏めようとしているようだ。何処かで乾坤一擲の戦いを挑んでくるつもりだろう。油断は出来ない」

今度は声は有りません。皆が頷いています。私もそう思います。必ずどこかで決戦を挑んでくるでしょう。

「こちらは皆元気だ、心配は要らない。これから寒くなるから皆、風邪をひかぬように注意するように。そのように書いてあります」

御台所様が文を畳んで脇に置きました。

「あちらは寒くないのでしょうか？」

「南国ですからあまり寒くはないのではありませぬか」

「でもこれから寒くなります。いくら九州でも……」

「そうですね、心配です」

夕殿、桂殿が大殿を案じています。

「御無事でお戻りになる事を祈りましょう。私達にはそれしか出来ませぬ」

御台所様の言葉に皆が頷きました。実際その通りなのです。私達には祈る事しか出来ません。でも何と無力な事か……。

「私も行きたかった」

「万千代、我儘を言うものではありませぬ」

万千代を窘めましたが不満そうな表情は変わりません。今年で十二歳、頻りに元服を、初陣をと言います。でも大殿は未だ早いと許しません。その事に私は不満は有りません。大殿は出来るだけ子供をのびやかに育てたいと思っていると分かっているからです。

「万千代殿は戦に行きたいのですか?」

御台所様が万千代に問い掛けると〝はい！　行きたいです！〟と声を張り上げました。

「父上の子に相応しい武勲を上げたいと思います」

御台所様が〝ほほほほほほ〟と可笑しそうに笑いました。そして私を見ました。

「雪乃殿、昔を思い出しました」

昔？　訝しんでいると今度は〝うふ〟と可愛らしく笑いました。

「嫁いだ頃の事です。万千代殿は十二歳、あの頃の大殿に良く似ています」

皆が万千代を見ました。万千代が途惑っています。

「三郎右衛門様も良く似ていると思います」

私の言葉に御台所様がまた〝うふ〟と笑いました。

「ええ、可笑しいほどに。あの頃の大殿は未だ若いのに戦上手の猛将として皆から恐れられていました。私も最初は大殿の事を恐ろしい御方だと思っていたのです。でも嫁いでみれば大殿はお優しい方でした」

御台所様の述懐に皆が頷いています。

「未だお若い頃ですから御身体も決して大きくは無く逞しくも無い。もしかすると私の方が背が高かったかもしれません。この御方が本当に戦上手で皆から恐れられる猛将なのだろうかと不思議に思ったものです。八千石の小領主から北近江三郡の領主になられたのが如何にも不思議でした」

「まあ」

「ほほほほほ」

皆が笑い声を上げました。私も笑いました。大殿は少しも変わらないと思ったのです。毛利家の弓姫様も大殿を怖くないと言って毛利家の方々を慌てさせたとか。

「御台所様、大殿は今では天下人でございますよ」

「そうですね、辰殿。でも不思議です」

また皆が笑い声を上げました。

「余りに不思議だったので大殿に戦の事を聞きました。どんな戦だったのか、どんな風に戦ったのか、知りたいと思ったのです」

「私も知りとうございます」

「私も」

皆が知りたいと口々に言いました。万千代も目を輝かせています。御台所様がクスクスと笑い出しました。

「それが、鎧を着けると動けないので平服で戦った。負けた時は逃げ易いだろうと思ったと初陣の事を教えてくれました。他にも夏場の戦だから暑かったとか雨が降ったのでずぶ濡れになりながら馬を走らせたとか華々しい活躍よりも御苦労をされた話ばかりでした」

皆が顔を見合わせました。万千代も意外そうな表情をしています。

「お話を伺った時は私の思い描いていた戦とは余りに違うので笑いましたが後になって戦で勝つというのは大変な事なのだと思いました」

皆が頷いています。特に桂殿、夕殿の頷きは深い様に思いました。小田原城の籠城では随分と苦労したと聞いています。勝つ事の難しさを私達の誰よりも実感しているのでしょう。御台所様が万千代に視線を向けました。

「万千代殿」

「はい」

「焦ってはなりませぬよ。楽に勝てる戦など無いのですから」

「……はい」

万千代の声には力が有りません。納得していないのでしょう。御台所様が私を見て苦笑しました。申し訳ない気持ちが胸に溢れました。後で御台所様に御礼と謝罪を言わなければ……。

禎兆六年（一五八六年）　十二月上旬　筑後国御原郡下高橋村　下高橋城　朽木基綱

「義兄上、あっという間でした」

「たわい無い、あんな簡単に降伏するとは」

婿の三好孫六郎、倅の三郎右衛門が落城した下高橋城を見ながら詰まらなそうに話している。それを皆が笑みを浮かべて見ている。

孫六郎が十三歳、三郎右衛門が十六歳、二人は歳が近い。その所為で直ぐに仲良くなった。普段無口な三郎右衛門が孫六郎とは良く話す。孫六郎の妻、百合は三郎右衛門の同母妹だからな。そういうところも関係しているかもしれない。しかし敵を侮るのは感心しないな。

気持ちは分かる。十一月中旬までに筑前を制圧した。そして筑後国に入ると下高橋城、三原城、赤司城、高良山城を落とした。ゆっくり攻めるつもりだったんだけど簡単に落ちた。何と言っても籠城する兵が居ない。それに下高橋城、三原城は元々は高橋紹運の城だった。

紹運が攻城の指揮を執ったんだが弱点も分かっているから直ぐに降伏してきた。降伏した兵から確認したのだが龍造寺の隠居は兵を須古城に集中させているらしい。大友領からも兵を退き戻したという報告が主税から上がっている。多分、機を窺っているのだと思う。

「兵が少ないのだ。抵抗するのは無意味と判断して降伏するのはおかしな話ではない」

「……」

二人とも納得した様な顔ではない。

「孫六郎殿、三郎右衛門、本来なら城にはもっと多くの兵が居る筈であった。その兵が居ない。何処に行った？　逃げたのかな？」

二人が顔を見合わせた。

「肥前の山城守のところです」

「某もそう思います」

「その通りだ。兵は須古城に居る。つまり龍造寺の隠居は筑後の城を守るつもりは無いのだ。いわば捨てた城だ、落としたと言うより拾ったと言うのが正しい。これを手古摺るようではむしろ不安だな」

二人が頷いている。

「おそらくは俺の動きを見定めつつ明智十兵衛の動きを見ている。そして動く。肥前の熊と呼ばれた男が俺の首を目指してやってくるのだ。怖いぞ」

「ですが兵力ではこちらが上です」

三郎右衛門の言葉に孫六郎が頷いた。

朽木軍五万。その内毛利軍が一万五千。三好軍が二千。残り三万三千が朽木本隊だ。主だったところで田沢又兵衛、息子の小十郎、小山田左兵衛尉、立花道雪親子、高橋紹運、鯰江満介、北畠次郎、後藤壱岐守、小倉左近将監、秋葉九兵衛、千住嘉兵衛、葛西千四郎、町田小十郎、酒井左衛門尉、大久保新十郎などが兵を率いている。

そして俺の周りは笠山敬三郎、笠山敬四郎、多賀新之助、鈴村八郎衛門、秋葉市兵衛が固める。他に軍略方は真田源五郎、日置助五郎、宮川重三郎、兵糧方は石田佐吉、細川与一郎、北条新九郎だ。まあいずれも俺とは縁の深い男達だ。兵力は少ないが不安は無い。

「兵力が多くても適切に使えねば負ける。朽木も三好も毛利も元は小さかった。大きくなれたのは兵を上手に使って自分よりも大きい者を、兵を適切に使えぬ者を喰ったからだ。古くからの名門、守護大名が殆ど残っておらぬのは喰われたからよ」

「……」

織田もそうだった。信長は桶狭間で海道一の弓取りと称された今川義元を討ち取った。誰もが予想しなかっただろう。

「龍造寺の隠居を侮ってはならぬ。元は小さい国人領主であったが四万以上の大軍を動かすだけの身代になったのだ。龍造寺の隠居は自分よりも大きい者を喰える男なのだ。油断は出来ぬ」

二人が神妙な表情で頷いた。少しは慢心を戒めてくれれば良いのだが……。

「この後は如何なされますか？」

重蔵が問い掛けてきた。

「篠原城へ向かう。その後は城島城、榎津城を目指す」

「徐々にですが須古城に近付く事になりますぞ」

不安そうな声じゃなかった。皆の顔も落ち着いている。注意喚起、そんなところか。

「そうだな、だが筑紫次郎が有る。簡単には越えられまい。もしかすると隠居は俺が筑紫次郎を渡るのを待っているのかもしれない」

俺の言葉に皆が頷いた。筑紫次郎というのは筑後川の事だ。この時代、筑後川とは呼ばれていない。筑紫次郎、或いは千歳川、一夜川と呼ばれている。多分、江戸時代になってから筑後川と呼ばれるようになったのだろう。

「こちらが後退出来ない場所で戦うという事ですか」

源五郎が顔を顰めている。

「如何なされます？　龍造寺山城守の思惑に乗るのは上手い手ではないと思いますが」

また重蔵が問い掛けてきた。

「同感だ、上手くない。榎津城の後は柳川城、鷹尾城に向かう。隠居から離れるわけだ。隠居が如何出るかだな」

追って来るか、それとも待つか。追って来るなら、筑後川を渡るなら後退して肥前から引き離す。問題は追ってこない場合だな。


禎兆七年（一五八七年）　一月中旬　　筑後国三池郡江浦村　　江浦城　　朽木基綱

大友宗麟が死んだ。昨年の暮れの事だそうだ。長い籠城戦で心身ともに疲れ果てていたのだろう。

殆ど寝たきりになっていたらしい。誰も宗麟の死に気付かなかった。気付いたら息が無かった。老衰と疲労が死因だと思う。終油の秘蹟は無しか。罪の許しも祝福も無し。あれだけキリスト教に帰依していたのに報われないな。

「宗麟殿が亡くなられたか」

「大友は益々混乱するな」

「龍造寺が兵を退いたのだ。本来なら国を纏める機会だったのだがな」

皆が宗麟の死を、その影響を口にしている。それに加わらず沈痛な表情をしているのは立花道雪親子、高橋紹運だ。ずっと忠誠を尽くしてきたのだ、言葉には出来ないものが有るのだろう。

だが大友が混乱するのは事実だ。大友宗麟の名はそれなりに重みが有った。国人衆も無視は出来なかった筈だ。だがその重みが失われた。息子の五郎義統は成人し三十歳に近いが評価は低い。宗麟がこれまで大友家の実権を握り続けたのも権力欲からでは無く五郎義統が頼り無いからだろう。第一線に立たざるを得なかったのだ。

「大友の事は主税に任せておけば良かろう。それよりこれから如何するかだ。こちらの方が問題だ」

俺の言葉に皆が口を閉じた。はっきり言って困っている。筑後川沿いに篠原城、城島城、榎津城を落とした。須古城に近付いたんだが龍造寺の隠居は動かない。更に南下して柳川城、鷹尾城、浜田城、津留城、堀切城、中島城を落とした。

そして目の前の江浦城を毛利が落とした。少しは仕事をさせてくれと言って来たんで任せた。破竹の勢いと言いたいんだがどの城も守備兵が居ない城だ。それに浜田城、津留城、堀切城、中島城、江浦城は鷹尾城の支城だ。あまり堅固な城じゃないし大きな城でもない、自慢にはならない。龍造寺の隠居は動かない。その所為で内応を誓っている連中も動けない状況にある。筑後川を渡るべきかな？　龍造寺の隠居が朽木の大軍を前に竦んでいるとは思えない。俺が近付くのを待っているのだろう。川を渡り隠居を引き摺りだす。そうすれば戦局は動く筈だ。十兵衛も攻め込めば内応を誓っている人間も動き易くなるだろう。しかしな、龍造寺の隠居がそれを待っていると分かっていて渡るのは如何だろう？　余り良い手とは思えない。皆が押し黙っているのもその所為だろう。

「やはり川を渡るべきだと思うか？」

思い切って言ってみた。皆が顔を見合わせた。

「軍議を開くべきかと思いまする」

答えたのは小山田左兵衛尉だった。この場には毛利が居ない。如何いう決断をするにしろ毛利も入れて決めろという事か。いや、もしかすると危険だが川を渡るべきだと思っているのかもしれない。だから軍議を開く……。頷いている人間が何人か居る。

「そうだな、左兵衛尉の言う通りだ。軍議を開く。皆を集めろ」

小半刻ほどで皆が揃った。三郎右衛門、三好孫六郎も居る。二人とも眼を輝かせている。何となくだが気が重かった。

「これからの事を話したい。軍を如何動かすべきだと思うか？　筑後平定を続けるか、肥前に攻め込むか。筑後平定を続けるなら須古城からは離れる事になるが……」

少しの間無言だった。皆が視線を交わしている。

「某は肥前に攻め込むべきだと思いまする」

意見を出したのは小倉左近将監だった。

「これまでの事を考えれば筑後に龍造寺の兵は殆どおりませぬ。肥前に攻め込んでも筑後で問題が発生する事は有りますまい。ただ兵力面において多少の不安が有りまする。早急に日向、大隅、薩摩、南肥後、四国の兵と合流するべきかと思いまする。その上で明智殿と呼吸を合わせて肥前に攻め込めば怖れる事は有りませぬ」

何人かが頷く。要するに筑後川沿いの城は攻略した。内陸の兵は無視しても良い。肥前に攻め込んでも後ろから襲われる危険性は無いと言っている。日向、大隅、薩摩、南肥後、四国の兵は北肥後を平定中だ。合流するのに時間はかからない。

「某は筑後平定を優先させるべきかと思いまする。龍造寺にとってはそれこそが嫌な事でございましょう。焦る事はございませぬ。それといずれは川を渡らねばなりませぬがやはり兵力に不安が有りまする。こちらは早急に兵を集めるべきかと思いまする」

小山田左兵衛尉だ。これも道理だな、何人か頷いている人間が居る。

焦ったかな？　焦ったかもしれない。或いは龍造寺の隠居に動きが無い事で不安になったか……。有り得るな、隠居を待ち受ける筈なのに逆に待ち受けられている。いや、不安というより不本意なのかもしれない。何で上手く行かないんだろう。

「十兵衛の軍を動かすというのは如何か？」

「それに合わせて川を渡ると言うのであれば某は反対致しまする。先ずは南九州、四国の兵と合流するべきでございましょう」

田沢又兵衛が俺の問いに答えた。皆が頷く。そうだな、十兵衛の軍を動かしても隠居は俺の首を求めて来る。やはり焦ったか。

「左近将監殿、左兵衛尉殿、又兵衛殿の申される事は真に道理かと思いまする。薩摩、大隅、日向、南肥後、四国の者達の兵を早急に呼び寄せるべきでございましょう。その間にこちらは筑後の平定を進めるのでございます。龍造寺は間違いなく大殿が川を越えるのを待っておりましょう、油断は出来ませせぬ」

これは宮内少輔だ。なるほど、筑後平定を優先する事で隠居を焦らせつつ同時に兵を集めるか。皆が隠居は川を越える事は無いと判断している。つまりこちらから川を越えなければならないという事だ。川を背後にして隠居を迎え撃つ形になるだろう。現状では兵力に不安が有るという事だ。或いは兵を集める事で隠居を焦らせる、無理やり引き摺りだす事を考えているのかもしれない。

幾つか意見の遣り取りが有ったが徐々に宮内少輔の意見に纏まった。毛利の三人も宮内少輔の意見を支持した。背水の陣になるからな。無茶はするべきじゃないという事だ。

「分かった。筑後平定を優先しよう。それと同時に兵を集める。川を越えるのはその後だ。その時は期日を決めて十兵衛の軍も動かす。如何か？」

皆が頷いた。となると次に攻めるのは松延城、福島城、猫尾城か。かなり内に入るな。隠居は如何思う事か……。

禎兆七年（一五八七年）　二月上旬　　山城国葛野郡　近衛前久邸　伊勢貞良

「今年も良い正月で有った」

「はっ」

「いつもの事ではあるが色々と雑作を掛ける」

「何ほどの事でも有りませぬ。むしろ行き届かぬところが無かったか、御不自由をお掛けしなかったかと思っておりまする」

答えると太閤近衛前久が顔を綻ばせた。

「左様な事は無い。今年は琉球の使者との謁見の話、馬揃えの話で一頻り盛り上がった。院も帝も御慶びであった」

「畏れ入りまする。主もそれを聞けば喜びましょう」

「相国には感謝しておる。昔は正月の行事もまともに行えなかったからの。それを思えばまるで夢の様じゃ」

「……」

太閤殿下が感慨深そうに呟く。

応仁・文明の乱以降、幕府の権力、将軍の権威は失墜した。将軍が京を追われる事も珍しくなかった。当然だが幕府は朝廷を庇護する事が出来なくなった。禁裏御料である小野庄、山国庄を横領した宇津右近大夫を討伐する事も出来なかったのだ。幕府自体が有力大名の庇護が無ければ存続する事も難しくなっていた。庇護者が居ない、朝廷の困窮は酷い物だった。

「公家達もの、だいぶ、朽木の天下に慣れてきたようじゃ」

「……」

「まあそれほど酷い事にはなるまいと皆思っていたがの、安堵したようじゃ。宴の席でもそういう話が出た」

「左様でございますか」

太閤殿下が〝うむ〟と頷かれた。

「相国は武家や坊主には厳しいからの。もしかすると、と怖れたのよ」

「……」

「だが公家には余り厳しくはないの。麿も昔驚いた事が有る」

「と申されますと?」

「先代の二条さんと義昭の所為で麿は京を追われての、近江に逃げた。あの時の事よ」

屈辱で有った筈だが殿下は懐かしげにしている。

「京に戻ってからの事だが二条さんの事を許してやってくれと頼まれての。まあ相国に頼まれては嫌とは言えぬ。何と言っても新しく邸を建ててもらう事になっていたからの。了承したのじゃがけじめは着けねばなるまい。如何着けるかと思っていたら相国が二条さんに麿に謝れと言っての、二条さんが麿に頭を下げて終わりよ」

〝ほほほほほほ〟と殿下が御笑いになった。

「麿も驚いたが二条さんも驚いておったの。京を逃げ出さねばなるまいと思っておったようじゃ。不思議そうな顔をしていた。その様が可笑しくての、怒りなど吹き飛んでしまったわ」

「……」

「まあその所為かの、二条さんも義昭から離れた。麿も関白や右大臣と隔意無く話が出来る。五摂家の間にぎすぎすした物は無い」

確かに、今宮中に大きな対立は無い。もし、厳しい処罰を二条様に下していれば二条様は義昭様との連携を強めたであろう。その確執は子である関白殿下にも引き継がれた筈、宮中には対立が残った……。

「足利は弱かったからの。敵と味方を峻別した。その分だけ敵になった者に対しては厳しく当たった。敵を潰さねば安心出来なかった、そういう事なのであろう。たとえそれが武力の無い公家であっても、いや武力の無い公家であればこそ厳しく当たったのかもしれぬな」

「……」

「だが相国は強い。だからかの、存外に緩いところが有る」

「敵には厳しいかと思いまするが？」

問い掛けると殿下が顔を綻ばせた。

「潰すべき敵に対してはの。相国は公家を敵とは見ておらぬのでおじゃろう。武力が無いからの、朝廷と共に庇護すべき存在と見ているのやもしれぬな」

「なるほど」

そうかもしれない。大殿は御自身を武家であり朝廷を守る者と仰られている。その朝廷には公家も含まれるのであろう。

「九州の状況は如何なのかな?」

「はっ、筑後、北肥後を平定しこれから肥前に攻め込むと報せが有りました」

「ほう、ではいよいよか」

「はい」

敵の本拠地に攻め込む。味方は十五万以上、敵は五万、兵糧にも不安は無い。負ける事は無いだろう。

虚実

禎兆七年(一五八七年)二月中旬　　肥前国佐賀郡大堂村　　龍造寺隆信

身体が動かない。何も考える気にならない。空が見えた。だらしなく寝そべる自分を家臣達が心配そうに見ていた。

「如何か?」

「良くありませぬ。次に発作が起きれば……」

発作？　そうか、儂は発作を起こしたのか。急に胸が痛くなって何も考えられなくなった。ただただ死ぬのではないかと恐ろしかった。声を出す事も出来なかった。呻き、のたうち、苦しんだ。そうか、発作か……。

「お、起こせ」

漸く声が出せた。

「無理はなりませぬ。今は安静にしなければ」

「起こせ！」

掠れた声で強く言うと家臣達が自分を起こしてくれた。

「水」

誰かが竹筒を差し出した。それを受け取って飲む。美味いと思った。一つ息を吐く。儂は生きていると実感した。

「殿、我らに病の事を隠しておられたのですな？　医師はこれまでにも異常は有った筈だと申しておりますぞ」

百武志摩守が責める様に問うて来た。

「次に発作が起きれば命を失う事になると医師は申しております」

そうか、とうとう死ぬか。

「これ以上は無理です。兵を退きましょう」

誰だ？　成松遠江守か。

「兵は退かぬ」

何人かが〝殿！〟と叫んだ。

「今更兵を退いて如何する？　朽木勢は目の前に居るのだぞ。追い討ちを喰らって大敗するだけではないか」

「……」

誰も何も言わない。そう、敵は七万、味方は四万。倍近い敵が目の前に居るのだ。兵を退くなど簡単に出来る事ではない。

「ならば降伏するか？　儂は切腹を命じられような。腹を切るのも発作で死ぬのも死には変わりない。ならば儂は戦う」

皆が押し黙った。兵は退けぬのだ。兵を退けば何のために孫四郎を殺したか分からなくなる。それではあの世に行って孫四郎に合わせる顔が無い。戦の最中に発作を起こして死ぬかもしれぬ。それは運よ。しかし退く事は出来ぬ……。

「戦の最中に発作が起きればなんとします。味方は大敗北を喫しますぞ」

押し殺したような声で問うて来たのは弟の安房守だった。

「そんな事は分かっておる。兵を挙げた時からな。無様に負けるかもしれぬ。それでも戦わずに死ぬよりましよ」

「……」

「長門守」

「はっ」

多久長門守が畏まった。

「朽木に儂が発作を起こして倒れたと伝えよ」

周囲が騒めいた。

「朽木を騙すのですな？」

「そうだ、長門守。不意を突いて夜襲を掛ける」

「暫く！　暫くお待ちください！」

下座から声を張り上げたのは医師だった。儂の命が危ないとでもいうのだろう。小賢しいわ。

「無用だ、下がらせよ」

「四日お待ちください！」

四日？

「今は未だ心の臓が落ち着いておりませぬ！　今戦えば間違いなく発作を起こしましょう。心の臓を休ませ、落ち着かせなければ満足な戦など出来ませぬぞ！」

「……戦うなとは言わぬのか」

「言っても無駄にございましょう」

医師が挑む様な眼で儂を見ている。また思った。小賢しい奴だと。

「四日待てば発作は起きぬか？」

医師が首を横に振った。

「それは分かりませぬ。殿様の御運次第でございましょう。しかし、今戦えば間違いなく発作は起きまする」

「……」

「医師の言う通りにすべきかと思いまする。四日の間に我らは夜襲の手筈を調えましょう。殿は御身体を休めるべきかと思いまする」

百武志摩守が医師を支持した。そうかもしれぬ。未だ身体のだるさが取れたわけでもないのだ。四日か、その間に体調を整えるべきか。うむ、死が迫っていると少し焦ったかもしれぬな。

「良かろう。長門守、四日後だ」

「はっ」

長門守が畏まった。

「四日目の朝、儂に夜襲の手筈を教えよ。そこで最終的に如何するかを決める」

皆が畏まった。儂にとって最後の戦になるだろう。勝って龍造寺山城守隆信の名を天下に轟かせるか、負けて無様に散るか……。孫四郎、見届けてくれよ。

禎兆七年（一五八七年）二月中旬　　肥前国佐賀郡大堂村　　太田城　　朽木基綱

「父上、龍造寺は攻めてきません」

もどかしそうな口調だ。

「そうだな」

「如何なさいますか？」

「さあ、如何したものか……」

俺が答えると三郎右衛門、孫六郎が困惑した様な表情を見せた。

いかんな、父親の、舅の権威が……。周囲には相談役、そして軍略方、兵糧方も居る。皆興味津々といった表情で俺と三郎右衛門、孫六郎を見ている。困ったものだ、娯楽が少ないからと言って朽木家の家族の会話を楽しむのはいかんだろう。

「まあ此処は待つ一手だな」

「待つのでございますか？」

「待つ。攻める事だけが戦ではない。待つのも戦だ。待つ事でこちらが有利になるのだからな」

三郎右衛門と孫六郎が頷いた。もっとも納得した表情ではない。〝そうなの〟、〝それでいいの〟、そんな感じだ。若いからな、敵を攻める、打ち破る、そんな華々しい戦に憧れているのだろう。俺なら楽が出来ると喜ぶところだが。爺むさいかな？

「動く事で有利になる事も有れば動かぬ事で有利になる事も有る。そこを考えなければならぬ。このままの状態が続けば肥前は十兵衛に攻め獲られる事になる。領地が無くなる事に隠居の配下の者達は耐えられまい。必ず騒ぐ。その分だけ隠居は追い詰められるのだ。焦らずに待て」

「はい」

二人が答えた。今度は納得したようだ。

最近三郎右衛門が良く話しかけてくる。無口な倅だと思っていたのだがな、必ずしもそうでもないようだ。いつも傍に居るので話しかけ易いらしい。八幡城ではいつも家臣達に囲まれて仕事をしている。その所為で遠慮していたようだ。俺ってあまり良い父親じゃないな。多少自覚は有ったが改めて認識した。ちょっと落ち込んでいる。

月が変わって二月になると朽木の第二軍は筑後を平定し九州南部、四国の兵と合流して七万まで兵力を増やした。龍造寺の隠居は肥前一国に押し込まれたわけだ。そして筑後川、この時代では筑紫次郎と呼ばれる川を渡って太田城を攻略した。おそらくは十兵衛の率いる第一の軍も動き始めた筈だ。筑前から肥前へと兵を進めているだろう。極めて順調だ。

しかしだ、嫌な予感がする。と言うか嫌な予感しかしない。一言で言うとそういう状況に有る。龍造寺の隠居は俺が川を渡ると四万の兵を率いて俺の前にやってきた。俺が川を渡るのを待っていたのだろう。速いわ、あっという間に距離を詰めてきた。狙いは俺の首一つ、そんな感じがする兵の動かし方だ。近江に帰りたくなった。

いや、太田城を攻略すれば隠居が出て来るのは分かっていたんだ。太田城は龍造寺家の本拠、佐賀城に近い。距離は五キロほどだ。必ず隠居は出て来る。隠居を引き摺りだす事で十兵衛を動かす。十兵衛が肥前を攻略すれば隠居は追い込まれる、そう思ったんだ。目論見は十分に当たった。

朽木勢と龍造寺勢は二キロほどの距離を置いて陣を構えて睨み合っている。こちらは太田城と多布施川の中間あたりに陣を敷いているが太田城から見れば幾分後方に陣が有るだろう。太田城には三千の兵を入れた。指揮官は鯰江満介だ。俺の陣を攻めようとすれば太田城から横腹を突かれるか後方を遮断される事になる。満介ならその程度の事は簡単に出来る。

隠居が俺を攻める時は太田城が一つのポイントになる筈だ。そして右には多布施川が有る。それほど大きな川ではないしこの時期だから水量も決して多くは無い。だが迂回攻撃を躊躇《ため》らうぐらいの役割は果たしてくれるだろうと思っている。つまり敵は正面から来る。動きを予測し易いのだ。その分だけ隠居は兵を動かし辛い、戦い辛い筈だ。

本当は戦いたくないんだがな。この状況じゃ隠居は遮二無二攻めかかって来るだろう。そう思うんだが隠居は攻めてこない。もう五日もこの状態だ。如何にも腑に落ちない。そして面白くないのは内応を約束した連中から何の連絡も無い事だ。鍋島豊前守信房、龍造寺下総守康房、龍造寺安房守信周、小河武蔵守信俊、多久長門守安順……。余程に監視が厳しいのか、或いは寝返りを止めたか……。落ち着け。時間が経てば経つほどこちらが有利になるのだ。慌てずに待つのも戦だ。そう言い聞かせているんだが……。


禎兆七年（一五八七年）二月中旬　　肥前国佐賀郡大堂村　　太田城　　朽木基綱

「倒れた？　嘘だろう？」

「いえ、真にございます」

俺の問いに千賀地半蔵則直が首を横に振って答えた。

「何時の事だ？」

「四日前の事にございます」

「四日前……」

思わず声が出た。半蔵が頷く。陣を布いたその翌日に倒れたのか……。龍造寺山城守隆信が倒れた……。人払いを願うから何かと思ったが確かにこれは重大ニュースだわ。

「これから決戦だと意気込んだ直後に胸の痛みを訴えもがき苦しんだそうにございます。僅かな時間では有りましたが痛みはかなりのもので有ったとか」

胸の痛み、もがき苦しんだ、僅かな時間か。おそらくは狭心症だな。痛み以上に恐怖感を凄く感じると聞いた事が有る。

「……誰から聞いた？」

「多久長門守にございます」

多久長門守の妻は誅殺された鍋島孫四郎の娘だ。その事で将来に不安を持っている。そして多久は龍造寺の一族でもある。隠居の傍に居られる男だ。情報源としては問題は無い。後は嘘を吐いていない事を祈るのみだ。

「周囲に今日の戦は無理だと止められ山城守本人も受け入れたそうにございます。翌々日、改めて軍議の席で山城守は決戦を主張し山城守の身体を気遣う者達と口論になり激しい苛立ちを示したとか。その折、皆の前で嘔吐をし虚脱したそうにございます」

嘔吐か、こいつも狭心症の症状の一つだ。昔見たテレビドラマでそんなシーンが有った。或いは心筋梗塞の前兆か。

虚脱という事は身体に力が入らなくなったのだ。おそらく吐いた後にだらしなく寝そべったのだろう。廻りがそれを如何見たか……。狭心症か、心筋梗塞か。心筋梗塞ならこの時代じゃ助からない。狭心症でも戦国武将としては終わりだ。無茶をすれば心筋梗塞に進行し死ぬ事になる。

「それ以後は？」

「山城守は休息を取っております」

「何故今まで報せが無かった？」

半蔵が〝はっ〟と畏まった。声が厳しかったかな？

「龍造寺の重臣達はこの事態を重く見ております。陣には厳しい警戒が布かれているとか。そのため簡単には報せが出せなかったと多久長門守は言っております」

「なるほど」

有り得ない事じゃない。総大将の病気なんて広まったらとんでもない事になる。織田がそうだった。信長が皆の前で倒れて如何にもならなくなった。警戒を厳重にするのは当たり前の事だ。多久の報告に不審な点は無い。信じても良さそうな気がするな。

「伊賀者は如何だ？　確認出来るか？」

問い掛けると半蔵が首を横に振った。

「中々に難しゅうございます。我らの手の者も陣には忍び込めますが奥深くにとなると……」

「難しいか」

「はい」

つまりこちらから確認は取れないという事か。誘導されている？　有り得るかな？

「多久以外の者からの報せは？」

「未だ有りませぬ。おそらくは警戒が厳しいので控えているのでしょう」

「そうか」

面白くない。情報が多久だけという事は偽りの可能性も有るという事だ。しかし病の症状は明らかに狭心症、心筋梗塞だ。不審な点は無い……。

「大殿」

「何だ、半蔵」

「龍造寺の重臣達は密かに集まり善後策を検討しているそうにございます」

「……」

「長門守もそれに加わっておりますが降伏すべしという意見も出たとか」

「……斬られなかったか？」

「は？」

半蔵が訝しげな表情をしている。

「降伏論を唱えた者だ。斬られなかったか？」

「いえ、斬られてはおりませぬ」

降伏論が出た。斬られていない。それが事実なら重臣達は降伏という選択肢を選ぶか如何かは別として認めた事になる。主戦論を吐く龍造寺の隠居が健在なら有り得ない事だ。隠居の統率力は明らかに低下した。重臣達は隠居の病を重く見ているのだ。

「如何なさいます？」

半蔵がじっと俺を見た。

「……龍造寺の陣から目を離すな」

「多久を疑っておられますか？」

「真実かもしれぬ。だが油断したくはない」

半蔵が頷いた。報告に不審な点は無い。十分に有り得る事だ。だが裏が取れないんだ。如何しても不安になる。半蔵も俺の不審を否定しない。俺と同様に疑っているのかもしれない。人払いを願ったのはそのためだろう。

「幸い待つ事に不都合はない。多久の報せが真実なら龍造寺には乱れが有る事になる。時が経てば経つほどその乱れは大きくなるだろう。その分だけ勝ち易くなる筈だ」

「皆様方には？」

半蔵が俺をじっと見ている。

「報せぬ。油断させたくない」

半蔵が畏まると下がって行った。報せると言ったら止めただろうな。油断だと怒ったに違いない。厳しい世界だ。

報せが事実なら龍造寺の隠居は狭心症だ。近年の隠居は酒色におぼれ肥満したと聞いている。高血圧、高脂血症、肥満だ。狭心症になってもおかしくはない。狭心症だけじゃない、他にも病を抱えている可能性も有る。前には大軍、そして肥前には十兵衛が攻め込んでいる。戦って勝つ、いや俺の首を獲るという難しい戦をしなければならない。この状況で隠居の身体は耐えられるのか？現状では耐えかねているように見えるが……。ストレスが掛かれば掛かるほど隠居の心臓は蝕まれていく。待とう、待つんだ。油断せずに待つ。

禎兆七年（一五八七年）二月下旬　　肥前国佐賀郡大堂村　　太田城　　朽木滋綱

「正面より敵、激しく攻めております。御味方、苦戦。敵の大将は成松遠江守、百武志摩守、江里口藤兵衛の模様！　兵、約八千！」

使番《つかいばん》の報告に〝おお〟と声が上がった。成松遠江守、百武志摩守、江里口藤兵衛、龍造寺の四天王と言われる者達だ。その男達が攻めてきた。こちらの不意を突いた夜襲。味方は押されている。此処にまで喚声が聞こえる。本陣の中は痛いほどに空気が強張っている。

「御苦労だな。増援の要請は？」

「今のところはございませぬ。田沢又兵衛殿、酒井左衛門尉殿、後藤壱岐守殿、大久保新十郎殿、千住嘉兵衛殿、力を合わせて敵の攻勢を防いでおりまする」

父上が頷かれた。大丈夫だ、味方は踏み止まっている。

龍造寺勢が夜襲を掛けてきた。伊賀衆の報せで間一髪不意を突かれる事は免れたが味方は劣勢だ。

「太田城は如何か？」

「敵は抑えの兵を五千ほどおいております。そのため太田城の御味方は動く事が出来ませぬ」

父上が頷かれた。

「太田城に攻めかかっているわけではないのだな」

「ございませぬ」

「分かった。下がってよい」

父上は何時もと変わらない。味方が不利な状況にあるのに落ち着いている。軍扇を右手に持って左手の掌を軽く叩いている。

「太田城には攻めかからぬか……。戦線を広げたくないという事かな。だが正面からは成松と百武と江里口、ふむ、気に入らぬな」

父上が顔を顰められた。

「毛利右馬頭に使いを出せ。多布施川より敵が来る恐れ有り、直ちに備えよと。必要と有れば川を渡る事も許す。急げ！」

父上の命に使番が走り出した。

「敵が多布施川を越えて来ると御考えでしょうか？」

祖父の平井加賀守が問い掛けると父上が首を横に振った。

「分からぬ。だがな、舅殿。正面から四天王の三人が攻め寄せてきた。此処を攻めるのなら太田城は邪魔な筈だ。それなのに龍造寺は攻めかかろうとしない。おかしな話ではないか？」

父上の言葉に皆が頷いた。

「隠居が太田城を攻めれば俺も援軍を出す。そうなれば隠居は更に兵を出す事になる。つまり太田城に兵を取られる事になるのだ。隠居はそれを避けたのではないかな？」

「多布施川からの迂回攻撃のためでございますか？」

真田源五郎が問うと父上が頷かれた。

「うむ。そう考えると納得がいく。正面から四天王の三人が攻めてきたのはこちらの目を引き付けるためだと思う。隠居の狙いは別働隊に多布施川を越えさせてこちらの横腹、或いは後ろを突く、そんなところだろう」

彼方此方《あちこち》で〝なるほど〟、〝確かに〟という声が聞こえた。

「隠居の兵は四万。太田城の抑えに五千、正面から八千。残りは二万七千だ。追撃のための兵も要る。それを考えると別働隊に二万は出せまい。精々一万五千だ。ならば別働隊は毛利勢に任せよう」

なるほどなあ、そういう事か。孫六郎殿も頻りに頷いている。父上は凄い。戦上手なところを初めて見た。八幡城に居ては少しも分からない。

「太田城を抑える敵は如何なされます？」

重蔵が問い掛けた。

「一条、長宗我部に攻めさせる。追い払った後は成松達を攻撃させよう。簡単に潰せる筈だ。まあ隠居が後詰を出すだろうがな。使番を出せ！」

どよめきが起こり父上の命に使番が走り出した。

「隠居め、小細工をする」

父上が御笑いになった。でも何時もの穏やかな笑みではない。冷たい、蔑むような笑みだ。

「父上、小細工とは？」

父上が私を見た。冷たい笑みを浮かべたままだ。ヒヤリとする。初めて父上を怖いと思った。

「伊賀の半蔵がな、隠居が倒れたと報せを持って来た」

「まさか！」

自分だけじゃない、皆が〝まさか〟と言っている。

「我らは聞いておりませぬが？」

曽衣が問い掛けると父上が声を上げて御笑いになった。

「確証が得られなかったのでな、皆には報せなかった。半蔵も同じ思いだったのだろう。人払いを望んだ」

「……」

「如何やらこちらを油断させるための計略だったようだ。なかなかの出来栄えだったが今ひとつ足りなかったな」

父上がまたあの笑みを浮かべられた。冷たい笑み……。父上は龍造寺山城守を蔑んでいる。そんな小細工に引っかかると思ったのかと蔑んでいるのだと思った。

「孫六郎殿、三郎右衛門、勉強になったかな？」

「はい」

声を合わせて答えた。父上が頷く。

「戦とはな、このように騙し合いなのだ。上手に騙した方が勝つ。良く覚えておく事だ」
「はい」
答えると父上が頷かれた。何時もの穏やかな笑みを浮かべた父上だった。

勝利？

禎兆七年（一五八七年）二月下旬　　肥前国佐賀郡大堂村　　太田城　　朽木基綱

喚声が聞こえる。ワー、ワーと騒ぐ声の中に時折〝押せ！〟、〝退くな！〟という声が聞こえる。状況は良くない。〝押せ！〟という声が良く聞こえる。つまり、〝押せ〟と言っているのは龍造寺の兵だ。そして〝退くな！〟という声には余裕が無い。味方は防いでいるが押されている。結構厳しい状況だな、頭が痛いわ。

もう少しの辛抱だ。一条、長宗我部の四国勢が太田城を抑える五千の兵に攻めかかる。一条と長宗我部の兵は合わせれば六千ほどになるだろう。そこに太田城の鯰江満介が三千の兵で加勢すれば簡単に追い払える。隠居は如何するかな？　手当をするとなれば手持ちの兵が少なくなる。戦況は徐々に厳しくなるが……。もっとも後詰をしなければもっと厳しくなるだけだ。

問題は多布施川だ。別働隊が来るのか、来ないのか。来ると思うのだが来なければ毛利勢一万五千は遊軍となる。この状況で一万五千が無駄になるのは痛いな。しかし多布施川を警戒するのは当然の事だろう。割り切ろう、これは必要な手当てだ。敵が来ないのならこちらから隠居の本陣に突っ込ませても良い。それで勝負は決まる。

それにしても隠居の奴、小細工をする。いや、それだけ必死だという事だ。侮るべきじゃない。だがあの症状、如何見ても狭心症、心筋梗塞だと思うんだが……。周囲にそんな人間が居て症状を利用したという事かな。或いは本当に病気かもしれない。自分が病んでいると知って最後の力を振り絞って戦いを挑んできた……。

考えるな！　考えても仕方がない事だ。今はこの戦いで勝つ事を考えればよい。此処を耐える。そして戦線を増やして行く。兵力の多い此方が有利になる筈だ。そして隠居は徐々に兵力不足で追い詰められていく。兵力が無くなる前に何処かで勝負に出る筈だ。其処を潰す。潰せば隠居には打つ手が無くなる。俺の勝ちだ。それに此方が有利になれば内応を約束している連中が寝返るだろう……。

三郎右衛門、孫六郎が緊張した面持ちを見せている。状況は良くないからな。不安なのかもしれない。

「孫六郎殿、三郎右衛門」

「はい」

二人が声を合わせて答えた。まだ声変わりも十分にしていない。可愛いわ。微笑《ほほえ》ましくなる。

「味方は押されているが負けたわけではない。もう少し肩の力を抜いては如何かな？」

「はい」

二人が顔を赤らめている。本当に可愛いわ。思わず笑ってしまった。周囲からも笑い声が聞こえる。ひりひりしていた空気がジワリと緩んだ。

「未だ戦は始まったばかりだ。先手は取られたが悲観するには及ばぬ。これからが勝負だ」

「はい！」

二人が勢いよく答えた。そして皆が頷く。本当にそうだと良いんだけどな。夜戦は戦況の把握が難しいから嫌いだ。

戦況は動かない。味方は押されたままだ。だが小半刻ほど経つと毛利の使番が本陣に駆け込んできた。そして膝を突く。

「申し上げまする！」

「申せ！」

「多布施川にて龍造寺勢を発見！　現在戦闘中、こちらが龍造寺勢を押しておりまする！」

どよめきが起きた。皆が頷き合っている。やはり来たか……。無駄にならずに済んだ。内心でホッとするものが有った。

「敵の兵力は如何ほどか？」

問い掛けると使番が〝はっ〟と畏まった。

「約一万にございまする」

「うむ、御苦労。下がって良し」

「はっ」

使番が下がった。一万か、妥当なところだろう。毛利は一万五千、こちらが有利だ。負ける事は無い。

「前線に報せよ。多布施川より押し寄せた龍造寺勢一万を毛利勢一万五千が打ち破ったと。大声で叫ばせるのだ、龍造寺勢に聞こえるようにな」

「はっ」

宮川重三郎が使番を五人走らせた。これで前線も精神的に楽になるだろう。攻めてきている龍造寺勢は目論見が外れてがっかりだな。それが戦況に如何影響するか……。多久長門守、小河武蔵守、鍋島豊前守、龍造寺下総守、龍造寺安房守。如何見る？

「父上！」

三郎右衛門の声が弾んでいる。

「如何した」

「本当に龍造寺勢が来ました。凄い」

思わず苦笑《にがわら》いが漏れた。不安に思っていたとは言えないな。

「感心するよりも考えろ。正面に八千、太田城の抑えに五千、多布施川に一万、合わせて二万三千だ。隠居の手元には一万七千の兵が残っている」

三郎右衛門、孫六郎が頷いた。

「もう直ぐ一条、長宗我部の兵が太田城の敵に襲い掛かる。こちらは鯰江の兵も入れれば一万に近い。隠居が戦線を維持するなら最低でも五千は後詰に出す筈だ」

「では残りは一万二千……」

三郎右衛門が呟いた。

「多布施川も劣勢だ。そちらにも後詰を出すとすれば隠居の手持ちは一万を切る。徐々に追い込まれるのだ」

「……」

「言ったであろう。これからが勝負だと」

ごくりと唾を飲み込む音がした。三郎右衛門か、孫六郎か……。良く覚えておけ、これが戦だ。最初から勝っている必要は無い、最後に勝っていれば良いのだ。


禎兆七年(一五八七年)二月下旬　肥前国佐賀郡大堂村　太田城　朽木滋綱

本陣の中はさっきまでとは全然違っていた。ピリピリした苛立った雰囲気は消え皆の表情には余裕と笑みが浮かんでいる。父上の仰る通りだ。これからが勝負だ。

「凄い」

孫六郎殿が呟いた。本当に凄いと思う。父上は不意を突かれた劣勢を撥《は》ね除けて徐々に龍造寺勢を圧し始めている。

「申し上げまする」

使番が駆け込んできた。空気が変わった！

「正面の味方、徐々に敵を押し返しておりまする！」

彼方此方で〝おお〟、〝良し〟という声が上がった。父上が〝御苦労〟と声を掛けると使番が下がった。

「なるほど、押せという声が聞こえなくなったな」

「左様でございますな」

父上と重蔵の会話に皆が頷いた。そう言えば敵の声が聞こえなくなった。そうか、敵が遠ざかっている、味方が圧し返しているという事か。

「多布施川の龍造寺勢を打ち破ったというのは嘘なのだがな。敵も味方も信じたようだ」

「三万の援軍に匹敵する嘘にございましょう。御見事にございまする」

曽衣が賞賛すると皆が〝真に〟、〝その通りにございまする〟と口々に声を上げた。父上が声を上げて御笑いになった。

「嘘が上手いのは自慢にならぬ。余り褒めるな」

今度は皆が笑った。味方が圧し始めた事で皆の表情が明るくなっている。

「申し上げまする」

また使番が駆け込んできた。空気が瞬時にして引き締まった。

「一条、長宗我部勢は鯰江勢と共に太田城を囲む龍造寺勢を攻撃！　龍造寺勢にも五千ほどの後詰が到着し互いに押し合っておりまする」

「うむ、御苦労」

これで龍造寺山城守の手持ちの兵は一万二千に迄減った。

「隠居は正面か、多布施川で勝負を賭けるつもりらしいな」

父上の言葉に皆が頷いた。如何いう事だろう?……そうか、同程度の兵を援軍に出しただけだ！

優位に立とうとはしていない。他で決戦するために兵を残しているのだ。

「如何なさいますか?」

宮内少輔が問い掛けると父上が〝ふむ〟と鼻を鳴らした。ピタ、ピタと軍扇で首筋を叩いている。

叩くのが止まった。

「一条、長宗我部に援軍を出そう。如何思うか?」

父上の言葉に〝良き御思案〟、〝某も同意致しまする〟という声が上がった。

「では三好孫七郎、孫八郎、真田徳次郎、寒川丹後守を出せ」

「はっ」

宮内少輔が使番に三好孫七郎、孫八郎、真田徳次郎、寒川丹後守に一条、長宗我部の後詰をするようにと命じた。使番が掛け出す。

「如何するかな? こちらは大凡《おおよそ》五千を追加した。放置すれば太田城の龍造寺勢は崩れる。となれば正面の兵も横腹、あるいは後背を突かれるのを怖れて崩れよう。負けが見えているが……」

「援軍を出せば手持ちの兵が減りまする。或いは太田城を決戦の場とするやもしれませぬ」

「多布施川も劣勢だぞ、源五郎」

「多布施川の龍造寺勢が崩れる前に攻め寄せる事も有りましょう。或いは後詰を出してから太田城へ攻め寄せる……」

源五郎が答えると父上が〝そうだな〟と頷かれた。父上が私を見た。

「三郎右衛門、孫六郎殿。こういう戦は良くないのだ」

「良くない？」

思わず孫六郎殿と顔を見合わせた。孫六郎殿も不思議そうな顔をしている。

「兵を少しずつ小出しに後詰する。このやり方は良くない。徒に戦を長引かせ兵の損害を増やすだけだ。だが夜戦なのでな、敵の動きが見えん。如何しても相手を計りつつその場凌ぎの戦になってしまう」

そうなのか、自分はさっきから凄いと思っていたのに父上にとっては不本意な戦なのかもしれない。

「だがそれももう直ぐ終わるだろう。隠居は勝負を賭けて来る筈だ」

父上の言葉に皆が頷いた。

禎兆七年（一五八七年）二月下旬　肥前国佐賀郡大堂村　太田城　朽木基綱

だいぶ陣内の空気は明るくなった。笑い声も聞こえる。そして龍造寺勢の喚声も以前ほどには聞こえない。戦況は落ち着いている。龍造寺勢と朽木勢は揉み合っている。戦場は大きく分けて三つ。正面、太田城、多布施川だ。最初は圧されていたがこちらは兵を前線に投入する事で龍造寺側を圧し返し始めた。隠居も前線に兵を投入する事で何とか崩壊を防いでいる。

だが俺と隠居では手持ちの兵数がだいぶ違う。俺には潤沢に使える兵が有るが隠居の手持ちの兵は徐々に少なくなりつつある。予備兵力が少ないという事は戦場で採れる選択肢が少なくなるという事だ。隠居は追い詰められつつある。……しかし兵力の逐次投入なんて拙い戦だわ。だが戦況がはっきり見えないから如何しても思い切った手が打てない。小出しに兵を増強して隠居の反応を見て戦う事になる。理想と現実の違いだな。

隠居も頭が痛いだろう。後詰をしながら戦況を窺うか？　それとも一気に勝負に出るか。或いは兵を引くという選択肢も有る。このまま戦況を窺うならジリ貧になりかねない。だが勝負に出ればもう戻れない。勝機が有るなら出るだろうが隠居にその勝機が見えるのか？　見えなければ兵を引くという選択肢も有る。しかし夜戦だ、兵を引くのは簡単ではない筈だ。

いや、兵を引くのは無理だろうな。十兵衛が肥前を攻略しているのだ。此処で兵を引けば配下の国人衆が龍造寺に勝機無しと判断して逃げ出しかねない。となると遮二無二此処で決着を着けようとする筈だ。何処に来る？　正面か？　太田城か？　それとも多布施川か……。

「申し上げまする！」

気が付けば使番が目の前に居た。如何やら俺は思考の海で溺れていたらしい。

「如何した？」

「三好孫七郎殿、孫八郎殿、真田徳次郎殿、寒川丹後守殿、太田城の敵に打ち掛かりましてございまする」

ざわめきが起きた。

「御苦労、敵に増援は有るか？」

「ございませぬ」

「うむ、下がって良し」

「はっ」

敵に増援は無い。太田城は決戦の場では無いという事か。となると何処に来る？　正面か？　太田城の敵が崩されれば正面は攻撃を受け易い、そこに来るとは思えない。……多布施川か。多布施川なら正面、太田城の戦況から影響を受ける可能性は少ない。

正面と太田城の敵が崩れれば味方は追撃する。当然だが本陣は手薄になる。そこを多布施川から毛利勢を突き崩して隠居が攻めてくるという事か。つまり正面と太田城の敵は囮だ！

「九州勢を多布施川に出せ！」

「毛利勢が圧しておりますが？」

舅殿が首を傾げている。

「隠居が来るかもしれん。正面と太田城は捨てたようだ」

「直ちに！」

重三郎が使番を走らせた。洟垂《はなた》れ小僧の岩松も今じゃ子供も三人居るっていうんだからな。時が流れるのは早いわ。

時間だけが流れる。時折一言、二言話すのが聞こえるが陣内は静かだ。龍造寺勢の声もあまり聞こえない。ワー、ワーという声は聞こえるのだが迫ってくる感じは無い。三郎右衛門、孫六郎も静かに控えている。おかしい、来るべきものが来ない。隠居は何を考えているんだ？

「申し上げまする！」

来た！　使番が掛け込んできた。

「太田城の敵、崩れましてございまする！」

どよめきが起きた。

「申し上げまする！」

また使番が駆け込んできた。

「田沢又兵衛殿、成松遠江守を打ち破り江里口藤兵衛に攻めかかりました！　正面の敵、退きつつありまする！」

またどよめきが起きた。〝勝った！〟という声も聞こえる。

「追撃は無用。その場にて陣を固めよと伝えよ」

皆が不満そうな顔をしている。使番もだ。

「良いか、此処は敵地である。夜間の不用意な追撃は敵の反撃を喰らう。追撃は無用である」

使番が立ち去った。念のために本陣からも更に八人の使番を送った。勝ち戦で厄介なのは無秩序な追撃だ。こいつの所為で勝ち戦を失った奴は幾らでも居る。隠居がこの時点で釣り野伏をやるとは思わんが用心は必要だ。

「申し上げまする！」

また使番が掛け込んできた。毛利の使番だ。隠居が来たか！

「後詰を得て多布施川の龍造寺勢を打ち破りました！」

三度どよめきが起きた。勝った？　如何いう事だ、隠居は？

「御苦労、右馬頭殿に多布施川のこちら側にて陣を布くようにと伝えよ。敵が再度押し寄せる可能性が有る。決して油断するなと」

「はっ」

使番が立ち去った。

皆が顔を綻ばせている。正面、太田城、多布施川、その全てで龍造寺勢を打ち破った。勝ったという事なのだろう。だが……。

「勝ったのか？」

俺の問いに皆が顔を見合わせた。

「隠居は何故来ない？」

誰も答えてくれなかった。如何なっているのだろう、さっぱり分からん……。

龍造寺家滅亡

禎兆七年（一五八七年）二月下旬　　肥前国佐賀郡大堂村　　太田城　　朽木滋綱

夜が明けた。太陽は出ていないが薄っすらと空が明るみ始め鳥が鳴いている。先程まで戦いが有った太田城の周辺では戦死者の片付けが始まっていた。多布施川の方では毛利勢が同じように戦死者を片付けているだろう。

「義兄上、凄い戦でしたね」

「うん、凄い戦だった」

孫六郎殿が話しかけてきた。答えながらもどかしさを感じた。凄い戦としか言えない自分が歯痒い。龍造寺勢に不意を突かれても小動もしなかった父上。龍造寺山城守の考えを的確に読み取りあっという間に劣勢を跳ね返してしまった。あれを何と言えば良いのか……。百戦錬磨？　神算鬼《しんさんき》謀《ぼう》？　何か違う様な気がする。

山城守は自らが倒れたと父上を騙そうとした。自分ならそれを信じていたかもしれない。そして味方に教えていたかも……。そうであれば味方は油断して不意打ちを喰らっていただろう。負けたかもしれない。でも父上はそれに引っ掛からなかった。小細工をすると嗤っていた。そして戦は騙し合い、上手に騙した方が勝つと。

兵者詭道也《へいはきどうなり》か……。故《ゆえ》に能なるも之《これ》に不能を示し、用なるも之に不用を示し、近くとも之に遠きを示し、遠くとも之に近きを示し、利にして之を誘い、乱にして之を取り、実にして之に備え、強にして之を避け、怒にして之を撓《みだ》し、卑にして之を驕《おご》らせ、佚《いつ》にして之を労し、親にして之を離す……。孫子を学んでいたがまさか実際にそれを戦の場で見る事になるとは思わなかった……。

「暗闇の中でもああいう戦い方が出来るのですね。自分だったら何も出来ずに混乱していたと思います。負けたでしょう」

「俺も同じだと思う。何も出来なかっただろうな」

俺が息を吐くと孫六郎殿も息を吐いた。ただただ父上に圧倒された。そして自分が未熟だと分かった。情けない話だ。

「相国様は龍造寺山城守が多布施川の方に来ると見ていました」

「でも来なかった」

「はい。何故でしょう？　山城守は乾坤一擲の戦いを仕掛けてきた筈。それなのに……、義兄上は如何思われます？」

「分からない。しかし龍造寺勢は退却している」

孫六郎殿の不審は俺の不審でもある。山城守は父上に勝てないと見て兵を退いたのだろうか？

「如何した？　何をしている」

「父上」

「相国様」

何時の間にか父上が祖父の平井加賀守、黒野重蔵と共に傍に来ていた。穏やかな声と笑み。いつもの父上だ。戦の最中に見せた怖い父上は居ない。

「だいぶ明るくなったな」

「はい、陽が出てきました」

答えながら何時の間にか陽が出ていたと思った。

「相国様、山城守は何故兵を退いたのでしょう？」

孫六郎殿の問いに父上が〝分からぬ〟と首を横に振った。

「今、伊賀衆が龍造寺勢を追っている。直に分かるだろう」

「父上、山城守は態勢を立て直して再度向かって来るでしょうか？」

「さあ、如何であろう」

父上が祖父、重蔵に視線を向けた。

「そうですな、兵力に差が有り過ぎます。負け戦で退却ともなれば兵は散りましょう。龍造寺山城守が再度戦う事を望んでも兵が集まるか如何か……」

「昨夜の夜襲は龍造寺山城守にとっては乾坤一擲の賭けだった筈です。山城守はその賭けに敗れました。家臣達もその事は分かっているでしょう。となれば山城守が再戦を望んでも付いて行くとは思えませぬ」

祖父、重蔵が答えた。なるほどと思った。山城守が戦いたくても兵も将も付いてこないか……。では戦は終わりか。

「では戦は終わりでしょうか？」

孫六郎殿が俺が思った事を父上に問いかけた。

「さあ、如何かな。山城守が追い込まれたのは事実だ。ここで終わるか、それとも跳ね返してくるか。まだ油断は出来ぬ。それにな、昨夜の夜襲は如何にも腑に落ちぬ。何故隠居は多布施川から押し寄せて来なかったのか……。乾坤一擲の賭けにしては中途半端だ。それが気になる」

父上が訝しんでいる。祖父、重蔵も頷いている。確かにおかしい。何故龍造寺山城守は多布施川に来なかったのか……。理由が有る筈だ。その理由次第では戦は続くのかもしれない。人が来た。徳川次郎三郎だ。次郎三郎が小走りに近付いてくる。

「如何した、次郎三郎」

「千賀地半蔵殿が」

「戻ったか」

「はい」

次郎三郎の答えに父上が大きく頷いた。

「戻るぞ」

父上が足早に歩きだす。慌てて後を追った。


禎兆七年（一五八七年）二月下旬　　肥前国佐賀郡大堂村　　太田城　　朽木基綱

「倒れた？」

俺が声を出すと千賀地半蔵が〝はい〟と言って頷いた。

「戦の最中の事だとか。かなりの苦しみ様で指揮を執るどころではなくなったそうにございます。それ故、龍造寺勢は兵を退いたと」

半蔵の言葉に陣内がシンとした。倒れた、かなりの苦しみ様、やはり隠居は心臓に病を抱えていたのだ。本当なら戦など出来る身体ではなかったのだろう。

予備兵力が少なくなっていく中で戦況も厳しくなっていく。心臓に負担がかかった、それが発作の引鉄《ひきがね》を引いた……。狭心症か、或いは心筋梗塞か。隠居の攻勢に合わせて兵を逐次投入させた。拙い戦だと思ったが考えてみると隠居にとっては一番酷な戦を俺はしたのかもしれない。隠居の攻勢を一つずつ潰して隠居を精神的に追い込んだ。その事が隠居の心臓を壊した。

「その話、出所は何処だ？」

「佐賀城にございます。手の者を城中に潜入させました。佐賀城は龍造寺家当主太郎四郎政家の居城にございますが太郎四郎は城を捨て須古城に向かっておりまする。残された者達が話していたそうにございます」

残された者か、嘘は吐いていないだろう。

「隠居が病というのは本当だったらしいな」

「そのようで」

「隠居の生死を確認しろ」

「はっ」

龍造寺勢の夜襲は失敗した。連中は多くの死傷者を出して撤退した。その後、龍造寺勢は陣を払った。半蔵の話では龍造寺勢は佐賀城を通り過ぎ須古城に向かっているらしい。となれば隠居はもう戦える状態ではないのだろう。或いは死んでいるのかもしれない。死んでいれば龍造寺は終わりだ。

「それとな、半蔵。多久は本当にこちらに付いたのか？」

「……」

半蔵が面を伏せた。

「多久だけではないぞ。小河武蔵守、鍋島豊前守、龍造寺下総守、龍造寺安房守、大村民部大輔、有馬左衛門大夫もだ」

「……」

「多久、小河、大村は多布施川に攻め寄せて来た、龍造寺下総守と有馬は太田城に来た」

「……」

皆が厳しい目で半蔵を見ている。半蔵は顔を上げない。だが自分に注がれる視線の厳しさは分かっているだろう。

「寝返りも無ければ繋ぎも無い。有ったのは隠居が病だという多久の報せだけだ。その直後に隠居は夜襲を掛けてきた、あの連中を使ってな。俺を油断させるためとしか思えぬ。そして朽木が優勢になっても誰も寝返らぬのだ。如何見てもおかしい。隠居の命を受けて俺を謀《たばか》ったのではないか？」

「……大殿の申される通りかもしれませぬ」

絞り出すような声だ。もし、それが事実なら屈辱だろう。伊賀衆の面目は丸潰れだ。俺の面目もな。

「調べろ」

「はっ」

「もう調略を仕掛ける必要は無い。だが今後の事も有る、真実は知っておきたい。良いな」

「はっ」

半蔵が一礼して下がって行った。

「父上」

三郎右衛門が不満そうな表情をしている。何が言いたいか分かるが〝如何した〟と声を掛けた。

「伊賀衆は信じられるのですか？」

「勿論だ。信じられる」

「ですが今回の一件は……」

〝止めよ〟と言って遮った。

「戦というのは騙し合いなのだ。騙すつもりが騙される、騙したと思っても騙されていた。良く有る事だ」

「……」

「今回の一件、多久に騙されたのは伊賀衆ではない、俺だ。あの連中は俺よりも隠居に重きを置いたのだ」

「負けるのにでございますか？」

三郎右衛門も孫六郎も訝しげな表情をしている。理解出来ないのだろう。だが負けると分かっていても戦う者、それに殉じる者も居る。波多野と村雲党がそうだった。

「隠居が勝つと思ったのかもしれぬ。或いは隠居に勝たせたいと思ったか。九州は九州の者が治めるべきだとあの連中が思えば有り得ぬ事ではない。事情が有って已むを得ず隠居に味方した者も居るかもしれぬ」

「……」

「今となっては如何でも良い事だ。だが同じ過ちをせぬために何が有ったかは調べておく。分かったな」

「はい」

二人が頷いた。

「須古城を目指す」

「はっ」

皆が畏まった。九州遠征ももう直ぐ終わりだ。


禎兆七年（一五八七年）三月下旬　肥前国杵島郡堤村　須古城　朽木基綱

須古城は大きな城だった。当主の居城である佐賀城よりも大きい。龍造寺の隠居は家督と居城を譲って須古城に隠居したと言われているがこの城を見るとちょっと違うと思う。家督は譲ったかもしれないが居城は須古城に移したんじゃないだろうか。要するに移転だ。今後は龍造寺の居城は須古城にする、実権も自分が握る。そう考えたとすると納得がいく。

それに堅固だ、簡単には攻め落とせない。平地にポツンとある小山に建てられているのだが西は百町牟田《ひゃくちょうむた》といわれる湿地帯で此処に踏み込んだら身動きが取れない。おまけに杵島城という支城が直ぐ傍にある。東には男島城という支城が有り、南は二重の濠と高い塀が有る。多数の櫓が設置されていて北側は岩場だ。一騎が漸く通れるほどの小径しかない。

聞くところによるとこの城、元々は有馬氏に属していた平井氏のものだったらしい。隠居はこの城を落とすのに十年以上かかっている。勿論敵は有馬氏だけじゃなかったから何度も攻略は中断した筈だ。だがそれでも十年だ。相当な攻め辛さだと思う。

「父上、須古城を攻めぬのですか?」

三郎右衛門が問い掛けてきた。自分で城攻めをしてみたい、そんな表情だ。その隣で孫六郎も同じ様な表情をしている。困った奴らだ。今回の出陣、お前達は見学だ。

「攻めぬ。攻めずとも降伏するだろう。無駄に死傷者を出す事は無い」

「一万人近く兵が居ます。降伏しましょうか?」

二人とも訝しげな表情だ。これだけの城に一万人が籠もっている。簡単に降伏するとは思えないのだろう。

「四万人が一万人に減った。それに敵の大将は太郎四郎だ。戦が出来る男ではない」

「……」

「それに太郎四郎には後詰も無いのだ。須古城は孤立した。戦っても全滅するだけだ。誰も無駄死にはしたく無かろう」

ウンウンという様に二人が頷いている。孫六郎が顔を上げた。

「太郎四郎殿が兵を一つに纏める事は有りませぬか?」

「無いと見て良い。孫六郎殿、三郎右衛門、勝ち目のない戦で死を強いる様な事は簡単には出来ぬ。余程の力量が必要だ。もしそういう戦が出来る男なら疾《と》うの昔に龍造寺家の実権を握っているだろう」

出来ないから隠居が実権を離さなかったのだ。二人も納得したのだろう。表情が落ち着いている。

須古城を朽木軍七万が包囲している。龍造寺の隠居は死んだ。撤退中に苦しみながら死んだらしい。須古城には当主の太郎四郎が重臣達と一緒に籠もっている。兵は一万ほど居るらしい。後は逃げた。隠居が死んだのが大きかったな。もうこれ以上は戦えないだろう。降伏を促している。条件は太郎四郎の切腹だ。

その他は肥前の東側は殆ど制圧した。残っているのは須古城を含めたほんの僅かだ。だが西側、要するに現代の長崎県の辺りが手付かずの儘だ。十兵衛が制圧に向かっているが大村、有馬が恭順の意を示してきた。寝返ると言いながら寝返らなかった言い訳をぐだぐだと言ってきたようだ。十兵衛からは文が来ている。

あの連中の言い訳によれば龍造寺の隠居は俺が調略を仕掛けてくると予測していたらしい。予め裏切りそうな連中に朽木が仕掛けて来たら素直に応じろ、騙せと言っていたようだ。その中に大村、有馬、多久、小河、鍋島、龍造寺が居た。その上で連中の傍に信頼出来る目付を置いたようだ。それに人質だが当人からだけではなくその家臣からも取ったらしい。これでは裏切ろうとしても家臣達が付いて行かない可能性も有る。簡単には裏切れない。伊賀衆からも同じ様な報告が届いている。嘘ではないだろう。

鍋島孫四郎が誅されたのもそれが理由なのかもしれない。孫四郎は俺からの誘いに乗らなかった。

多分、俺を騙す事は危険だと判断したのだろう。騙しても勝てない、そして騙した事が分かれば許されない。そうなれば龍造寺家を助けるどころか鍋島家自体が潰されてしまう。そう思ったのだと思う。だが隠居はそれが許せなかったようだ。自分に協力しない、自分だけ生き残ろうとしている、そう思ったのだろう。

十兵衛からは大村、有馬を如何するかと問い合わせが来た。勿論潰す、十兵衛にはそう命じた。理由は如何あれ俺を騙したのだ。許される事じゃない。生き残りたければ人質を捨て殺しにしてでも寝返るべきだったのだ。そうすれば俺だって考えた。大村、有馬に加増もしただろうし大事にしただろう。その決断が出来なかった以上、あの両者は滅ぶしかない。それが戦国の掟だ。

外が騒がしいな。如何やら龍造寺太郎四郎が降伏したようだ。後は十兵衛と主税を待つだけだ。

禎兆七年（一五八七年）　四月上旬　　山城国葛野郡　　九条兼孝邸　　伊勢貞良

「良い季節でおじゃるの」

「はい」

関白殿下に答えながら良い季節だと思った。暑くも無く寒くも無い。一年で一番過ごし易い季節だろう。

「それで、何用かな？　九州で動きが有ったかな」

「龍造寺が降伏したと主より報せが届きました」

殿下が目を瞠って〝ほう〟と嘆声を上げた。

「龍造寺山城守が降伏したか……。存外、たわい無いの」

「いえ、山城守は死んだそうにございます。降伏したのは跡継ぎの太郎四郎とか」

また殿下が目を瞠った。

「なんと、山城守は討死にしたか」

「文には病死と書いて有りました」

〝病死〟と殿下が呟いた。

「病死か。それは、無念でおじゃろうの」

「はい」

少しの間、沈黙が降りた。関白殿下は扇子を口元に当て何かを考えている。はて、何を考えているのか……。この御方は必ずしも大殿に対して良い感情は持っていない。大殿が勢力を拡大するにつれて朝廷を圧迫するのではないかと危惧している。大殿にそんな考えはないのだが……。殿下がこちらを見た。

「病に気付かなかったのかの」

「さあ、それは」

如何だろう？　文には山城守は心の臓の病で死んだと書かれてあった。となれば何らかの兆候は有っただろう。それに全く気付かなかったとも思えない。病を知りながら戦ったとすれば正に乾坤一擲の戦いを挑んだのだ。討死にか、病死か、山城守は生き永らえる事は考えていなかったのかもしれない。殿下にお伝えするべきだろうか？　なんとなく伝えたくない、そう思った。龍造寺山城守は死んだ、それだけで良い。

「九州遠征は終わりか」

「はい」

「直に戻ってこようの」

「いえ、九州の仕置きをしなければなりませぬので少し遅くなると文には有りました」

「ほう」

「六月、遅ければ戻りは七月頃になるやもしれませぬ」

「左様か」

また何かを考えている。遣り辛いと思った。この御方は太閤殿下とは違う。太閤殿下は大殿を理解して協力して下さるがこの御方は非協力的だ。この御方が関白の座にあるのはどちらかと言えば朽木にとって不都合だ。出来れば一条左大臣が関白になった方が遣り易いのだが……。

「この事、殿下より院、帝に御奏上願えましょうか？」

「分かった。麿からお伝えしよう。ところで九州の仕置きの内容だが文に記してあったのかな？」

「いえ、それについては何も」

答えると殿下が不満そうな表情を見せた。ただの興味本位の問いなのか、それとも仕置きに関わりたい、いや朝廷は積極的に関わるべきだと考えているのか……。殿下が一つ息を吐いた。

「残念じゃの。西が片付いた以上、残りは東でおじゃるの」

「はい、関東も南は朽木の支配下にあります」

「うむ、日の本の統一も間近か」

「はい」

答えると殿下が頷いた。僅かに表情が曇ったのが分かった。この御方は大殿が日本を統一すれば力が強くなり過ぎると考えているのだと思った。もしかすると危惧しているのはこの御方だけではないのかもしれない。

大殿に報告しなければなるまい。何らかの形で朝廷を安心させる必要が有ると。或いはこの御方を排除し朽木に協力的な方を関白に据えるべきだと……。


禎兆七年（一五八七年）四月上旬　　山城国葛野郡　　九条兼孝邸　　九条兼孝

伊勢兵庫頭が帰った。今頃は太閤殿下の許に向かっていよう。ホッとしていような。あの者、私の前では常に身構えている。私との交渉は遣り辛いと感じているのだろう……。それも仕方がない。思わず苦笑が漏れた。

「半年掛からぬか、早いものよ」

龍造寺が敗れた。あっという間だ。残るは関東の北と奥州のみ。相国は未だ若い。四十にもならぬ。天下の統一は目前に迫った……。

「喜ばしい事でおじゃるの」

言葉とは裏腹に声が沈んだ。私は相国の天下統一を必ずしも望んではいないのだと思わざるを得ない。兵庫頭はそれを察しているのだろう。だから構えるのだ。心の中では私の事を反朽木だと断じているかもしれない。

そうではないのだ。いや、そうなのかもしれないな。鎌倉に武家の府が創られてから朝廷は実権を失い天下は武家が治めた。だがその天下は必ずしも盤石ではなかった。源氏から北条、そして足利へと揺らいだ。特に応仁・文明の乱以降の足利の天下は酷かった。余りにも脆弱だった。朝廷は困窮し武家の棟梁は名前だけとなった。皆が足利を恨んだだろう。役立たずと罵ったに違いない。相国が足利から実権を奪い天下を差配した時は漸く強い武家の棟梁を得る事が出来たと皆が喜んだ。私もその一人だ。

だが相国は強過ぎる。畿内を制し山陽山陰を制し東海道を制し四国を制し九州を制した。相国が奥州を制すれば相国は南は九州から北は奥州まで武によって日本を制した事になる。そんな天下人はこれまでに居ない。本当の天下人が誕生する事になる。

「それが困るのよ」

足利の様に弱い天下人では困る。だが強過ぎるのも不安だ。何時か、朝廷を圧迫するのではないかという不安が有る。相国が大きくなるにつれてその不安も大きくなる。琉球の使者もそれを案じていたではないか。

「病死か」

龍造寺山城守は戦の最中に死んだ。これを知れば皆が相国に敵対する者には天罰が有ると噂するだろう。相国は天に愛された者だと。その行きつくところは……。溜息が出た。

杞憂かもしれぬ。我儘と言われても仕方がない。相国は朝廷に対して決して威圧を加える様な事は無い。朝廷に対する奉仕は誰もが認めるものだ。だが、これまではそうでも今後もそうとは限らない。相国が変わる可能性も有る。それが天下を統一した時だろう。その時、如何やって相国の暴虐を防ぐのか……。

「困った事よ……」


禎兆七年（一五八七年）　四月中旬　　山城国葛野・愛宕郡　　仙洞御所　　目々典侍

「九州遠征も終わったわ。半年かからなかったの」

兄が庭を見ながら平静な口調で言った。まるで天気の事でも話しているような……。その事を言うと兄が笑った。

「相国が勝っても当然と思うようになった。負けるなど想像も付かぬわ」

私も笑った。その通りだ。想像も付かない。

「龍造寺が滅んだとなると大友は如何なるのでしょう？」

「さあ、滅ぶか生き残るか……。生き残るにしてもかつての大領は許されまい。織田のようになるのではおじゃらぬかの」

「織田ですか」

私の言葉に兄が〝うむ〟と頷いた。織田の本家は三介が五千石ほどの領地を許されるだけの存在になった。大友も似たような存在になる……。溜息が出た。

「如何した、溜息など吐いて」

兄が訝しげに私を見ている。

「いえ、かつては九州探題として九州一円に威を張った大友氏も捨て扶持を宛がわれるだけの存在になるのかと思ったのです」

兄が視線を逸らした。

「已むを得まい。龍造寺が滅びた以上、大友を残しておく必要が有るとも思えぬ。相国は大友に強い憤懣《ふんまん》を持っていたとも聞く。手加減するとも思えぬ。それに……」

「それに？」

兄が息を吐いた。

「なあ、典侍。相国は足利の世で名門と言われた存在を消し去りたいのではないかな。畠山は罪人のように首を刎ねられた」

そうかもしれない。相国は朽木の天下で新たな名門を作りたいのかもしれない。それは明智、真田、日置、宮川などの朽木の天下取りに功績の有る家なのだろう。何故ならばそういう家こそが朽木の天下を守ろうとするからだ。となればかつての名門が朽木の天下を守ろうとする筈が無い。隙さえ有れば倒そうとするだろう。相国がそれらの名門を邪魔だ、潰したいと思うのは当然だ。その事を言うと兄が〝道理よ〟と言って頷いた。

「麿は最初の九州遠征が終わった時、これで九州も落ち着くと思った。後は関東、奥州だとな。だが甘かった。龍造寺は相国に対して兵を起こした。勝てると思っていたとは到底思えぬ。それでも戦を起こす。戦の最中に病で亡くなったと聞くが武家というのは怖いものだと思った」

「龍造寺山城守は負ける事よりも相国に頭を下げる事が耐えられなかったのかもしれませぬ」

兄が私を見て頷いた。

「かもしれぬ。だとすればそういう男が居る限り、戦は無くなるまい」

「他にも居りましょうか？　龍造寺山城守が特別だったのでは有りませぬか？」

問い掛けると兄が〝分からぬ〟と首を横に振った。

「だがのう、足利義輝、義昭兄弟はそうだったとは思わぬか？　細川掃部頭、徳川甲斐守もそうだったのかもしれぬ。となれば天下を統一するとはそういう男達をこの天下から根絶やしにする事なのかもしれぬ」

兄が息を吐いた。頭を押さえ付けて服従するなら良い。押さえ付ける手を払いのけて頭を上げようとする者は排除しなければ天下は落ち着かないのだとすれば天下の統一とは何と息苦しい事か……。

「それも直に終わりましょう。残るは関東と奥州のみ。相国の天下統一も間近にございます」

妙な事、兄が困ったような顔をしている。

「如何なされました？」

「宮中に妙な噂が流れておる」

「噂？」

問い返すと兄が頷いた。

「大きな声ではない、小さい声でじゃ、其処此処《そここ》で流れておる。人目を憚《はばか》るようにな」

「それはどのような……」

兄が身を乗り出して手招きした。そちらへと顔を寄せる。

「関白殿下が相国の天下統一を望んでおらぬという噂だ」

小声だったが身体が硬直するほどに威力があった。

「真でございますか？」

私が小声で問い掛けると兄がむっつりとした表情で頷いた。

「あの御方は以前から相国の力が強過ぎると懸念していた」

「それは分かっております。しかし天下統一を望まぬなど……」

兄が首を横に振った。

「そなたも言ったでおじゃろう。天下統一が間近に迫ってきたと。間近に迫ってまた懸念が強まったのではないかの」

「……相国は朝廷を尊崇しておりますよ。譲位を執り行い朝堂院も再建しました。院も帝も相国を信任しております」

兄が視線を逸らした。

「だから問題なのよ。どれほど誠意を尽くしても信用せぬ。となれば如何すれば良い」

「それは……」

「一つ間違うと相国と関白の問題では済まなくなる」

ぼやくような口調だったが内容は深刻だった。済まなくなるとは如何いう意味だろう？　個人の問題では済まなくなるという事だろうか……。


禎兆七年（一五八七年）　四月中旬　　肥前国杵島郡堤村　　須古城　　石田三成

「石田殿、こちらに居られましたか」

呼び掛けられて振り返ると徳川次郎三郎殿が居た。

「何用でござろうか？　次郎三郎殿」

「大殿がお呼びです。奥の間にお急ぎ下さい」

「忝い」

礼を言って奥の間に急いだ。次郎三郎殿か……。梟雄徳川甲斐守の息子、当然だが家中での評判は芳しくない。もっとも本人は眉目秀麗な若者で人柄も悪くない。昨年、元服したが大殿から一字を頂いて基家と名乗っている。徳川の旧臣達への配慮だろうという声も有る。自分もそう思う。亡くなられた織田様に似ているからだという声も有る。これも有るかもしれない。大殿は織田様と親しかった。そんな事を考えながら須古城の中を急いだ。大殿はせっかちだから待たせてはいけない。

須古城は大きな城だ。そして奥の間とは元は龍造寺山城守の私室だった。今は大殿が自分の部屋として使っている。広間では無く奥の間へ呼ぶとは……。一体何用かと疑念が湧いた。奥の間に近付くと警護の者達が居た。彼らが私に会釈する。それに応えながら部屋に近付いた。

「佐吉にございます。お呼びと伺いました。宜しゅうございますか？」

声を掛けると〝入れ〟と大殿の声があった。部屋に入ると大殿の他に伊賀の千賀地半蔵殿が居て微かに目礼を送ってきた。それに応えて大殿の前に座った。千賀地殿も呼ばれたのか、一体何用だろうか。見当が付かない。

「遅くなりました」

「気にするな。半蔵と話をしていたからな。暇を持て余してはおらぬ」

〝左様でございますか〟と答えながら千賀地殿を見ると千賀地殿が頷いた。

「博多と長崎に代官所を作らせるように指示を出した。知っているな」

「はい」

勿論知っている。その命は兵糧方に対して出されたものなのだから。

「誰が代官になるか、結構騒いでいるようだな」

「はい」

騒いでいる。博多も長崎も海外との交易で栄えている町だ。此処の代官になれば色々と面白いだろうと皆が言っている。

「その方が務めよ」

自分が？　はて？

「どちらの代官を務めるのでございましょう」

博多？　長崎？　一方は千賀地殿か？

「両方だ」

両方！　驚いていると大殿がクスクスと笑い出した。千賀地殿も可笑しそうに私を見ている。

「面白い男であろう？　驚いているのだろうが表情にそれが出ない。御蔭で周囲からは可愛げが無いと思われがちだ」

「なるほど」

二人が声を上げて笑い出した。何もそのように笑わなくても……。

「怖れながら両方とは何故でしょうか？」

大殿が〝ほう〟と嘆声を上げた。

「流石だな、佐吉。浮かれる事無くそれを確認するとは」

「……」

「大友が没落し龍造寺が滅んだ。九州には大きな大名が居なくなったのだ。佐吉、その方は博多、長崎の商人を差配しつつその変化が商人達に何を齎《もたら》すのか。よくよく確認して欲しい。決して見落とすな」

「はっ」

「特に博多は朝鮮との関係が強い。宗氏を対馬から筑後へ移す以上、朝鮮との交易において博多の重要性は高まったと見て良い。商人達の動きにも変化が出る筈だ。それを押さえるのだ」

「確《しか》と」

なるほど、大殿は博多、長崎の商人達に大きな変化が表れると見ているのか。

「此処までは表向きの役目だ」

「と言いますと？」

「今ひとつ、内密の任務が有る」

「……」

千賀地殿の顔が引き締まっている。なるほど、その内密の任務というのが千賀地殿が此処に居る理由か。

「伴天連《ばてれん》、キリシタン、南蛮の商人の事だ。以前から伊賀衆には九州における伴天連共の動きを調べさせていた」

大殿の言葉に千賀地殿が頷いた。

「あの連中、大友、大村、有馬に取り入って相当に好き放題やっていたらしい。見返りは南蛮との交易だ。伊賀衆からは目に余るという報告が上がっている」

「目に余るとはどのような？」

問い掛けると大殿が千賀地殿に視線を向けた。千賀地殿が頷いた。

「土地を寄進させ神社仏閣を壊しております。そして民にも改宗を強要しておりました。いずれも朽木領では許されぬ事にござる」

大友の日向遠征では神の国を造ると言って日向の神社仏閣を壊したと聞いていたが大友、大村、有馬でも行っていたか……。

「それと、南蛮の商人はこの国の民を奴隷として異国へ売り飛ばしておりました」

「何と！」

「ただ、未だ十分に調べ上げたとは言えぬ状況にあります」

馬鹿な！　大友、大村、有馬はそれを放置していたというのか！

「許せぬ事だな。あの連中、大友の減封にも口を出そうとした。大友に食い込んで余程に甘い汁を吸っていたらしい」

大殿が不愉快そうな表情をしている。大殿は僧侶が政に関わるのを許さない。伴天連達がやっている事は許し難いのだろう。そうか、私が博多、長崎の代官を兼任するのは北九州で伴天連達、南蛮の商人が何をやっていたかを調べるための隠れ蓑か。

「俺はな、そういう事を許すつもりは無い。佐吉、その方は俺の代理人だ。伊賀衆を使ってあの連中が何をしていたかを調べ上げろ。半蔵も承知している」

「はっ」

「それとな、神社仏閣の連中は伴天連共に良い感情を持っておらぬ筈だ。その動向にも注意を払え。伴天連共の庇護者が居なくなった以上、その反動が出る筈だ」

「或いはそれを怖れて神社仏閣により強硬になるやもしれませぬ」

千賀地殿の言葉に大殿が頷いた。

「有りそうな事よ。坊主というのは直ぐに門徒を唆して騒ぐからな。佐吉、決して訳の分からぬ一揆などは起こさせるな。朽木の天下で坊主共の騒乱などは許さぬ」

「はっ、確と」

その通りだ。関東制圧、奥州制圧の前に九州で騒乱などは有ってはならぬ。大殿の天下統一を妨げるような事など有ってはならぬのだ。大殿の代理人を務める、嫌でも身が引き締まった。

「代官所にはそれぞれ二千の兵を置く。博多は秋葉市兵衛、長崎は大久保彦十郎が指揮を執る。必要に応じて使え」

「はっ、有り難うございます。秋葉殿、大久保殿はこの事を？」

大殿が首を横に振った。

「内密の任務の件は知らぬ。その方から伝えよ」

「はっ」

合わせて四千か、少ないような気もするが多くても不自然だ。周囲には新たに領地を貰った者達も居る。四千で十分だろう。

「畿内、北陸、東海、山陽では俺、関東管領殿、織田殿が比叡山を焼き、一向門徒を根刮《こそ》ぎ刈り取った。その所為で坊主共は武家を怒らせる事を怖れるようになった。だがこの九州は違う。坊主共は武家を怖れてはおらぬ。南蛮の者達もな。あの連中に天下は変わったのだと理解させなければ……。佐吉、頼むぞ」

「はっ、必ずやご期待に添うように努めまする」

失敗は許されぬ。気を入れなければ。先ずは千賀地殿と話をしなければならぬ。そして秋葉殿、大久保殿とも。急がなければならぬな。

禎兆七年（一五八七年）六月上旬　　周防国吉敷郡上宇野令村　　高嶺城　　安国寺恵瓊

「この度は豊前一国の加増、有り難うございまする。心ばかりでは有りますが昼餉《ひるげ》を用意致しました。お召し上がり頂ければ幸いにございまする」

右馬頭様の言葉に相国様が〝いや、お気遣い痛み入る〟と答えた。

「まさか此処で右馬頭殿からもてなしを受けるとは思っていなかった。恐縮するばかり。この通りだ」

相国様が頭を下げる。相国様に付き従う方々も頭を下げている。三郎右衛門様、婿の三好孫六郎様、朽木主税様、平井加賀守殿、明智右十兵衛殿……。右馬頭様が〝いえいえ〟と恐縮する素振りを見せた。勿論毛利側も右馬頭様に倣って恐縮する素振りを見せた。

「何より嬉しいのはこうしてまた毛利家の方々と会食出来る事だ。なかなかこういう機会は無いからな」

相国様は上機嫌だ。この辺りは流石よ。世辞とは分かるがそれでも嬉しい。いや、世辞かな？ 昼食を差し上げたいとこちらから言うと毛利家の人間も一緒に、ご婦人方も同席をと誘ってきたのは相国様だった。右馬頭様御夫妻、駿河守様御夫妻、左衛門佐様御夫妻、宍戸左衛門尉様御夫妻、四郎様御夫妻、天野六郎左衛門尉様御夫妻、末次七郎兵衛尉様御夫妻、国司右京殿御夫妻、粟屋与十郎殿御夫妻、桂源右衛門尉殿御夫妻。皆恐縮しているが嬉しそうだ。

「では、馳走になろうか」

相国様の言葉を皮切りに皆が膳に箸をつけ始めた。和やかに時が流れる。彼方此方で笑い声が上がった。話の内容は如何しても今回の九州遠征、太田城での夜襲の話になった。

「あの夜襲は凄かった」

「龍造寺も乾坤一擲の賭けだったのだろう」

「まあ、そんなに？　御味方は慌てる事無く龍造寺勢を撃退したとこちらには伝わっておりますが？」

五龍の方の問いに夫の左衛門尉様が〝相国様のご采配だからじゃ〟と言った。

「多布施川に敵が来る、迎え撃てと相国様の命を受けて待ち構えたが本当に来るまでは半信半疑であった。龍造寺勢が来た時は驚いたわ」

皆の視線が相国様に向かうと相国様が困ったような表情を見せた。

「俺も確証が有ったわけではないが兵力に劣る龍造寺勢が正面からの攻撃だけで俺を崩せると考えたとは思えぬ。龍造寺の隠居が奇襲を掛けて来るとすれば多布施川だと思い、抑えの役目を右馬頭殿に頼んだのだ。来なければ川を渡らせて隠居の本陣を衝かせる事も考えていた」

彼方此方で頷く姿が有った。

「正直に言うと龍造寺勢が来た時にはホッとした。倅と婿殿が傍に居たからな。来なければ大恥をかくところだった。何とか父親の、舅の面目を守ったわ」

「はははははは」

「ほほほほほほ」

「それは宜しゅうございました」

「真に」

笑い声が上がった。男も女も皆が笑っている。そんな中で三郎右衛門様、孫六郎様が困ったような顔をしていた。

「味方を励ますために毛利勢が龍造寺勢を討ち破ったと嘘を吐いたとも聞きました。敵は気落ちし味方は勇気百倍。三万の援軍にも等しい嘘ともっぱらの評判で」

明智殿の言葉に相国様が苦笑を浮かべた。

「嘘ではないぞ、十兵衛。ほんの少し早く皆に報せたのよ。右馬頭殿が龍造寺勢を討ち破ってくれたからな、嘘ではない」

また笑い声が上がった。相国様が〝右馬頭殿〟と声を掛けた。

「右馬頭殿が龍造寺勢を討ち破ってくれたから俺は皆から嘘吐きと言われずに済む。有り難い事だ。感謝している」

三度笑い声が上がった。

「畏れ入りまする」

右馬頭様が恐縮したように身を屈めた。

「多布施川の戦いだが随分と激しいものだったと聞く。右馬頭殿は本陣を前に出して皆を激励したらしいな」

相国様の言葉に右馬頭様が顔を赤らめた。

「敵の勢いが思いのほかに強く、此処を崩されてはならぬと必死でございました」

実際龍造寺勢の勢いは凄まじかった。此処を先途と思い定めての攻撃だったのだろう。味方は押され崩されかかった。それを見て右馬頭様は本陣を前に出すと決断した。皆が危険だと止めた。私も止めた。それを振り切って右馬頭様は本陣を前に出した。そして叫んだ。〝これは朽木の戦に非ず！　毛利の戦ぞ！　奮え！〟と。

そこから戦の流れが変わった。皆が口々に〝本陣が前に出たぞ！〟、〝これは毛利の戦ぞ！〟、〝奮え！〟と叫び出した。右馬頭様の首を求めて敵の攻撃も激しくなったが味方はなんとか踏み留まった。そして押し返した。正面からの力勝負で毛利勢は龍造寺勢を押し切った……。

戦が終わった後、皆が右馬頭様を諫めた。あのように危うい戦をしてはならぬと。だが右馬頭様は前に出なければ勝てなかったと言った。そして反論しようとする皆に毛利の所為で負けたと言われてはならぬ。それくらいなら死を選ぶと言い切った。皆が押し黙った。分かっていたのだ。毛利勢には九州遠征は朽木の戦、毛利は手伝いという意識が有った。緩みが有ったのだ。だから必死の龍造寺勢に押された。右馬頭様は自ら前に出る事で手伝い戦ではなく毛利の戦にした。そうしなければ龍造寺勢を討ち破れぬと判断したのだ。その判断は正しい。

「御蔭で俺は多布施川の敵を気にする事無く前面の敵に集中出来た。太田城での勝利は多布施川での右馬頭殿の奮戦有ってのものだ。それなくしては有り得ぬ」

どよめきが起こった。右馬頭様が顔を真っ赤にしている。天下第一等の武将に褒められたのだ。これほどの名誉は有るまい。

「毛利家には先年の島津攻め以来、随分と無理をきいてもらった。今回、豊前一国を恩賞として与えたが多布施川での功績を考えると果たして十分で有ったか如何か不安であった。だがこうして昼餉をもてなして貰ってホッとしている」

「恩賞に不満など有りませぬ。過分な恩賞と皆が喜んでおります」

右馬頭様の言葉に毛利側の人間は皆が頷いた。国一つ恩賞として頂いたのだ。不満など有る筈が無い。相国様が満足げに頷いた。それにしても上手く右馬頭様を持ち上げるわ。女人方が右馬頭様を見直すような表情をしている。

「毛利家は豊前を得た事で瀬戸内の入口を押さえる事になった。旨みも有るが一つだけ厄介な問題も有る」

「と仰られますと？」

右馬頭様が緊張している。毛利側の人間は皆が緊張した面持ちで相国様を見ていた。

「対馬の事だ。宗氏を筑後に移した。当然だが朝鮮は面白くあるまい。対馬には九鬼と堀内を置いたが油断は出来ぬ。俺が近江に居れば自ら動く事が出来るが関東、奥州の事も有る。万一の場合は毛利家に朝鮮を防いで貰わなければならぬ」

「良く分かりました。油断する事無く備えまする」

「うむ、頼む」

右馬頭様が力強く答えると相国様が頷いた。

禎兆七年(一五八七年) 六月上旬　周防国吉敷郡上宇野令村　高嶺城　小早川隆景

昼餉が終わり、上方へ向けて出立する相国様を見送ると兄が話したい事が有ると誘ってきた。兄の部屋で茶を飲みながら寛いだ。戦も終わり接待も終わった。少しは寛いでも良いだろう。

「良い会食だったな」

「はい、毛利家と朽木家の親睦は一層深まりました」

兄が頷いた。右馬頭も満足そうであったな。相国様に昼餉を振舞いたいと提案したのは右馬頭だった。手応えを感じていたのだろう。

「豊前一国の加増、随分と奮発したものだと思ったが朝鮮の抑えも有ったか。相国様はだいぶ朝鮮を気にしておられるようじゃ」

「これまで毛利には貧乏くじをひかせてきたという思いもあったのでしょう。ホッとしているというのはあながち嘘とは思えませぬ」

兄が〝かもしれぬな〟と頷いた。実際相国様はこちらに随分と気を遣っていた。相国様の方でも毛利家との親睦を深めたいという狙いが有ったのだろう。

「今更ではあるが坊主の言う通りになった」

「龍造寺、大友は滅ぶという事でございますか?」

「いや、天下人は怒らせてはならぬ。不満に思わせてもならぬという事よ。龍造寺も大友もそれが分かっていなかった」

「そうですな」

龍造寺は滅び大友は二万石にまで減らされた。足利の天下で九州探題に任じられた家が二万石にまで削られたのだ。足利の天下と朽木の天下は違うと皆が思っただろう。もしかすると相国様は何よりもこれがしたかったのかもしれぬ。畠山も切腹を許さず斬首にした。もう西で家柄を自慢する者は居ない。その事を言うと兄が〝全くだ〟と頷いた。

「毛利はそうでは無かった。右馬頭は弱い主君、凡庸な主君だったからな。それに守護の家でも無い。相国様を苛立たせるなどという事は無かった。まあとんでもない不祥事を起こしたが所詮は女の事だ。龍造寺や大友に比べれば笑って許せる類いのものだったのだろう」

兄が苦笑いを浮かべた。その時の事を思い出したのだろう。

「かもしれませぬ。少なくとも相国様を苛立たせる事は無かったのでしょう。案外面白がらせたのかもしれませぬ」

二人で笑った。苦い笑いだ。武将としてみれば龍造寺山城守、大友宗麟の方が頼もしいのだろう。しかし家を保つには右馬頭の方が向いていたとは……。

「しかし、此度の九州遠征で少し変わったかもしれぬ」

「本陣を前に出した事でございますか？」

問い掛けると兄が頷いた。

「以前なら出来なかった事だ。前に出ようとしても誰かが止めただろう。それを振り切って出るなど出来なかった筈だ」

「確かに」

戦が終わった後、皆が前に出た行為を諌めても退かなかった。毛利の所為で負けたと言われるくらいなら死んだ方がましだと言った。

「我らは右馬頭の事を歯痒いとこれまで思ってきた。しかし、此度の戦では右馬頭の方が我らを歯痒いと思ったのかもしれぬ」

兄が宙を睨んでいる。そうなのかもしれぬ。毛利勢の心の中には何処かで手伝い戦という意識が有っただろう。だから龍造寺に押されたのだ。右馬頭はこの九州遠征でめざましい武勲をと渇望していた。毛利を守るためにはそれが必要だと。そんな右馬頭にとって我らの体たらくは歯痒い限りだったに違いない。だから自らが前に出る事で皆の意識を変えたのだろう。

「人は誰も頼れぬと思った時から自らの力で動けるようになるのかもしれませぬな」

兄が私を見て一つ頷いた。

「なるほど、かもしれぬ」

「以前にも話しましたが毛利には右馬頭を外に出す余裕は無かった。我らは右馬頭に色々と教えましたが教えただけで終わったのだと思います。自らの判断でそれを使う機会を与えなかった……」

兄が頷いた。

「それも有るだろう。だが儂は右馬頭が変わったのは相国様に接したからなのではないかと思っている」

「……それは？」

問い掛けると兄が困ったように私を見た。

「我らは叔父とは言っても家臣だ。大国の当主とは如何いうものかという見本を右馬頭に見せる事が出来なかったのかもしれぬ。父上もお年であったしな。右馬頭は大国の当主としてどのように振る舞えば良いのか分からなかったのだろう。だから皆に頼らざるを得なかった。そうは思わぬか？」

「なるほど」

思いがけない視点の意見だったが素直に肯けた。右馬頭は考えるよりも見て、接して覚える人間なのかもしれぬ。だとすれば兄の考えた事は正しいのだろう。

「惜しい事だ。あの頃の右馬頭が今の右馬頭であれば相国様を相手に思う存分戦えたのだが……」

「勝てたとお思いですか？」

兄が笑いながら首を横に振った。

「勝てるとは思わぬ。だが一泡も二泡も吹かせてやったのにと思ったのよ」

「かもしれませぬがその時は毛利は滅ぼされておりましょう」

兄が真顔になった。そして〝そうか、そうだな〟と沈んだ声で言った。

「右馬頭はあれで良かったのです。右馬頭が弱かったから毛利は生き残る事が出来た。強ければ危険だと判断されて滅ぼされていた筈です」

「……そうだな、寂しい事だ」

兄は相国様を相手に勝ちたかったのだと思った。一度で良いから勝ちたかったのだと……。未練だとは思わない。力を出し切っていないという思いが有るのだろう。

「兄上は御不満かもしれませぬが私は右馬頭は運の良い男なのではないかと思っています」

「本気か?」

兄が驚いたように私を見ている。可笑しくて〝はははは〟と笑い声が出た。

「大友、龍造寺、島津、皆滅ぼされました。それに比べれば領地を減らされましたが毛利は生き残っています。そして豊前一国の加増も受けた。これで右馬頭は周防、長門、豊前三国の領主です。石高は八十万石ほどになりましょう」

「なるほど」

「そして此度の奮戦で右馬頭は相国様の信頼も勝ち取りました」

「確かに」

兄が頻りに頷いている。その事も可笑しかった。

「右馬頭は運が良い、そうは思われませぬか?」

「かもしれぬ。納得した」

「はははははは」

「はははははは」

顔を見合わせて笑った。右馬頭は運が良いのだ。

禎兆七年（一五八七年）六月中旬　　山城国久世郡槇島村　　槇島城　　朽木基綱

「九州平定、お目出度うございまする」

「うむ、有り難う」

伊勢兵庫頭が祝ってくれた。遠征の帰り道で兵庫頭に会ったと側室達が知ったらまた騒ぐだろう。そう思うと顔が綻んだ。兵庫頭も顔を綻ばせた。九州を平定して俺が上機嫌だと兵庫頭は思っているかもしれない。

「だいぶ激しい夜襲が有ったと聞きましたが」

「兵力はこちらの方が多いからな。日中の戦では勝てぬと思ったのだろう。激しい戦いだったが兵の多さで勝った」

余裕が有るんだよ。兵力の逐次投入もそれほど気にならない。変にパニックにならなければ余裕を持って戦えるんだ。龍造寺の隠居を発作に追い込んだのも結局は彼我の兵力差だったと思う。

「此度の遠征で龍造寺が滅び大友も減封されました。九州もだいぶすっきりしましたようで」

「そうだな。風通しが良くなった」

ほんと、潰して思ったんだけどすっきりしたわ。兵糧方も街道の整備を遠慮無く出来ると喜んでいる。図体がでかくて非協力的な存在なんて目障りなだけだ。江戸幕府が初期に外様大名を潰しまくった気持ちが良く分かるわ。多分、潰された連中は何処かで幕府に非協力的だったんだろう。或いはそういう風に思われたか。危険だからじゃ無くて目障りだから潰したんだろう。

「朝廷でも宗氏を対馬から筑後に移した事を歓迎する声が多うございます」

「そうか」

まあそうだろうな。対馬の宗氏は朝鮮に服属していた。この件を朝廷は厳しく見ている。日本の国土が奪われかねないと見ているのだ。今回の処置は大喜びだろう。だが宗氏を対馬から移すとなれば当然だが朝鮮は面白くない筈だ。九鬼と堀内には対馬に詰めて朝鮮の動きから目を離すなと言ってある。まあ、不満だろうが朝鮮が兵を出す可能性は低いと俺は思っている。九鬼と堀内を対馬に置くのは念のためだ。それに毛利も居る。こちらに備えが有ると分かれば朝鮮も無茶はしない筈だ。

「三郎右衛門様、孫六郎様は如何でございますか？　初陣でございますが」

「本陣に詰めさせ戦場には出さなかった。それでも夜襲は経験したし龍造寺が滅ぶところも見た。初陣に胸を弾ませただろうが戦というものはそんな甘いものではない。惨く厳しいものだ。その辺りを理解してくれればと思っている」

俺の言葉に兵庫頭が頷いた。初陣に憧れなど要らんのだ。それが分かって初めて戦場に出る資格が有ると思う。三郎右衛門、孫六郎には龍造寺太郎四郎の切腹に立ち会わせた。流石に顔が引き攣っていたな。

「ところで大殿、少々困った事が」

兵庫頭が深刻そうな表情をしている。厄介事か、面倒だと思ったが聞かないわけにはいかない。特に朝廷がらみだとすれば尚更だ。

「何かな？」

「宮中において関白殿下が大殿の天下統一を望んでいないという噂が流れております」

「……」

正直不愉快だった。九州遠征が成功した直後に関白が天下統一を望んでいない？　喧嘩売ってんのかと言いたくもなる。だが疑問も有った。何でそんな噂が出るのだ？　そんな噂が出るだけで関白には大ダメージだろう。院や帝の信任を失いかねない。

「噂はともかく、実際に統一を望んでいないのではないかと思える節もございます」

「そうだろうな」

俺が頷くと兵庫頭も頷いた。関白が何を考えたのかは分かっている。俺の力が強くなり過ぎるのが不安なのだ。朝廷を圧迫するのではないか、簒奪するのではないかと怖れているのだろう。昔からそうだった。大樹を使って俺を抑えようとした事も有る。馬鹿馬鹿しい、俺が望んでいるのはそんな事じゃない。何故理解しようとしないのか……。いや、待て、嘆くのは後だ。

「宮中で関白に同調する声は強いのか？」

兵庫頭が〝いえ〟と首を横に振った。

「大殿の朝廷への奉仕に多くの公家が満足しております。猜疑心が強過ぎると眉を顰めておりまする」

「そうか……」

こっちも目に見える形で奉仕しているからな。流石に同調する声は無いか。その事を言うと兵庫頭が〝はい〟と頷いた。

「となると殿下は孤立したか」

「はい、だいぶ慌てているようにございます。天下の統一を望んでいないわけではない。ただ大殿の力が強くなり過ぎる事を案じているのだと言い訳しているようで」

思わず苦笑いが出た。こういうのを笑止って言うんだろうな。多分関白は自分に同調する者が少なからず居ると思っていたのだろう。そう、琉球の使者が簒奪を懸念していたという話も有った。だから口に出したのだ。だが周囲の予想外の反応に慌てている。

「如何なさいます?」

兵庫頭がジッと俺を見ている。

「今ならば関白殿下の解任を院、帝に願い出ても反発は少ないと思いますが……」

「解任か」

「はい。関白の地位に有りながら天下の統一を望まない。十分な理由になりましょう。これから先の事を考えますとあの御方が関白では何かと遣り辛いと思うのです」

「そうだな」

関東制圧、奥州制圧が終われば本格的に国内の整備と海外問題への対応に入る。何かと朝廷に相談する事も有るだろう。あの男が関白では遣り辛いのは事実だ。

「……止めておこう」

「宜しいので?」

兵庫頭が目を瞠って俺を見ている。

「関白殿下はだいぶ慌てているらしいからな。十分肝を冷やしただろう。今はそれで十分よ」

「……なるほど」

兵庫頭が頷いた。

「兵庫頭、関白殿下のところに行ってくれ」

「はっ」

「困った噂が流れている。あくまで噂で終わらせろと伝えてくれ。俺が動かなくてはならないと思う前になんとかしろと」

「はっ、承知しました」

兵庫頭が力強く答えた。後で小兵衛を呼んで俺が関白の解任要求を出すかもしれないと噂を流させよう。噂が流れれば関白は俺が噂を流したと察するだろう。そして噂を流す事で周囲の反応を確認していると思う筈だ。そう、俺が動くとは如何いう事なのかを理解する事になる。

解任する力が有るのとその力を使うのは別問題だ。周囲には関白に同調する者は居ない。解任要求が出れば首になる可能性は高い。自分が関白を首になれば益々俺の影響力が強くなると不安になるに違いない。

だからな、噂だけだ。解任要求は出さない。関白はホッとするだろう。そして不用意な発言は控え九州平定を喜ぶ発言をする筈だ。今はそれで十分だ。この先、関白が非協力的な時は関白が非協力的で俺が困っていると噂を流す。それが如何いう意味か、関白は分かる筈だ。分からない時は解任要求を出す。まあ解任はしないよ。俺を慰撫する人間が居る筈だからな。渋々要求を引っ込めよう。但し、関白の謝罪が条件だ。俺を怒らせる事は出来ないのだという事を形にしないとな。

禎兆七年（一五八七年）　六月下旬　　近江国蒲生郡八幡町　　八幡城　　織田藤

「九州平定、お目出度うございまする。御無事のお戻り、心から嬉しく思いまする」

私の言葉に大殿が〝うむ〟と頷いた。お元気そう、随分と会えなかったけど少しも変わらない。大殿が優しい笑みを浮かべている。胸が締め付けられるような気がした。嬉しい、漸く会えた。大殿がいない間は寂しくて仕方がなかった。

「そなたも変わりは無いようだな。吉千代は如何かな？」

「はい。この通り、変わりは有りませぬ」

傍に寄って抱いていた吉千代を大殿に差し出した。大殿が吉千代を受け取る。顔を見て二度、三度と頷いた。

「少し大きくなったようだな」

「そうでしょうか？」

「ああ、大きくなった。重くなったと思うぞ」

「私には良く分かりませぬ」

「常に一緒に居ると良く分からぬものだ。俺は暫く離れていたからな。大きくなったのは良く分かるぞ」

大殿が〝はははは〟と笑う。わけもなく嬉しい。私も一緒になって笑った。

「この子は大人しいな」

「夜泣きもせず手が掛かりませぬ」

大殿が〝それは良い〟と頷いた。

「子育ては初めてだからな。負担は少ない方が良い」

「はい」

「もし分からぬ事が有ったら小夜か雪乃に聞くと良い。二人とも子育ては慣れたものだ。色々と教えてくれるだろう」

「はい」

御台所様には色々とお気遣いを受けている。側室の存在など疎ましいだけだろうに何かとお声を掛けて下さるのだ。私がその立場だったら同じ事が出来るだろうか？　とても出来そうにない。辛く当たろうとは思わないけど声を掛ける事など……。

「今宵は宴が有る。手が掛からぬとは言っても疲れていよう。そなたも楽しむのだな。気晴らしになる」

「はい」

大殿の気遣いが嬉しかった。吉千代にも大殿の様に気遣いと強さを持った大将になって欲しいと思う。皆から慕われる存在になれるだろう。

「九州も片付いた。後は関東と奥州を残すのみだ。これを制すれば乱世が終わる」

「はい」

大殿が吉千代に視線を向けた。

「そうなれば吉千代が戦に出る事も無くなる」

「はい」

そうなって欲しいと思う。今でも織田家の混乱を思い出す。乱世でなければあそこまで酷いものにはならなかっただろう。兄達は兄弟で殺し合い、最後は親族までがばらばらになってしまったのだ。そして強大な織田家はあっという間に滅んでしまった……。

「あと、どのくらいで天下は統一されましょう？」

訊ねると大殿が〝そうだな〟と小首を傾げた。

「多分、二、三年でそうなるだろう」

「まあ」

あと二、三年？　そんなに早く？　驚いていると大殿が〝ははははは〟と笑い声を上げた。

「そのように驚く事は有るまい。西が片付いたのだ。兵を東に集中出来る状況になった。それに大樹が下総から上総、安房を制した。関東の南半分を制したのだ。後は北だ。上野は上杉だから問題はない。問題は下野、常陸だな。ここを攻めながら奥州へ打ち入る事になる。その時には上杉にも手伝ってもらう事になるだろう」

「……」

大殿が私を見て〝藤〟と呼んだ。

「天下統一は織田殿の夢でもあった。なんとしても成し遂げなければな」

「はい」

その時は父の墓前で天下が統一されたと報告しよう。吉千代を連れて出来れば大殿も一緒に。そして私は幸せだという事も。きっと父は喜んでくれる筈だ。


禎兆七年（一五八七年）　六月下旬　近江国蒲生郡八幡町　八幡城　朽木基綱

「九州平定、お目出度うございまする。御無事のお戻り、心から嬉しく思いまする」

「おめでとうございまする」

「おめでとうございまする」

藤を訪ねた後、桂の部屋を訪ねると桂、康千代、絹が言祝《ことほ》いでくれた。康千代は七歳、絹は四歳、可愛い盛りだ。二人とも色白で目鼻立ちが整っている。美男美女の兄妹だ。北条の血筋だな。特に絹は母親の桂に良く似ている。将来が楽しみだ。

「有り難う。そなた達、変わりはないように見えるが風邪など引かなかったか？」

「はい、私も子らも風邪一つ引きませせぬ」

そうだな、三人とも元気そうだ。藤も吉千代も元気そうだった。俺が居ない間、特に問題は無かったらしい。何よりだ。

「康千代、絹、我儘を言って母を困らせなかったか？」

問い掛けると二人が〝していませぬ〟と元気良く答えた。うむ、良い子だ。

「そうか、良い子にしていたか。さあ、こちらに参れ」

手招きをすると二人が俺の傍に寄る。康千代と絹をそれぞれ膝の上に乗せた。そして二人の頭を撫でる。二人が俺を見て嬉しそうに顔を綻ばせた。

「激しい戦が有ったと聞きましたが？」

「ああ、龍造寺の隠居が乾坤一擲の勝負を仕掛けてきた。夜襲でな」

「……」

桂が不安そうな表情をしている。もう終わった事なのだがそれでも桂は心配らしい。良い女だと思った。

「龍造寺の隠居は心の臓を患っていた」

「まあ」

「それでな、夜襲の最中に発作を起こした」

「では」

「ああ、総大将が倒れたのだ。龍造寺勢は崩れた。隠居は撤退の途中で死んだらしい。最後まで戦えなかったのだ。無念だっただろうな」

桂が痛ましそうな表情をしている。不快には思わなかった。俺自身、隠居を哀れだと思っているのだ。喜ばれるよりもずっと良い。

「龍造寺の隠居が俺に戦いを挑んだのは心の臓を患っていたからかもしれぬ」

「それは、如何いう意味でしょう？」

「何となくな、そう思った」

桂が困ったような表情をしている。隠居は乱世の男だ。平和を楽しむなどという事は、それも俺に頭を押さえられながら生きるなど到底耐えられなかっただろう。だが戦えば負ける、それは分かっていた筈だ。戦う踏ん切りはなかなか付かなかっただろう。

踏ん切りを付けさせたのは病じゃないかと思う。隠居は死が身近に迫っていると感じて踏ん切りを付けたのだ。多分、病に怯えながら生きる自分に我慢出来なかったのだろう。それくらいなら俺と戦う、滅んだ方がましだと思った……。自暴自棄になったのではない。覚悟を決めたのだ。そんな時に地震が起き隠居は兵を起こした。結局隠居は戦の最中に発作を起こして負けた。口惜しかっただろう、あともう少し時間をと思った筈だ。だが兵を起こした事を後悔はしなかっただろうな。

後世の人間は隠居の事を馬鹿だと思うかもしれない。時世を見る目が無かったと言うだろう。いや後世の人間だけじゃない。今の人間も同じ事を言う筈だ。だが隠居は乱世の梟雄として生き、死んだ。自分の生き様を貫いたのだ。それを愚かだと俺は思わない。むしろ見事だと思う。

桂には言えない。いや、言いたくない。桂のような優しい心を持つ女に言っても理解出来ないだろうし理解して欲しくないいんだ。桂は今のままで良い。

「人間、何と言っても健康が一番大事だな。康千代も絹も未だ幼い。最低でもあと十年は健康でいなければならん」

「何故そのように寂しい事を申されますのか。十年などと言わず大殿にはもっと長生きして頂かなければ……。桂は嫌でございます」

桂が怨《えん》ずるように俺を見ている。済まないと思ったし可愛いとも思った。

「そうだな、長生きしなければな」

「はい」

機嫌を直したかな。今三十九歳か、十年経てば四十九歳だ。うん、大丈夫だ。俺はもっと生きられる筈だ。若い側室が多いからな、健康には注意しないと。生きるのが戦か。休む暇は無いな。さて、次は夕の部屋に行かなければ……。


禎兆七年（一五八七年）　六月下旬　　近江国蒲生郡八幡町　　八幡城　　朽木基綱

「九州平定、おめでとうございまする」

綾ママの言葉に皆が〝おめでとうございまする〟と唱和した。

「有難うございます、母上。皆も有難う」

「さあ皆、料理を頂きましょう」

何時もと同じだ。綾ママの声で皆が料理に箸を付け始めた。

「大殿、如何ですか?」

小夜が酒を勧めてきた。一杯飲むと雪乃がもう一杯注いでくれた。美味いとは思ったがそれで終わりだ。これもいつも通りだ。帰ってきたと思った。

「辰、目出度いな」

「はい」

辰が嬉しそうに答えた。今月の初めに辰は男子を生んだ。名は出陣前に決めていた通り文千代だ。うん、アマゴの塩焼きか、美味いな。

「もう直ぐ七夕の節句か」

「はい、大殿がお戻りになられました故、敏満寺座《みまじさ》の者達も張り合いが有ると喜びましょう。そうでしょう、雪乃殿」

「はい、楽しみでございます」

小夜と雪乃が声を弾ませている。ちょっと複雑だ、俺は能の事は良く分からんのだが……。まあスポンサーが居るのと居ないのでは気合の入り具合が違うというのは有るだろう。蜆の吸い物もいける。

「嘉祥の日には山階座の者達は残念そうでございました」

「そうか」

山階座は下坂座、比叡座と共に上三座と称された者達だ。俺が比叡山、日吉大社を焼いた事で俺のために能を演じる事を避けていた。だが俺の天下統一が見えて来た事で姿勢を変えた。このまま俺を無視すれば座の存続にも関わると思ったようだ。

節句の日は下三座に任せている。ここに上三座を入れては下三座の者が不満に思うだろう。だから上三座には綾ママの提案を受けて嘉祥、八朔、玄猪の日に演じさせている。それぞれ六月、八月、十月だ。下三座は年に二回、上三座は年に一回だ。それに不満は言わせない。

「三郎右衛門殿、初陣は如何でした？」

綾ママが問い掛けると三郎右衛門がちょっと不満そうな表情を見せた。

「私も孫六郎殿も初陣は飾れませんでした。父上が戦う事を御許し下されなかったのです」

「まあ」

皆が驚いた様な表情で俺を見ている。初陣なのに武功を挙げる事を許されなかった。酷い父親とでも思ったかもしれない。

「此度の遠征では戦という物が如何いう物かを理解するだけで良い。三郎右衛門よ、今回の遠征で何を理解した？　何を感じた？」

三郎右衛門が小首を傾げた。

「……負ければ滅びます」

「そうだな、負ければ滅ぶ、死ぬ事も有る。それは朽木にも、その方にも起こり得る事だ。その事を忘れぬ事だ、忘れなければ愚かな戦はするまい」

「はい」

素直に頷いた。うん、今ひとつ分からん息子だったが馬鹿じゃないな。正直ホッとした。今回の九州遠征で得た最大の戦果だ。

「孫六郎殿にも今の事、報せておけ」

「はい」

「年が明ければ関東に出陣する。その方達も連れて行く」

「はい！」

三郎右衛門が嬉しそうに答えた。もう少し傍に置いて鍛えよう。こいつはいずれ九州に置く。それなりの将にしなければならん。六角家の継承も有ったな。嫁も何とかしないといかん。北畠の義叔母が良い娘を見つけてくれれば良いんだが……。

「父上！　某もお連れ下さい」

「駄目だ、その方は未だ早い」

〝そんなあ〟と情けない声を出したのは万千代だ。皆が笑い出した。

「我儘を言ってはなりませぬよ。未だ元服も済んでいないのですから」

雪乃が笑いながら窘めたが万千代は不満そうだ。

「母上、父上は私と同じ年には初陣を済ませ武勇の大将として名を轟かせていました」

万千代は十二歳、いや十三歳か……。大樹も戦場に行きたがったな……。

「万千代、父は幼い時に父親を失い朽木家の当主になった。だから戦をせざるを得なかった。だがその方は違う。父がこの通り健在なのだ。慌てる事は無い」

「大殿の仰られる通りです。慌てる事は有りませぬよ」

俺と雪乃が窘めたが万千代は納得していない。不満そうにしている。

「ですがもう直ぐ父上は天下を統一なされます。そうなれば戦は無くなってしまいます」

「そうだな、初陣の機会は無いかもしれぬ」

〝父上〟と万千代が声を上げた。情けなさそうな顔をしている。一人前の武将になれない、そう思ったのかもしれない。だがなあ、戦など経験しない方が幸せだと思うんだが……。

「戦だけが武士の仕事ではないぞ、万千代。領地を富ませ民の暮らしを豊かにする、誰もが安心して暮らせる世の中を創る。それも武士の仕事だ。覚悟は出来ているか？」

「覚悟でございますか？」

キョトンとしている。可愛いとは思うが頼り無いな。

「その方に領地を与えた時、その領地を見事に治められるかと訊いている」

「それは……」

自信無さげだ。考えた事など無いのだろう。だがそれでは困る。

「政が悪ければ民が苦しみ世が乱れる。そうなればまた戦が起きる。それでは天下を統一した意味が無い。戦の無い世の中を守るのも戦だ。励むのだな」

「万千代、励みなさい」

雪乃の言葉に万千代が〝はい〟と小さな声で答えた。

万千代が今年で十三歳、その下の菊千代は十一歳か。その下にも男子は沢山いる。戦が無くなり平和な時代が来る。武将としての心得を教えつつ統治者として育てて行かなければならん。まだまだ楽隠居は出来そうにないな……。

庶子

禎兆七年（一五八七年）六月下旬　　近江国蒲生郡八幡町　　八幡城　　雪乃

宴が終わり万千代に部屋に来るようにと伝えると少しの間が有って万千代がやってきました。幾分バツが悪そうな顔をしています。

「何故呼ばれたのか、分かりますね？」

万千代が〝はい〟と答えました。

「万千代、先程の振る舞いは何です。宴の間、ずっと不満そうな顔をしていましたね」

「……」

「大殿が九州からお戻りになって皆でそれを祝う席なのですよ。九州平定を祝う宴なのです。何故大殿のお戻りを喜べぬのです」

万千代は納得していないようです。眼を逸らして私を見ようとはしません。

「母を見なさい！」

渋々といった感じで私を見ました。

「初陣の事が不満ですか？　そなたは未だ幼いのです。仕方ないでしょう」

「私はもう十三歳です。父上は十三歳の時には元服も済まされ戦場にも出ています。幼くは有りませぬ」

「大殿はそうせねばならぬ理由が有ったのです。そなたには有りませぬ」

敢えて冷たく言いました。万千代が顔を歪めています。

「母上は私が半人前でも良いのですか？　皆の蔑みを買っても」

「半人前では困ります。でも初陣を経験すれば一人前になれるというものでもないでしょう。宴の席で大殿が仰られた事を忘れましたか？」

「……」

唇を噛み締めているところを見ると分からないのではないのでしょう。ですが納得出来ずにはいるようです。

「何が不満です」

「……私は大事にされているのでしょうか？」

「……何を言っているのです？」

「兄上達は初陣を済ませています」

「歳が上なのです。当たり前の事でしょう」

万千代は俯いています。顔を上げました、躊躇っている？

「……御屋形様は征夷大将軍です。次郎右衛門兄上は那古野城の城主、三郎右衛門兄上は六角家の名跡を継ぎます。でも私には何も有りません。兄上方は御台所様の御子です。私は……」

「万千代！」

思わず擦り寄って頬を叩いていました。パシッと乾いた音が部屋に響きます。何という事を……。

「母上……」

万千代が唖然として私を見ています。私も驚きました。でも万千代が口にした事は許せる事では有りません。

「なんという情けない事を……。そなたは大殿に粗雑に扱われていると言うのですか？」

「……」

答えが有りません、俯いています。愧《は》じているのでしょうか？

「そなたを産んだ時、私は本当に嬉しかった。竹、鶴と女の子が続いた後ですからね。そなたに夢中だったと思います。そんな時に大殿に言われました。初めての男の子故、思い入れが有ろうが入れ込み過ぎるな。万千代にとってはそなたの思い入れが重荷になる。伸びやかに育てよと」

「父上が……」

万千代は驚いています。親の心子知らずとは良く言ったもの……。溜息が出そうです。

「大殿は幼くして家を継がれました。色々と苦労されたのだと思います。嫌な事、御辛い事も有ったのでしょう。子供達にはそのような思いはさせたくないと伺った事が有ります。だから元服も初陣も急がないのです。そなたを疎んじての事では有りませぬ。分かりましたか？」

「はい」

小さな声です、本当に分かってくれたのなら良いのですが……。

禎兆七年（一五八七年）　六月下旬　　近江国蒲生郡八幡町　　八幡城　　朽木基綱

宴が終わって部屋に戻ると少しして雪乃がやってきた。万千代を連れている。やれやれだ。思わず苦笑いが漏れた。

「大殿、申し訳ありませぬ」

「万千代の初陣の事か？」

「はい、さぞかし御不快になられたのではないかと」

「申し訳ありませぬ、父上」

万千代が面目なさそうな顔をしている。だいぶ雪乃に絞られたらしいな。

「もう慣れた。我が家の息子達は十二、三になると初陣だと騒ぎ出す。麻疹のような物だな」

「……」

あれ、面白くなかったか。二人とも困ったような表情だ。

「昔の事を思いだした。俺の初陣の事だ。五郎衛門は俺が戦場に出る事に反対した。元服もしていないのだ、未だ早いと思ったのだろうな。全くその通りだ。父親になって子供達が初陣をと願う様になって初めて五郎衛門の気持ちが分かった。俺の事が余程に心配だったのだろう、或いは可愛かったのかな？」

雪乃が〝五郎衛門様が〟と呟いた。面には出さなかったがあのゲジゲジ眉毛の武骨者は俺の事が可愛かったのだろう。

「ですが父上は戦場に出て御勝ちなされました」

声が弾んでいる。やはり戦場に出たいと思っているのだな。俺の所為なのもしれない……。

「出る必要が有ったのだ、万千代。朽木の兵は鉄砲隊が主力だった。父がそのようにした。今でこそ戦場で鉄砲が有るのは当たり前だがあの当時は鉄砲を如何使うか、皆迷っていた。役に立たぬと考えている者も居ただろう。だからな、鉄砲が戦でどの程度役に立つか、自分の目で確かめる必要が有ったのだ」

役に立つのは分かっていた。正確に言えば役に立つのを自分の目で確認したのだ。

「戦場に出れば分かるが戦とは惨い物だぞ。大勢の人間が敵味方に分かれて殺し合うのだからな。戦など無い方が良いのだ」

「そうですよ、無い方が良いのです」

雪乃が同意した。万千代は曖昧な表情で頷いている。そうだな、女達は皆俺が戦場に出るのを口には出さないが嫌がっている。〝御武運を〟と祈ってくれるが本当は〝御無事で〟と願っているのだろう。

「関東を平定すれば奥州も服属するだろう。そうなれば乱世が終わり戦が無くなる。武では無く文で天下を治める時代が来る」

「文、でございますか？」

万千代が首を傾げている。

「そうだ、文とは法によって治めるという事だ。皆に法を知らしめ守らせる。それによって平和な世を造りだす」

「朽木仮名目録でございますか？」

「足りぬな。あれは朽木家の法だ。これから必要とされるのは天下を治める法だ。それを創らねばならぬ」

「……」

「戦の事ばかり考えずにその事を考えてみよ。大樹や次郎右衛門、三郎右衛門と話すのも良い。或いは評定衆と話すのも良い。勉強になる筈だ」

「はい！」

戦が無くなる、だから初陣をと焦る。だが戦以外にも大事な事が有るのだと理解させよう。新しい目的を与えれば良い。

話が終わったのなら戻れと言うと雪乃は万千代を下がらせ自分は残った。はて、未だ話が有るらしい。

「如何した？」

「先程、万千代と話をした時の事ですが……」

言い辛そうにしている。雪乃にしては珍しい事だ。

「自分は大事にされているだろうかと申しました」

「大事にされているか？」

「はい、大樹公、次郎右衛門様、三郎右衛門様に比べて大事にされているだろうかと。次郎右衛門様は那古野城の城主、三郎右衛門様は六角家の名跡」

「なるほど、側室の子という事で下に見られているというのだな？」

雪乃が〝はい〟と頷いた。

「私から注意しましたし大殿の御話を伺ってそのような事は無いと万千代は理解したと思います。ですが万千代の下の御子達は……」

なるほど、そういう事か。雪乃は万千代は大丈夫と言うが如何かな？　この後、何かの拍子にそういう疑念が蘇る事は有るだろう。

「雪乃」

「はい」

「大樹は嫡男だ。これを大事にするのは当然の事、他の子らと同列には扱えぬ」

「はい」

「次郎右衛門は那古野城の城主だが同時に大樹の配下の将として動いている。下総、安房攻めではそれなりに功も挙げたらしい。大樹にとってはもっとも信頼出来る弟だろう。俺としても其処には配慮せざるを得ぬ」

「はい」

大樹は下総から上総、安房を占領した。今では常陸に攻め込んでいる。

「三郎右衛門は六角家の名跡を継いだ。である以上近江には置けぬ。幸い今回の遠征であれが愚かではない事は分かった。九州に置こうと思っている。あそこは遠いからな、今少し傍に置いて鍛えるつもりだ。そうなれば俺が小夜の子らを贔屓《ひいき》していると他の子らは思うかもしれぬ」

敢えて万千代の名は言わなかった。雪乃は分かっただろう。表情が暗い。

「琉球に送るか」

「琉球でございますか？」

雪乃が吃驚《びっくり》している。

「今琉球の使者がこの城に来ている。去年までとは違い三十人もの使節団だ。こちらからも答礼の使者を出さねばなるまい。その中に万千代も入れるのだ」

雪乃が〝まあ〟と声を上げた。

「外に出した方が万千代の視野が広がるのではないかな。琉球から日の本を見た場合、如何見えるのか？　得難い経験になると思うのだ。万千代も自分が差別されているなどとは思うまい」

「左様でございますね」

雪乃はちょっと浮かない顔だ。

「如何した、浮かぬ顔だな。不満か？」

〝そうではございませぬ〟と言いながら雪乃が首を横に振った。

「有り難い御話だと思いますが琉球へ出せば半年は会えませぬ」

「そうだな、それに慣れない土地だ。場合によっては病にかかる事も有る。命を失う事も有るだろう。止めるか？」

雪乃が俯いている。何時も屈託なく明るい雪乃が母親として苦しんでいる。可哀想だった。傍に寄って肩に手を掛けた。雪乃が驚いたように俺を見た。

「無理はせずとも良いぞ。俺も思い付きで言ったのだ。他にも良い案が有るかもしれぬ」

「……万千代に話してみたいと思いまする。あの子が如何思うか……」

「うん、それが良いだろう。なに、焦って決める事は無い。使者達が琉球に帰るのは十一月だ。九月頃までに決めればよい」

〝はい〟と言って雪乃が笑みを浮かべた。無理をするな、そんな笑みは雪乃には似合わぬ。痛々しい感じがするぞ。

雪乃が下がると思わず息を吐いた。子供の数だけ悩み事が生じるか。全くその通りだ。皆小さいからな、万千代の下は菊千代で今年で十一歳だ。殆どの子供が十歳になっていないんだからな、頭が痛いわ。これからは戦は無くなる。それを前提に子供達を育てて行かないと……。考えるのを止めよう、他にも考えなければならない問題が有る。

使節団のための宿泊所を造らねばならん。分かっていたんだがな、ついつい後回しになった。まあ朝堂院も完成したんだ、造るのに問題は無い。元々平安京にはそういう施設が有ったらしい。名前は鴻臚館《こうろかん》、渤海《ぼっかい》からの使者を迎賓していたようだ。渤海が滅び鎌倉時代の頃に焼失したらしい。面白い事に鴻臚館は九州の大宰府と難波にも有ったらしい。海外の使者を受け入れる湊に造ったという事だろう。こっちも再建しよう。ついでに大湊にも造ろう。敦賀は要検討だな。太閤と関白に相談しなければならん。

那古野の城が完成したからそっちにも行かなければ……。それと佐渡攻めを上杉と詰めなければならん。忙しいわ。

禎兆七年（一五八七年）六月下旬　近江国蒲生郡八幡町　徳川基家邸　酒井忠次

「左衛門尉は佐嘉郡、新十郎は小城郡でそれぞれ三万石か。目出度いな」

次郎三郎様が笑顔で儂と新十郎殿を祝ってくれた。

「思いがけない事でございました」

「某も未だに信じられませぬ」

儂と新十郎殿が答えると次郎三郎様が〝ははははは〟と笑い声を上げた。

「大殿は太田城の夜襲で龍造寺勢の攻勢を食い止めたそなた達を大層褒めていた。流石に戦慣れしているとな」

少々面映ゆかった。儂だけではあるまい、新十郎殿も困ったような顔をしている。

「いやいや、毛利勢が多布施川の龍造寺勢を打ち破ったと聞いて流石は毛利と思いましたし負けられぬとも思いました。まさかあれが大殿の嘘だったとは……。のう、新十郎殿」

「真、少しも気付かず大殿に踊らされました。まあそれで領地を頂いたのですから悪くは有りませぬ。子々孫々に大殿の嘘で頂いた三万石だと伝える事にします」

皆が笑った。楽しい、久し振りに屈託なく笑える。故殿を忘れたわけではない。だが儂は朽木の家臣になったのだろう。

「あの時の事は本陣に詰めていたから良く覚えている。相談役の飛鳥井殿が三万の援軍に匹敵する嘘だと大殿を褒めていた」

また笑い声が上がった。

「此度のそなた達への恩賞、大殿に、朽木は過去を問わぬ。働けばそれに報いると言われたが本当なのだと思った。私も励みになったが徳川の旧臣達も励みになっただろう。良くやってくれたな、左衛門尉、新十郎」

儂と新十郎殿が〝畏れ入りまする〟と答えると次郎三郎様が嬉しそうに頷いた。

もう六十を越えた。領地を頂く事は難しいだろうと思っていた。新十郎殿も同じような事を考えていただろう。それだけに嬉しかった。次郎三郎様の言う通り、徳川の旧臣達も喜んでくれた。関東遠征、奥州遠征を皆心待ちにしている。

「彦十郎も大事な御役目を頂いたそうだな」

「はい、左衛門尉殿の推挙にて長崎の代官所に配属が決まりました」

この事も皆を喜ばせている。儂の推挙がそのまま受け入れられた。大殿は徳川の旧臣に含むところは無いと示したのだ。

「二千の兵を預かるのだから石高に直せば七万石ほどかの。儂よりも評価されておる。羨ましいぞ、彦十郎」

新十郎殿が弟の彦十郎殿を冷やかすと賑やかな笑い声が上がった。彦十郎殿も苦笑している。

「博多には秋葉殿だ。秋葉殿は朽木の譜代だからな。大殿はもう一人は外様からと思ったのだろう」

次郎三郎様の言葉に皆が頷いた。

「長崎と博多の代官は石田殿が兼任するそうですな。大層な御信任だと評判ですがどのような御仁で？　未だ若いとは聞いておりますが……」

新十郎殿が首を傾げている。彦十郎殿も頷いているから二人とも良く知らないらしい。儂も良く知らぬ。はて……。

「年の頃は三十になるまい。二十代半ばであろうな」

思わず新次郎殿、彦十郎殿と顔を見合わせた。

「御存じなのでございますか？」

問い掛けると次郎三郎様が頷いた。

「知っている。何度か大殿に目通りを願っているからな。兵糧方で辣腕と言われるほどに腕を振るった御方らしい。兵糧方の前は大殿の御傍に仕えていたと聞く」

なるほど、大殿の側近だったのか。御信任が厚いわけだ。

「他には？」

「他か、彦十郎。そうだな、仕事熱心で冗談など滅多に口にされない御方だと聞いた覚えが有る」

「なるほど、それでですな。某が彦十郎殿の事を無口でしっかりしていると言うと大殿は頻りに頷いていました」

儂の言葉に皆が笑い出した。

「彦十郎、如何やら評価されたのは無口な事らしいな」

新十郎殿の言葉に笑いが重なった。彦十郎殿も苦笑している。

「彦十郎、石田殿は仕事熱心だが悪い御方ではないと聞いている。励むのだな」

「はい、努めまする」

彦十郎殿が答えると次郎三郎様が頷いた。

「そなた達が九州に行ってしまうと中々会えなくなるな。寂しい事だ」

寂しそうな口調だ。胸が痛んだ。この御方を置いて九州に赴く。それだけが気掛かりだった。

「新年の御挨拶には参ります。その時は会えましょう」

儂が答えると新十郎殿、彦十郎殿が頷いた。

「次郎三郎様も御励み下さい。我らは次郎三郎様が何時か領地を頂き城を構える事を願っておりまする」

新十郎殿の言葉に次郎三郎様が頷いた。

「そうだな、その日のために励まねばな」

何時かその日が来る。その日が来る事を信じて生きなければならぬ。


禎兆七年（一五八七年）　六月下旬　　近江国蒲生郡八幡町　　八幡城　　朽木滋綱

「兄上、九州での事をお話し下さい」

直ぐ下の弟、万千代がせがんできた。

「戦の事を知りたいなら無駄だぞ、俺は戦っておらん」

「それでも戦場に居たのでしょう?」

「城には兵が居なかったから直ぐ降伏した。龍造寺太郎四郎も城を囲んだら直ぐに降伏した」

「龍造寺山城守が攻めてきた時は?」

「あの時は俺は本陣に居た。夜襲だったからな、敵兵の姿も見ておらん。ワーワー言っている声を聞いただけだ」

万千代が〝はあ〟と息を吐いた。

それでも分かった事が有る。父上は凄い。百戦錬磨とは父上のために有る言葉だろう。あの闇の中、父上は使番の報告だけで指示を出していた。多布施川から龍造寺勢が攻めてきた時には本当に吃驚した。孫六郎殿も驚いていた。あの戦いは龍造寺山城守が知恵を絞って父上に挑んだ戦いだったのだ。謀略を仕掛け夜襲で父上の不意を突こうとした。

だが父上は小揺るぎもしなかった。一つ一つ龍造寺山城守の狙いを見抜き潰していった。そして圧倒した。あそこに居たのは八幡城に居る穏やかな父上では無かった。天下を統一しようとする冷酷で猛々しい戦国武将だった。……言わない方が良いだろうな、そんな事は。言えば万千代は益々戦に行きたがるに違いない。

「三好孫六郎殿は十三歳で初陣を飾りました。それなのに私は……」

万千代が溜息を吐いた。

「孫六郎殿は三好家の当主だ。それに松永弾正殿、内藤備前守殿が早めに初陣をと父上に願い出ていたらしい。御二人とも御高齢だからな。父上も無視は出来んのだろう」

また万千代が溜息を吐いた。

九州再征によって大村、有馬、龍造寺は滅び大友は僅か二万石にまで領地を減らされた。もう九州で騒乱が起きる事は無いだろう。大村、有馬、大友の処分に対して南蛮の宣教師、ルイス・フロイス、グネッキ・ソルディ・オルガンティノの二人が寛大な処分をと願ったが父上は許さなかった。〝フロイス、政に口を出すなら処分する。それを忘れたか？〟。そう言った時の父上は本当に厳しい御顔をしていた。南蛮の宣教師達は何も言えずに引き下がった。

対馬の宗氏も処分を受けた。家臣の一部が龍造寺に通じた事を咎められた。宗彦三郎はその者達は龍造寺が対馬に攻め込まないように工作していたのだと抗弁したがそれならば何故朽木家に報せなかったのかと問われ答えられなかった。もっとも処分はちょっと変わったものだった。対馬は取り上げられ筑後で三万石を与えられた。処分を言い渡された宗彦三郎も困惑していた。

父上は当初宗氏には海沿いの領地を与えようと御考えだったようだ。だが宗氏にはいかなる意味でも交易には関わらせないと考えをお変えになったらしい。対馬は朽木家の直轄領にし奉行所と水軍を置くと言っておられた。今後は朽木家が朝鮮との交易を管理する事になる。

「兄上、今度私は琉球に行く事になるかもしれませぬ」

「琉球に？」

問い返すと万千代が〝はい〟と頷いた。表情が暗い。

「戦の事ばかり考えず見聞を広めよという事のようです」

「琉球か」

また万千代が〝はい〟と頷いた。琉球に行くとなると十一月頃か、戻りは五月から六月、関東への出兵の後だな。なるほど、不本意なわけだ。

「面白そうだな」

「面白い、ですか？」

万千代が目を瞬いた。万千代は父上に似た。つまり俺とも良く似ている。母親は違うのだが間違いなく兄弟だと感じる。母親が違う事が不思議なほどだ。次郎右衛門兄上は母上に似たのだろうが美男だ。俺や万千代とは似ていない。

御屋形様よりも俺や万千代の方が父上に似ただろうな。母上も時々父上の若い頃にそっくりだと言って俺の顔をしげしげと見る事が有る。母上は父上にぞっこんだからな、困ったものだ。万千代の話では雪乃殿も同じ様な事をしているらしい。時々頬を突いて喜ぶのだとか。万千代も困っている。

「父上は琉球を服属させようとしている」

「はい」

「今回の九州再征で対馬を朽木の直轄領にした。狙いは朝鮮との交渉、交易を管理しようとしての事だ」

「なるほど」

「いずれは明との事も考えておいでだろう。どんな風になるのか、面白いとは思わないか？」

万千代が〝うーん〟と唸った。

「兄上は良く御存じなのですね」

「……まあな」

父上と半年ばかり一緒に居た。その御蔭で十分に御話し出来た。楽しかったが万千代には言えぬな。言えばまた戦に行きたいと騒ぎ出すだろう。困ったものだ……。

書契問題

禎兆七年（一五八七年）　七月上旬　山城国葛野郡　近衛前久邸　朽木基綱

「九州平定、先ずは目出たい」

「有難うございまする」

「おめでとうございまする、義父上」

「おめでとうございまする」

「いや、有難う」

太閤殿下、婿の内府、鶴が祝ってくれた。皆ニコニコ顔だ。なんか恥ずかしいわ。席には三郎右衛門、万千代も居る。三対三の親睦会だ。

三郎右衛門はともかく万千代を連れて来るのはちょっと迷った。だが琉球に送る事になるかもしれないのだ。何も分からないまま行っても意味が無い。傍に置いて俺の考え、太閤殿下を始めとする公家達の考えを多少なりとも理解させようと思っている。

「関白も九州平定を喜んでおるようでおじゃるの」

「はい、わざわざ近江にまで出向いて祝ってくれました」

殿下が〝ふふふ〟と笑い声を出した。悪い顔で俺を見ている。婿の内府も同じような表情で俺を見ていた。倅達はきょとんとしている。まあこれは仕方がない。

「妙な噂が流れて皆から白い目で見られたようじゃの。天下統一を望まぬとは如何いう事かと」

「……」

「そなたが関白の解任を願い出るのではないかともっぱらの噂であったが」

「そのような事は致しませぬ。関白殿下は九州平定を喜んでいるのです。する必要が無い」

関白は噂を打ち消すのに必死だった。直接八幡城に来て九州平定を祝ってくれたほどだ。勿論俺も上機嫌で応対した。淡海乃海で一緒に舟遊びをしたし帰る時には土産物を一杯渡した。大喜びだったな。首が繋がったとホッとしたのだろう。

「公家の扱いが上手くなったのう」

「殿下に鍛えられましたので」

殿下が〝ほほほほほ〟と笑った。いや、これは本当だよ。公家っていうのは力は無い。だが位階は高いからプライドは高いんだ。面子を潰さないように加減しながらこちらの思うように動かすのが肝だ。

「龍造寺山城守でおじゃるが病であったとか、真か？」

「はい、心の臓を病んでおりました。最後は苦しみながら死んだそうにございます」

太閤殿下が〝なんと〟と呟いた。口元を扇子で隠し痛ましそうな表情だ、他の四人も沈んだ表情をしている。

「それでも戦いを挑んできたか……」

「病である事をこちらに流す事で油断させようとしました」

「……怖いものよ。正に乱世の梟雄でおじゃるの」

「真に」

シンとした。

乱世の梟雄か、そうだな、隠居は乱世の梟雄だった。平和な世で生きる事など出来ない男だったのだ。畳の上で子らに囲まれて安らかな大往生など考えただけで反吐《へど》を吐いたに違いない。龍造寺は自分が大きくした、ならば自分が潰して何が悪い、そう思ったのだろうな。そんな時に病になった。このまま死にたくないと思った。だから俺に戦いを挑んできたのだ。勝算が少ない事など如何でも良かっただろう。そこに可能性が有るだけで十分だったに違いない。

「九州は随分と様変わりしたの」

「はい、龍造寺が滅び大友を減封しました」

代わって毛利に豊前一国を与え筑前での十万石は取り上げた。約二十万石の加増だろう。右馬頭は喜んでいたな。毛利は八十万石か、一度大きく減ったが盛り返した。右馬頭の立場も強くなるだろう。後は世継ぎ問題だな。これが解決すれば毛利は安泰だ。

立花道雪には筑前の志摩郡、怡土《いと》郡で高橋紹運には筑後の三潴《みずま》郡で七万石ずつ与えた。本当は十万石とも思ったがあの二人は新参だからな、七万石で納得してもらった。喜んでいたな、二人とも九州に戻れるとは思っていなかったらしい。それと大友を滅ぼさなかった事に礼を言われた。これであの両家は将来的にも朽木に忠誠を尽くしてくれるだろう。

真田源五郎に肥前の高来《たかき》郡で三万石を与えた。小山田左兵衛尉は彼杵《そのぎ》郡、藤津郡で五万石だ。酒井左衛門尉を佐嘉郡、大久保新十郎を小城郡に三万石で置いた。酒井左衛門尉と大久保新十郎は泣いてたな。酒井は六十歳、大久保は五十歳を越えてる。この時代じゃ十分過ぎるほどの爺だ。生きている内に領地を貰えるとは思っていなかったみたいだ。だが過去を問わないのが朽木だ。徳川の旧臣にとっては励みになるだろう。

そして磯野藤二郎、町田小十郎、笠山敬三郎を豊後に入れる。それぞれ三万石だ。磯野藤二郎と町田小十郎は尾張の城の完成祝いが終わった後で九州に行く事になる。城造りの褒美じゃないぞ、豊後には大分郡で大友五郎義統に二万石を与えている。当然だがそれの監視という仕事も有る。そして豊後はキリシタンの影響が強い。統治には細心の注意が必要だ。その辺りにも心を砕く必要が有る。決して楽ではない筈だ。他に富久主税介鎮久、真玉掃部助統寛、若林中務少輔鎮興の所領を安堵した。

富久主税介と真玉掃部助は国東郡、若林中務少輔は海部郡だ。安堵した理由はこの三人が大友家では水軍を率いる立場にあったからだ。潰すよりは利用した方が良い。対馬には九鬼と堀内を入れるがその後詰を任せる形になるだろう。他には旧大友の家臣から利光宗魚鑑教、吉弘左近大夫統幸、田原紹忍、佐伯太郎惟定、木付中務少輔鎮直、志賀太郎親次、臼杵美濃守鎮尚、吉岡甚吉統増、田北宮内少輔統員を召し抱えた。こいつらは龍造寺に攻められても大友に忠誠を誓っていた男達だ。潰すのは惜しいし九州に置くのも面白くない。俺の直臣にしていずれは領地を与える形にしようと考えている。

龍造寺の家臣も召し抱えた。四天王からは成松遠江守信勝、百武志摩守賢兼、木下四郎兵衛尉昌直を召し抱えた。他の江里口藤兵衛信常、円城寺美濃守信胤の二人は龍造寺太郎四郎政家と共に自害した。それと成富十右衛門茂安、犬塚掃部助鎮盛、後は石井党と呼ばれる者達を召し抱えた。それと龍造寺の家臣ではないが城井弥三郎朝房、松浦源三郎久信という男を召し抱えた。

城井氏は元々は大友氏の家臣だった。だが自立志向が強かったのだろう、大友の勢威が落ちると秋月、島津と結んで大友に反旗を翻した。そして第一次九州遠征で明智十兵衛率いる朽木軍に滅ぼされた。弥三郎はその生き残りだ。城井氏の再興を俺の下で図りたいという事らしい。危険かな、と思ったが会ってみて嫌な感じはしなかったので小姓として召し抱えた。

松浦源三郎久信は肥前の松浦鎮信の息子だ。鎮信は龍造寺の隠居に滅ぼされた。史実だと滅ぼされていない筈なんだよな。確か大名として江戸時代に存在した筈だ。だがこの世界では滅ぼされている。如何も力量が有るので隠居に危険視されたらしい。隠居が島津と戦わず長生きした事で松浦が滅んだようだ。龍造寺が健在なうちは身を潜めていたが滅んだので俺に仕えたいと出て来たらしい。こいつも俺の小姓として召し抱える事にした。

博多と長崎には代官所を置いた。代官には石田佐吉を抜擢した。本人は無表情なまま吃驚してたな。佐吉の任務は博多と長崎の商人の管理だ。特に博多は朝鮮との関わりが強いから注意が必要だ。だがもう一つ、内密の任務も有る。それがキリシタンだ。大友、大村、有馬は領内の土地を寄進し神社仏閣を壊している。目に余るという報告が伊賀衆から上がっているのだ。その辺りも伊賀衆を使って調べろと言ってある。

あの連中、北九州では大名に取り入って随分と勝手な事をやっている。既得権益を守ろうとしてだろうが大友の減封にも口を出そうとした。政には関わるなと言っているのに関わろうとしたのだ。放置は出来ない。この辺りで一度大きく抑えつける必要が有る。

それぞれ代官所には二千の兵を置く。博多は秋葉市兵衛、長崎は大久保彦十郎が指揮官だ。彦十郎は大久保新十郎の弟で佐吉よりも歳は上のようだ。無口でしっかりしていると言って俺に推挙したのは酒井左衛門尉だった。酒井も大久保も徳川では名門だからな。それなりに付き合いは有るようだ。

「対馬の宗氏を筑後に移したとか」

「はい」

太閤殿下が満足そうに頷いた。

「皆喜んでおじゃる。もっとも朝廷には宗氏も潰すべきではないかという声もおじゃるが……」

そんな試すような流し目で俺を見るなよ。思わず苦笑いが漏れた。

「対馬は貧しいのです、殆ど米が獲れませぬ。あの島で生きて行くには朝鮮との交易に活路を見出すしか有りませぬ。朝鮮への従属は已むを得ぬ事でございましょう。対馬から移してしまえば敢えて潰す必要は有りませぬ」

「この後も朝鮮に付く事は無いか」

太閤殿下がじっと見てきた。

「内陸に移しました故そのような事は有りますまい。それに牙符も取り上げました。それでも繋がりを持とうとするなら……」

「するなら？」

「その時は潰します」

太閤殿下が〝うむ〟と頷かれた。鶴が幾分怯えた様な顔で俺を見ている。ちょっとショックだ。

宗彦三郎には今後は朝鮮との交渉には一切関わらせないとはっきり言った。その事が宗氏のためだとも。事実朝廷では俺の処置を手緩《てぬる》いと見ている公家も居るのだ。多分、その一人が目の前に居る太閤殿下だろう。今も俺から言質を取った。多分明日には朝廷で広まっているだろう。次は無いと……。

「しかし予定が狂ったの。本来は後ろ盾になって朝鮮と交渉する筈であったが……」

「已むを得ませぬ。宗氏は龍造寺と通じておりました。攻められるのを怖れてと言っておりましたが某には何の報せも無い。これを許しては示しがつきませぬ。それに……」

「それに？」

殿下が訝しんでいる。いや殿下だけじゃない。内府、鶴、三郎衛門、万千代も俺を見ていた。

「対馬では綿布が銭として使われているそうです」

皆が顔を見合わせている。

「それは如何いう事でおじゃりましょう、義父上。対馬では銭を使わぬという事でおじゃりましょうか？」

「いや、銭も使う」

「では？」

「朝鮮では銭を使わないそうです。代わりに綿布を使うとか」

また皆が顔を見合わせた。今度は皆が信じられないというような表情を顔に浮かべている。

「つまりそこまで朝鮮の影響力が強いという事かな、相国」

「はい、そういう事になります」

俺が殿下の言葉を肯定すると皆が溜息を吐いた。

「なるほど、それで築後に移したか」

殿下が頷いている。史実でも対馬は朝鮮に強く依存していた。秀吉の朝鮮出兵の時は随分苦しい立場にあった事も分かっている。しかしな、俺は秀吉じゃない。朝鮮に出兵しようとは思わないし明を征服しようとも考えていない。それに朝鮮が攻めてくる可能性も無いと思っていた。朝鮮と繋がりの有る宗氏を使う事にそれほど不安を感じてはいなかった。

しかしだ、史実とこの世界は違うのだ。この世界では明が攻めてくる可能性が出てきた。その場合、明は朝鮮にも兵を出せと迫るだろう。その時、宗氏が如何動くか？　宗氏は朝鮮との交易で生計を立てていた。それは構わない。しかし綿布を銭として使っているとなるとちょっと話は違う。宗氏は朝鮮と交易をしているというよりも朝鮮の経済圏に組み込まれていると考えざるを得ない。対馬を宗氏に任せるのは危険だ。一つ間違うと日本攻略の最前線になりかねない。

「朝鮮に使者を送ろうと思っております」

「ほう」

「足利氏が滅び足利氏との間で結んだ牙符の制度は意味の無い物になりました。改めて朽木家との間で約を結びたいと伝えようと思っております。その際、宗氏を内地に移した事も伝えます」

太閤殿下が〝ふむ〟と鼻を鳴らした。

「本来なら日本と朝鮮との約という形を取りたいのですが……」

思わず語尾が弱くなった。太閤殿下と内府が顔を見合わせた。

「何かおじゃりますか、義父上」

「朝鮮は明に臣従しております。日本は何処にも臣従しておりませぬ。その辺りが……」

「拙いかな？」

「そうなるかもしれませぬ」

俺が太閤殿下の問いに答えるとまた二人が顔を見合わせた。倅二人と娘は良く分からずにいる。

「相国、如何いう事でおじゃろう」

あれ、太閤殿下も分かっていない。

「国と国との約となれば国書を交わす必要性も出て来ると思います。明も朝鮮も儒教を重んじております。儒教は体面を重んじるのです。されば国書が問題になるやもしれませぬ。向こうでは明の皇帝以外は使ってはいけない文字が有るそうです。例えば皇帝、勅などです。天皇、帝も拙いでしょう」

太閤殿下が〝なるほど〟と言って頷いた。

「確かに拙いな。こちらの国書を無礼として受け取らぬか」

「おそらくは」

明治初期、日本と朝鮮の外交関係は征韓論が出るほど酷く悪化したがその原因が『皇』と『勅』が日本からの国書に書かれていた事だった。書契問題と言われている。高が文字だ、現代日本人の感覚からすれば馬鹿じゃないのと言いたくなるが当時の朝鮮にとっては大問題だった。

朝鮮は清を頂点とする東アジアの冊封《さくほう》体制の中に居た。『皇』、『勅』を使えるのは清の皇帝だけなのだ。日本の国書を認める事は日本の天皇を清の皇帝と同格に扱う事になる。それは日本を朝鮮よりも格上と認める事になるのだ。受け入れられなかっただろう。そして清を頂点とする冊封体制が崩れかねない、清を怒らせる事になるとも思ったのだろう。一方日本もこれに対しては怒った。日本は独立国なのだ、何故使う文字に文句を言うのか、ふざけるなと。

朝鮮内部にも書契問題を重視すべきではないという意見は有ったらしい。だが少数派だったようだ。朝鮮の姿勢を変える事は出来なかった。結局書契問題を打ち壊すために日本は江華島事件を起こした。馬鹿げていると思うが今は俺がその問題に向き合う当事者になりつつある。当事者の立場になってみれば馬鹿げていると呆れる事は出来ない。頭の痛い問題だ。

「しかし、だからと言って帝にこの文字は使ってはいけませぬとは言えませぬ。そうでは有りませぬか？」

「そうよな、となると国と国との約には出来ぬか」

内府と太閤が深刻そうな顔をしている。子供達三人は漸く分かったらしい。俺を尊敬の眼差しで見ている。ちょっとくすぐったい。

「それと朝鮮が某を認めるか如何かという問題も有ります」

「と言うと」

「朝鮮が足利氏を交渉相手と認めたのは足利氏が明から日本国王と認められていたからです。某にはそんなものは有りませぬ。太政大臣などと言っても朝鮮から見れば何の事か分かりますまい。一つ間違えるとそんなに交渉したいのなら明に服属しては如何かと某に言い出しかねませぬ」

二人が顔を顰めた。

「鹿苑院の様にか？」

「はい」

鹿苑院というのは足利義満の事だ。明から日本国王の称号を貰う事で勘合符貿易を始めた。当時の朝廷では『他国より王爵を得た』と不評だったらしい。もっとも義満に対して面と向かって言える人間はいなかったようだ。その事を俺が言うと子供達がまた感心している。それは良いんだが内府も感心している。ちょっと心細いな。

足利将軍家は直轄領が少なかった。つまり軍事力が微弱だったわけだ。それを補うために銭を必要とした。そのための手段が明との交易だ。義満が明との関係を最初は対等、自分と明では無く日本と明の交渉にしようと考えなかったとは思えない。だが明という国と交渉をしていく内に明は必ず日本に臣従を求めて来る、日本と明が対等の関係を結ぶのは無理だと判断したのではないだろうか。

残る手段は自分が臣従する事だ。義満が明から日本国王の称号を受ける事に躊躇いを感じなかったとは思えない。悩んだだろう、だが背に腹は替えられない。已むを得ないと判断したのだと思う。そしてむしろ好都合だとポジティブに考えた。自分が臣従する事で明との関係を強め外交を独占出来ると判断したのだ。つまり利益の一人占めだ。

義満の選択は間違ってはいないだろう。義満は明に日本国王と認められた。義満以後も足利将軍は対外的には日本国王の名を名乗る。そして明も朝鮮もそれを認めた。義政が朝鮮との間で牙符の制度を創れたのも義政が日本国王だったからだろう。考えてみれば日本国王というのは明が足利氏に与えた信用状のようなものだとも言える。アジアは明を中心とした冊封体制に有るのだ、明の信用状を持った足利氏は対外的には無敵だろう。国内では脆弱でも。

「となると朝鮮との交渉は簡単には行かぬか」

「行きませぬ。それに足利氏が滅んだとなると朝鮮は某が滅ぼしたと見るでしょう。謀反人と判断して益々相手にするのを避けるかもしれませぬ」

この辺りが儒教の厄介なところだ。現実と乖離してしまう。明ならそれが出来る。現実を無視するだけの力が有る。だが朝鮮は如何か。力が有れば良いが中途半端な力しかないと痛い目を見る事になる。

「まあ追い込んだのは事実でおじゃるからの」

「はい、殿下にもお手伝い頂きました」

二人で声を合わせて笑った。子供達四人は顔が引き攣っている。親の真の姿を知ったか、良く覚えておけ。綺麗事で天下は獲れないのだ、綺麗に見せる必要は有るがな。それは天下を治める事にも言えるだろう。

実際に潰れるように仕向けたのだから謀反人と言われても否定はしない。足利は世の中を混乱させるだけの存在だったのだ。滅ぶのは当然だ。いや、待てよ。義尋が居るな。あいつを使って交渉させるか？　足利を朽木の外務大臣にするわけだ。……駄目だ、足利の権威を認めるような事になりかねん。その分だけ朽木の権威が落ちる事になる。

「如何するのかな？」

太閤殿下が俺の顔を覗き込んだ。期待感に溢れた顔だ。

「無視するよりも交渉する方が利が有る、いや損をせずに済むと理解させようと考えています」

太閤殿下が首を傾げた。

「利が有る、損をせずに済むか……」

「海賊が現れるやもしれませぬな、朝鮮の海を荒らすやもしれませぬ。昔の様に」

「海賊、……倭寇か。悪よのう、相国」

太閤殿下が笑い出した。俺も笑った。ホント、悪だよ。自作自演、国家政策としての倭寇だ。止めたければ俺に頼むしかない。つまり不本意でも交渉相手として俺を認めるという事になる。こら、親をそんな眼で見るんじゃない、鶴、三郎右衛門、万千代。お前達も一緒に笑うくらいになれ。内府は……、そっちは太閤殿下に任せよう。

「まあ朝鮮との事は急ぎませぬ。使者は出しますが先ずは天下統一と琉球の問題を片付けようと考えています」

「うむ」

場合によっては朝鮮との国交は明・朝鮮との戦いの後、という事も有り得るだろう。構わない、こちらが勝てば良いのだ。それならばこちらが有利に交渉出来る。力の裏付けのない外交など甘く見られるだけだ。それに戦う前でも朝鮮が明を危ういと見れば交渉は可能な筈だ。

「来年には関東に兵を出します。それに先立って奥州に書状を出そうと考えています」

「書状とは？」

「関東制圧の後は奥州へ兵を向ける。直ちに旗幟を明らかにすべし。敵対する者は許さずと」

太閤殿下が大きく頷いた。そして〝天下統一じゃの〟と呟いた。そう、天下統一だ。大友と龍造寺の所為で随分と回り道をした。大地震も有った。だが漸くここまで来た。来年で俺は四十歳だ、大体予定通りだ。三十年掛けて天下統一だ。

「琉球から使節が参りました。今回は三十人です」

「朝廷でも噂になっておじゃります、謁見が楽しみだと」

内府が声を弾ませた。万千代はちょっと困惑気味だ。例の琉球へ送る話を思ったのだろう。

「かなり本気のようでおじゃるが……」

「はい、今年はこちらからも使節を出そうかと考えています」

太閤殿下が〝ホウ〟と声を上げた。

「琉球という国を知る事も必要でございましょう」

「そうでおじゃるの」

「それと鴻臚館を再建しようと思っております。大宰府、難波、京、それと新たに大湊」

太閤殿下がまた〝ホウ〟と声を上げた。さっきよりも声が弾んでいる。

「鴻臚館か、そうじゃのう、必要でおじゃるの」

「はい、御賛同頂けましょうか？」

「勿論じゃ」

〝おーほほほほほほ〟と太閤殿下が顔を仰《の》け反《ぞ》らせて笑った。超絶御機嫌モードだ。皆が目を丸くして太閤殿下を見ていた。

日本国王

禎兆七年（一五八七年）　七月上旬　山城国久世郡槇島村　槇島城　朽木滋綱

「兄上、凄い御城ですねえ。周りを池に囲まれています」

万千代が眼を輝かせている。

「そうだな」

確かに櫓台から見える風景は凄い。この城は池の中に浮いている。つまり池が天然の堀になっている。簡単には落とせない。

この城には元々の守備兵二千と父上が率いて来た三千の兵が居る。合わせて五千だ。父上の率いて来た三千の兵の内五百は鉄砲隊だ。城にも鉄砲は有るだろう、二百丁とすれば七百丁有る事になる。周囲には遮る物は無い、身を隠す事が出来ないとなれば鉄砲は威力を発揮するだろう。寄せ手は攻めあぐねるに違いない。

「この城なら籠城している間に近江から援軍が来る。父上に対して謀反を起こそうとしても無駄だ」

万千代が〃ふーん〃と言っている。自分なら如何攻める？　短時間に攻め潰さなければならない、となると損害を無視して遮二無二力攻めか……。兵は最低でも三万は必要だろう。それでも落ちるだろうか……。

「兄上、この城に居るのでしょうか？」

万千代が声を潜めて訊ねてきた。

「何がだ」

「豊千代の母なる女性《にょしょう》です。公家の娘、かなり身分の高い家の女性だという噂ですが……」

万千代は興味津々だが俺は興味無い。

「さあ、知らぬな」

今三万の兵で父上の不意を突ける者が居るだろうか？　居ないな。北陸の鯰江一族も精々七千が限度だ。七千ではこの城は落ちない。後は大筒だな。大筒で城を破壊する。だがそうなれば父上は打って出るだろう。七千対五千か、やはり無理だ。謀反は成功しない。

「兄上は気になりませんか？」

「気にならぬな」

「私は気になります。父上が隠されている女性です。如何いう素性の方なのか……」

豊千代か、父上よりも母上の方が夢中だな。豊千代も母上に懐《なつ》いている。本当の親子の様だ。豊千代も父上に似たな。母上が豊千代を可愛がるのもその所為かもしれない。

「三郎右衛門様、万千代様」

背後から声がした。振り返ると松浦源三郎が居た。

「用か？」

「はっ、大殿がお呼びでございます。奥座敷へお急ぎ下さい」

「分かった」

父上の許に行くとそこには伊勢兵庫頭、黒野重蔵と二人の男が居た。未だ若い、身体つきも逞しい男達だ。だが武士ではない様だ。俺と万千代が部屋に入ると二人が脇に控えた。

「来たか。三郎右衛門、万千代、その二人はな、小山左馬助国勝とその弟の上野介信賀だ。肥後国菊池郡の者でな、刀鍛冶を生業《なりわい》としている」

「肥後国菊池郡稗方村同《ひえかたむらどう》田貫《だぬき》の住人、小山左馬助国勝にございまする」

「上野介信賀にございまする」

二人が名乗った。なるほど、父上の手元には太刀が一振り有る。

「この二人、兵庫頭を訪ねてきた。理由は一つ、近江で太刀を造りたいそうだ。朽木の刀は有名だからな、学びたいと言っている。偶々俺が京に居たのでな、兵庫頭が此処に連れてきた」

「……」

「学びたいと言っているが本心は違うだろう。自分達の鍛える太刀が朽木の太刀に劣る事は無いと思っている筈だ」

二人が〝あ、いや〟、〝そのような事は〟と言っている。父上が声を上げて御笑いになられた。

「しかしな、太刀を造るために京にまで来るとは物好きな事よ」

太刀を手に取られた。

「重い、他の太刀に比べてズンと重ねが厚い所為だろう。非力な者には扱い辛い太刀だ。先程抜いてみたが見てくれも良くない。見て楽しめる太刀ではないな。だが間違いなく戦場では役に立つ。敵を斬るのではない、叩き斬る太刀だ。久々に面白い太刀を見た」

父上が二人に視線を向けた。二人が緊張している。

「近江に参れ、俺のために太刀を鍛えよ」

「はっ、有り難き幸せ」

「他の者が如何思うかは分からんが俺はこの太刀の武骨さが気に入った。これからも戦場で役に立つ太刀を造れ。もうじき戦は無くなるが戦に備えるのが武士だ。この太刀はそのための太刀になるだろう」

「その御言葉、確と胸に刻みまする」

二人が畏まった。

「源三郎、二人に部屋を用意せよ」

「はっ、直ちに」

「左馬助、上野介。俺は後二、三日は此処にいる。京見物でもして楽しむのだな」

「はっ」

二人が頭を下げ源三郎に従って部屋を出て行った。

禎兆七年（一五八七年）七月上旬　山城国久世郡槇島村　槇島城　朽木基綱

いやあ、同田貫だわ。時代劇ではもっとも人を斬っている太刀の一つだろう。ベストスリーに入るだろうな。最初は九州の刀鍛冶と言われたから分からなかったが同田貫の住人と言われて分かった。九州からわざわざ出て来るとは意外だったがそういうちょっと異様な部分が無いと職人っていうのは大成しないのかもしれない。しかし国勝と信賀と言ったな。正国じゃないんだ。ちょっと残念だ。

「見てみるか?」

声を掛けると三郎右衛門と万千代が〝はい〟と答えた。もっとも三郎右衛門は平静な声だが万千代は弾んでいる。兄弟でも随分と違うものだ。三郎右衛門が近寄り太刀を受け取った。訝しげな表情をしている。重いのだろう。後ろに下がると懐紙を口に挟み静かに太刀を抜いた。ちょっとぎこちないな。三郎右衛門の脇で万千代が興味深そうに見ている。

二人で息を凝らして見ている。感動や驚きは感じられない。美しい刀ではないのだ。やがて太刀を鞘に納めると俺に返そうとしたから重蔵と兵庫頭に渡す様にと命じた。重蔵が三郎右衛門から受け取って太刀を抜いた。流石に所作がスムーズだ。太刀をじっと見ている。視線が厳しい。やがて鞘に納めると兵庫頭に渡そうとしたが兵庫頭は首を横に振った。既に見ているのかもしれない。重蔵が太刀を俺に差し出した。受け取る、やはり重い。

「如何思った、三郎右衛門、万千代」

「重いと感じました」

「良く分かりません」

重いと言ったのは三郎右衛門、分からないと言ったのは万千代だ。まあそんなものだろうな。

「重蔵は如何だ、兵庫頭は如何見た」

「この太刀を持った者とは戦いたく有りませせぬ」

「やはりそうか」

「はい、下手な受け方をすると太刀を折られかねませせぬ」

そうだな、それが同田貫だ。流石重蔵だな。三郎右衛門と万千代が感心している。

「兵庫頭は如何思うか？」

兵庫頭が〝はっ〟と畏まった。

「扱いが難しゅうございます。膂力《りょりょく》が無ければ己の足を傷つけましょう」

「そうだな。重いだけに太刀を振り回すというより太刀に振り回されるだろう。非力な者には扱えぬ太刀だ」

重蔵、兵庫頭が頷いた。倅共はまた感心した様な表情だ。ちょっと物足りんが歳を考えればそんなものかもしれない。

太刀は重いのだ。時代劇では軽々と振り回すが簡単な事じゃない。振り回す力はもちろん必要だが大事なのは止める力だ。それが無いと兵庫頭が言ったように自分の足を傷つける事になる。特に同田貫は重い、それだけに勢いが付き易い、そういう意味でも扱いは難しい太刀だろう。

戦国時代は厚みの有る太刀が必要とされた。日常的に戦で鎧を着けた武者を斬る必要が有ったからだ。だが江戸時代に入ると厚みの無い軽い太刀が喜ばれるようになる。太平の世になり刀が人を斬る道具ではなく装飾品になったからだ。これからは同田貫は徐々に避けられるようになるだろう。だからこそ大事にする必要が有る。廃《すた》れさせてはならない。

「さて、その方らを呼んだのは太刀を見せるためではない。もう直ぐ琉球の使節が京に来る。帝に謁見した後は国内を見物したがる筈だ。言っておくが遊びではないぞ、彼らは日本という国を知りたがっているのだ。日本との関係を如何すべきかを決めるためにな」

三郎右衛門、万千代が〝はい〟と言って頷いた。

「その方らもそれに同道せよ。彼らが何を知りたがるか、何故それを知りたがるかを確認するのだ。そうすれば外から日本が如何見えるかが少しは分かる筈だ。使節は十一月には琉球に帰る。十月まで彼らに同行せよ。曽衣が使節団をもてなす。その方らの事は曽衣に話しておく。京での滞在はこの城を使うと良い」

「はい」

「下がって良いぞ」

二人が〝はい〟と返事をして下がった。さて、もう一つ仕事をしなければならん。

「弥三郎」

声を上げると〝これに〟と返事が有って城井弥三郎朝房が姿を現した。中々逞しい身体つきをしている。

「西笑《さいしょう》承兌《じょうたい》、景轍《けいてつ》玄蘇《げんそ》を呼べ」

「はっ」

畏まるとさっと動いた。動きも機敏だ。武者働きは期待出来そうだ。

ややあって二人の坊主が姿を現した。西笑承兌という四十代の坊主と景轍玄蘇という五十代の坊主だ。二人とも臨済宗の坊主だが臨済宗というのは幾つかの派が有る。同じ派には属していないらしい。二人とも居心地が悪そうだ。特に景轍玄蘇は。まあ仕方がない、この坊主は犯罪者なのだ。現代なら檻の中だろう。

「良く来てくれたな」

出来るだけ優しく声を掛けると二人が〝はっ〟と畏まった。重蔵、兵庫頭、ニヤニヤするな。二人が怯えるだろう。

「今日来てもらったのは二人に俺の仕事を手伝ってもらいたいからだ」

二人が顔を見合わせた。

「仕事でございますか」

西笑承兌が訝しげな声を出した。坊主に厳しい俺が仕事を頼む？　そんな響きが有る。

「二人の学識と経験を俺の仕事に役立てたいと考えている。ただ働きはさせぬぞ、禄を与える。二千石だ。但し、臨済宗の坊主として召し抱えるのではない。そこは間違えないでもらいたい。つまり臨済宗の発展のために俺を、朽木家を利用する事は許さぬという事だ」

「……」

「たとえ仕事を断ってもその方らや臨済宗に意趣返しをする事は無いから心配しなくて良い。如何かな？」

「……御話の趣は分かりますが、その仕事と申されますのは……」

今度は景轍玄蘇だった。意外としわがれた声だな。坊主って経を読むからもっと声は通るのかと思ったが……。

「朝鮮との交易、国交だ」

景轍玄蘇の顔が強張った。実はこの男、対馬の宗氏とこだわりの有る男で宗氏のために朝鮮外交に関わっていたという経歴を持つ。つまり偽使、偽書の関与者なのだ。現代なら公文書偽造、身分詐称とかで捕まっている筈だ。宗氏を内陸に移した事でお役御免になった筈だが他の連中に使われるのも面白くない。という事で京に呼び出した。他人に利用されるのが嫌なら俺が利用するしかない。それに朝鮮の事に詳しいのだ。利用価値は十分に有る。

もう一人の西笑承兌だがこいつは史実では秀吉のブレーンとして活躍している。秀吉の朝鮮出兵において明が秀吉に寄越した国書を読み上げた人物だ。小西行長が内容を誤魔化す様にと頼んだらしいが国書の内容を正確に伝えた事で秀吉が激怒、講和交渉はぶっ飛んだ。適当に言っておけば良いものをと前の世界では思ったが今の俺は正直な男が欲しい。何と言ってももう一人の坊主は犯罪者なのだ。融通が利かないくらいで丁度良い。

「これまでは牙符の制度が有った。足利氏が創った制度だ。だが足利氏は滅び牙符の制度を管理する者は居なくなった。宗氏が運用していたがそれも取り上げた。つまり日本という国と朝鮮という国の間では交渉が出来なくなったわけだ。それに伴う交易もな」

二人の坊主が頷いた。牙符というのは国の使節である事を証明する物だ。それが無い以上国交は成り立たない。それに付随する交易もだ。残るのは民間による交易だけだ。

「もっとも俺は朝鮮との交易が不要だとは思っていない。国を豊かにするには交易は大事だ。国交もな」

重蔵と兵庫頭が可笑しそうな表情をしている。俺の事を交易大好き人間と思っているのだろう。その通りだ、俺は交易が大好きだ。八門だって商売が大好きだろう。

「俺の手で朝鮮と日本との国交を樹立したい。それを手伝って欲しいのだ。如何かな？」

二人の坊主が顔を見合わせた。

「畏れながらお訊ね致します。日本国王の称号は使いますので？」

景轍玄蘇が訊ねてきた。こちらを窺う様な表情をしている。

「使わぬ。俺は明の家臣ではない」

また二人が顔を見合わせた。

「難しゅうございますぞ。朝鮮は儒教を重んじます。朝鮮から見れば日本は夷でしかございませぬ。明が認めた日本国王なら交渉相手と認められましょうがそれを使わぬとなると……」

「左様、景轍玄蘇殿の申される通りにございます。幸い相国様は源氏の出、源の姓を使えましょう。源氏の本家である足利家が途絶え傍流の朽木家が……」

「無礼者！」

怒鳴ったのは重蔵だった。〝傍流とは如何いう事か！〟と詰め寄っている。二人の坊主はアワアワしている。可笑しくなって声を上げて笑ってしまった。

「そう怒るな、重蔵」

「ですが」

「まあ同じ源氏でも俺は宇多《うだ》源氏だ、清和源氏ではない。しかし血は繋がっているのだから傍流と言えなくもなかろう」

「……」

重蔵は不満そうだ。兵庫頭は可笑しそうにしている。普段冷静な重蔵が興奮しているのが可笑しいのだろう。

「さて、話を戻そう。日本国王の称号は使わぬ。足利が世を混乱させたのでそれを滅ぼし世を安定させた。それが俺の、朽木家の立場だ」

二人が厳しい表情をしている。交渉は難しいと考えているのだろう。

「朝鮮の立場から見れば俺は謀反人だろうな。足利が世を混乱させたというのも己を正当化する言い訳と見るに違いない。儒教を重んじる朝鮮にとっては一番忌諱《きき》したい相手だ」

二人が頷いた。朝鮮だけじゃない、明も俺を忌諱するだろう。

「しかしだ、一国の実力者を無視するのが得にならぬ事も分かっているだろう」

二人が曖昧に頷いた。実は俺も自信は無い。

「倭寇により海が荒れる前に俺を認め新たな制度を創った方が得だ。その辺りから攻めて行くしかないと考えている」

また二人が曖昧に頷いた。

「それにな、明は長くないぞ」

西笑承兌、景轍玄蘇が目を瞠った。信じられないものを見たように俺を見ている。思わず笑った。

〝ふふふ〟と笑うと今度は目を背けた。

「その方達も明の皇帝が馬鹿な事は知っているだろう。それも如何しようもない馬鹿で悪政を布いている事を」

「それは存じております」

「しかし滅ぶとは……」

二人が顔を見合わせながら答えた。銀の事を話した。銀が明から日本へと流れていると。話していくうちに二人の顔が強張っていく。

「銀が明から日本に流れている。つまり徐々に明は貧しくなっているのだ。だが皇帝は気付くまい。いや、何の関心もないだろう。民から税を搾り取り遊び耽るだろうな。悪い事に明の皇帝は若い。悪政はこれからも続く。明は滅ぶ。日本国王の称号に意味の無い時代が来る」

「……」

「如何かな？　手伝ってくれるか？　簡単な仕事ではない、時が掛かる事も分かっている。だがやらねばならん事でも有る。如何だ？」

「お手伝い致しまする」

直ぐ答えたのは西笑承兌だった。景轍玄蘇はむっつりとしている。

「協力は無理か？　景轍玄蘇」

俺の問いに景轍玄蘇が首を横に振った。

「いえ、愚僧もお手伝い致しまする。但し、条件がございまする」

「申してみよ」

「柳川権之助調信、柚谷半九郎康広の両名も加えて頂とうございまする」

「なるほど……」

柳川と柚谷か。二人とも宗氏の家臣で龍造寺に接触した経歴を持つ。煮ても焼いても食えない男達だろう。

「それは宗家も加えろという事か？」

〝いえ〟と言ってまた景轍玄蘇が首を横に振った。

「両名とも宗家から追放されております る」

転封の責任を取らされたか……。俺としては宗氏を朝鮮に関わらせないために行ったのだが宗氏としては二人が勝手な事をしたから領地替えになったと判断したわけだ。いや、そういう事にする事で責任を押し付けたか……。

「良いだろう、今二人は何処に居る」

「博多にございまする」

「俺が使者を出す。その方、二人に文を書け」

「はっ」

「俺に仕えるなら四千石出す。あくまで協力するだけなら二千石だ」

「はっ」

朝鮮半島情勢に詳しい人間だ。召し抱える価値は有る。それにしても博多か。朝鮮との交渉に絡んできそうだな、注意しなければならん……。まあ佐吉を送ってある。大丈夫とは思うが後で文で油断するなと念押しだな。

対等という名の従属

禎兆七年（一五八七年）　七月下旬　　近江国蒲生郡八幡町　　八幡城　　朽木基綱

「漸く出て来てくれたな、弾正」

「はっ」

老人が畏まった。松永弾正久秀、史実では戦国の極悪人だがこの世界では弟の内藤備前守と共に河内三好家の忠臣で誠忠無比の名臣と評判が高い人物だ。今年で八十歳だと聞いた。頭は真っ白だがまだまだ矍鑠《かくしゃく》としている。

「何処まで御役に立てるかは分かりませぬが精一杯務めさせていただきまする」

「頼む、弾正の見識と経験を俺のために役立ててくれ」

「はっ。平井殿、黒野殿、これからは同役となり申す、良しなに願いたい」

弾正の言葉に舅殿と重蔵が〝こちらこそ〟、〝良しなに願いまする〟と答えている。曽衣は琉球の使節の担当のため此処には居ない。謁見は上首尾に終わった。使節は半分に分かれ堺と敦賀に行っている。宮内少輔はその手伝いだ。曽衣が一人では手が回らないと応援を求めてきた。まあ息子も預けたからな。神経を使うだろう。

「孫六郎殿は如何かな？　初陣を済ませて少しは変わったかな？」

弾正が顔を綻ばせた。だいぶ孫六郎が可愛いらしい。

「相国様の戦振りに随分と感銘を受けておりました。ただ自ら戦う事が出来なかったのが残念だと」

「我が家の息子も似た様な事を言っていた、困ったものだ」

皆で笑った。

「年が明ければ関東へ出兵だと聞きましたが？」

「そのつもりだ。その時は孫六郎殿も戦う事が有るかもしれぬ」

弾正が頷いた。複雑そうな表情だ。武将である以上戦は避けられない、そうは思っても心配なのだろう。同感だ、戦なんて経験しない方が良い。そう思うんだが……。

「佐渡の問題も有るがな」

「佐渡？」

弾正が訝しげな表情をした。

「蝦夷地との交易の中継点として佐渡を得たいと思っている。だが佐渡は上杉の影響が強いのでな、今交渉しているところだ」

「なるほど」

弾正が頷いている。本当は金が狙いだが現状ではそれは口に出せん。

上杉との間では佐渡の三郡の内、羽茂郡、加茂郡を上杉が領し雑太郡《さわた》を朽木が領するという形で交渉している。位置的に見て雑太郡が畿内よりだという事も有るが羽茂郡は上杉よりの勢力なのだ。

そして雑太郡は反上杉だ。特に問題は無いと思う。上杉は今、羽茂郡羽茂城主である羽茂対馬守高貞にこれまでの様な友好勢力では無く上杉の家臣になる様にと交渉しているらしい。上手く行けば羽茂郡は殆ど犠牲無しで上杉領になるだろう。失敗すれば戦だ。朽木家への回答はそれが決まってからだな。

重蔵、舅殿が弾正と話している。それによれば孫六郎は九州から帰るなり百合にとっちめられたらしい。理由は文だった。出征前に百合は孫六郎に文を書いてくれと約束させたようだ。だが一度も文は来なかった。それで怒りが爆発したらしい。〝何故文をくれないのか〟、〝自分が心配したとは思わないのか〟……。

非は孫六郎に有るのは明らかだ。孫六郎は弾正と備前守に助けを求めた様だがナントカは犬も食わないという格言も有る。二人はそそくさと逃げた様だ。正しい選択だろう、舅殿も重蔵も笑いながら頷いている。孫六郎も一つ賢くなっただろう。女を怒らせると厄介な事になるのだ。得難い教訓を得たと思う事だ。……尻に敷かれるかもしれんが慣れれば問題は無いさ。後で百合に亭主殿を大事にしろと文を書いておこう。

禎兆七年（一五八七年）　八月上旬　近江国蒲生郡八幡町　八幡城　伊勢貞良

飛鳥井曽衣殿と共に大殿への目通りを願うと大殿の自室へと案内された。部屋には大殿の他に相談役の黒野重蔵殿、平井加賀守殿、松永弾正殿、評定衆の林佐渡守殿、殖産奉行宮川又兵衛殿、公

事奉行守山弥兵衛殿、御倉奉行荒川平九郎殿が居た。

「曽衣と兵庫頭が揃って来たと聞いたのでな、事は朝廷か琉球の使者の事であろう。俺一人で聞くよりも重臣《おとな》も入れた方が良いだろうと判断した。それで、何が有った？」

曽衣殿が〝はっ〟と畏まった。

「琉球の使者が琉球と日本で正式に国交を結びたいと申しております」

〝なんと〟、〝真に？〟と声が上がった。皆驚いている。そうだろう、自分も聞いた時には何処かで信じられない思いが有った。

「国交というのは如何いう形だ？」

「同盟を結びたいと」

大殿が〝ふむ〟と鼻を鳴らした。

「それは琉球が他国に攻められた時は日本が琉球に加勢し日本が他国に攻められた時は琉球が日本に加勢する。対等の関係での同盟、そういう事か？」

曽衣殿が〝いえ、そうでは有りませぬ〟と首を横に振った。

「琉球を日本に守って欲しいと申しております」

「つまり事実上の従属、だが外見は対等という形にしたい。そういう事か？」

「はっ」

皆が不満そうな表情だ。虫が良過ぎる、そう思っているのだろう。

「身勝手と御思いかもしれませぬ。しかし琉球には明に従属しているという事情がございます。

琉球《かれら》としては日本に従属しているという事実を明に知られたくないと考えているようで」

「なるほどな、当てにはならんが明を怒らせたくはないか」

「はい、そのように申しておりまする」

大殿が頷かれている。

「気持ちは分かる。だがそれでは日本が一方的に負担を負う事になる。外見は対等、内実は従属というなら何を以って従属の実と為すのだ？」

皆が曽衣殿に視線を向けた。

「人質を出すと申しております。但し、表向きは見聞を広めるためとなります」

皆が顔を見合わせた。大殿も眉を寄せている。一国の王が人質を出す、驚いているのだろう。

「それは真の話かな、曽衣殿。使節が勝手に言っているという事は無いか」

弾正殿の問い掛けに曽衣殿が首を横に振った。

「使節団の主だった者五名、某と宮内少輔殿で話しました。使節は親書も持参しておりまする」

「条件が合えば親書を出すという事か？」

「はっ」

曽衣殿が畏まった。皆が驚いている。正直最初に聞いた時は私も驚いた。琉球がそこまで踏み込んでくるとは思わなかった……。

「随分と急だが理由は何だ？」

「昨年の謁見と九州遠征でございます」

「……」

「大殿は使節を手厚くもてなす一方で九州遠征を行い武威を示されました。昨年参った琉球の使者達はその武威を見ておりますす。九州の次は琉球ではないか、これは大殿が琉球攻めを言い出す前に従属せよとの謎掛けではないかと恐れたようにございます」

大殿が一瞬唖然とされ〝脅かし過ぎたか〟と苦笑を漏らされた。

「しかしそれなら近江に来た時にその話をしても良かったのではないかな？　些か解《げ》せぬが」

公事奉行の守山弥兵衛殿が首を傾げている。

「それについては某からお答えしよう。琉球の使者達は大殿が帝を廃し自らが帝になるのではないかと疑ったのでござる」

私が答えるとざわめきが起こった。〝馬鹿な〟、〝何を考えている〟と声が上がる。大殿も顔を顰められている。

「もしそうならこの国が混乱する恐れが有る。軽々に同盟は結べぬと思った。使節団は謁見の後、その点について何度か某に確認をしてきた。そして漸く疑念を晴らした……」

「それで同盟をと申し出て来たか」

「はっ」

大殿が息を吐いた。

「悪くないな。予想外の事では有るが悪くない」

大殿の言葉に皆が頷いた。

「曽衣、その方と宮内少輔が話をした五名、槇島城に呼べ。俺が直に話す」

「はっ」

「槇島城では大評定という形を取る。相談役、評定衆、奉行衆、軍略方、兵糧方も俺に同行せよ」

皆が顔を見合わせた。

「こちらに呼んでは如何でございますか？」

殖産奉行、宮川又兵衛殿の言葉に大殿が首を横に振った。

「太閤殿下、関白殿下とも話さなければならん。場合によっては帝に拝謁を願う事も有るだろう。一度で済めばよいが二度、三度という事も有り得る。槇島城が良い。準備に掛かれ」

「はっ」

大殿が決を下すと皆が畏まった。


禎兆七年（一五八七年）　八月中旬　　山城国葛野郡　　近衛前久邸　　朽木基綱

「なんと、真か？」

「些か予想外では有りますが真にございます」

俺と太閤殿下の言葉に幾つか溜息が聞こえた。近衛前久邸の一室には八人の男が集まっている。太閤近衛前久、関白九条兼孝、左大臣一条内基、右大臣二条昭実、内大臣近衛前基、准大臣飛鳥井雅春、権大納言西園寺実益、そして俺太政大臣朽木基綱。錚々たる顔ぶれだ。その男達が溜息を吐いている。

「少々脅し過ぎたようでおじゃるの」

「九州攻めに大軍を用いた事も有りますが馬揃えにもだいぶ驚いたようにございます。尚武の気風が有る、侮るべからずと」

太閤殿下が〝ほほほほほほ〟と声を上げて笑った。上機嫌だ。そんな太閤殿下を皆が呆れた様な表情で見ている。内大臣が〝父上、それくらいで〟と窘めた。

「ほほほほほほ、良いではおじゃらぬか。琉球が内々にとはいえ従属を求めてきたのじゃ、しかも人質まで出す。目出度い限りでおじゃろう」

今度は皆が笑みを浮かべた。まあ、目出度い限りでは有る。

「して、麿らを此処へ呼んだわけは？」

関白殿下が問い掛けてきた。良いねえ、その冷静さ、好きだわ。もっとも内心では俺の勢威が強くなり過ぎると不安に思っているのだろう。でも表には出せないよな。一度それで首になり掛けたんだから。

「使節は琉球王の親書を持参しておりました。宛名は日本国大相国殿、某です」

皆が顔を見合わせた。ピンと来ないらしい。

「やはり帝宛てには出せぬようです」

今度は太閤殿下と内府が頷いた。渋い表情だ。だが他は訝しげな表情のままだ。それを見て太閤殿下が内府に皆に説明するようにと命じた。

内府が口を開き説明を始めると皆が徐々に渋い表情になった。終わった時には先程まで有った浮かれた雰囲気は綺麗さっぱり消えていた。憂鬱になるよな。

「親書を返す事は出来ぬかな？　帝に宛てて出し直せ、形式を整えよと」

伯父の発言に何人かが頷いた。誰だってそう思うよな。それが筋だ。だが世の中は建前だけでは動かないという現実が有る。

「伯父上、それをやれば琉球は混乱しましょうな。おそらくは従属の話も消える筈です」

「……」

皆不満そうな顔をしている。

「使節と話をしたのですが琉球には二つの意見が有るようです。一つは明との関係を維持すべきという意見、もう一つは日本との関係を新たに築くべきだという意見」

皆が顔を見合わせている。

「それは分かるが相国、日本に従属すべきだという意見が勝ったのではないのか？」

訝しげに左府が問い掛けてきたから首を横に振った。

「そう簡単な話ではないようです。少し長くなりますがお聞きください」

皆が頷いた。

「琉球は元々明に服属しておりました。明との交易のためです。そして南方の国々とも交易する事で繁栄してきた。明への服属は交易という利のためと言えます」

また皆が頷いた。

「近年南蛮船が現れた事で南方の産物を南蛮船が運ぶ様になりました。琉球は利を南蛮船に奪われるようになった。そんな時に現れたのが朽木です。朽木との交易によって南方の産物と蝦夷地の産物を交換出来るようになった。新たな利が生まれたのです。朽木は日本統一も間近、武力も有るとなれば無視は出来ませぬ」

三度皆が頷いた。此処までは良いんだ、問題はこの後だ。

「琉球は交易で成り立つ国です。明との利も日本との利も失う事は出来ませぬ。明への従属を維持すべきだという者も日本との関係を断つべきだとは考えておりませぬ。なんとか現状を維持したままで行きたいと考えている。日本との関係を新たに築くべきだと主張する者も明との関係を断てとは言わない。しかし日本が勢力を強めてきた事、明が不安定な状況に有る事で現状を維持するのは無理だ、危険だと主張したわけです。明との関係を維持すべきだと主張する者もそれを受け入れた。いや受け入れざるを得なかった。そして琉球は内々に服属すると申し入れてきた……」

溜息が幾つか聞こえた。

「つまり利を守るために両方と手を繋ぎたいというわけか、些か虫が良過ぎるの」

太閤殿下の比喩に笑い声が起きた。

「明は皇帝が暗愚な所為で些かおかしくなっております。しかし皇帝が代われば元に戻る事は十分に有り得ましょう。そういう意味でも明を怒らせるような事はしたくない。そう考えているようです」

琉球は自らが明の冊封体制から外れた証拠になるような物は出したくも無いし受け取りたくも無いのだ。史実では万暦帝は無駄に長生きした。だがこの世界でも長生きするとは限らない。早死にすれば明の屋台骨は傾かずに済むのだ。現時点で琉球が明を重視するのは間違ってはいない。

「つまり明に服属している以上、立場は朝鮮と同じか」

「そういう事になります」

「国書を帝宛てには出せぬし帝からの国書も受け取れぬ」

「はい。だから大相国なのです。わざわざ大の字を付けて敬意を払っているのだと主張している。

某に上手く取り計らってくれという事でしょう」

シンとした。太閤殿下と俺の遣り取りを聞いて皆が俯いている。容易ならぬ状況だと理解したのだろう。

「某は朝鮮との国交も結び直したいと思っています。おそらく朝鮮でも同じ問題は起こるでしょう。そして朝鮮の方が琉球よりも明に近い。明への配慮は琉球よりも大きい筈です」

〝うーん〟という唸り声が幾つか上がった。

「如何すれば良いのか……」

困り果てたように呟いたのは右大臣二条昭実だ。兄の関白殿下が顔を顰めた。頼りにならないとでも思ったのかもしれない。

「無礼を咎め武力を使うという手段もございます」

皆が咎める様な視線で俺を見た。

「琉球、朝鮮を攻めると?」

「琉球は攻め獲れましょう。朝鮮は難しいかと思います。しかし琉球を攻め獲れば警告にはなるかもしれませぬ。余り無下《むげ》にすると朝鮮も琉球のようになると」

琉球もその辺りは分かっている。だから従属したいと言ってきたのだろう。琉球は明が何処まで自分達を守るか疑問を持っているのだ。明への従属は経済活動のためだ。安全保障での効果は薄いと判断している。実際島津からも随分と圧力を受けた。

「相国の言う所は分かる。だが天下統一を前にして琉球と事を構えるのは如何でおじゃろう」

関白殿下が感心しないという口調で反対した。何人かが頷く。まあ俺も天下統一を優先するべきだとは思う。そういう意味では琉球は上手いタイミングで従属を申し入れてきたと言える。

「帝、院にお伝えしては如何？」

周囲を窺う様に発言したのは西園寺権大納言だった。こいつは帝、院に近いからな。

「そうじゃのう、我らからお伝えしなければなるまい」

太閤殿下が同意すると皆が頷いた。流石は宮中の重鎮、貫禄だな。

「相国は如何するかな？」

左府が暗に一緒に参内するかと訊ねてきた。

「某が参内しましては皆が何事か起きたかと騒ぎましょう。この問題は未だ公にすべきとは思いませぬ。帝、院にも内々にお伝えすべきかと思いまする」

〃ほほほほほほ〃と太閤殿下が笑い声を上げた。

「もう少し日頃から参内しては如何じゃ。帝も院も相国に会いたがっておじゃるぞ」

「宮中は如何も肩が凝りまして」

〝ほほほほほほ〟と太閤殿下が笑うと皆が笑った。良いんだよ、武家がデカイ顔をして宮中をのし歩いたら公家が不愉快に思うだろう。会いたいと思われるくらいで丁度良いんだ。

「困った男でおじゃるのう」

外伝XXIX

血の結束

［ちのけっそく］

あふみのうみ
みなもがゆれるとき

朽木基綱
くつきもとつな

禎兆六年（一五八六年）八月上旬　　筑前国遠賀郡《おんがぐん》若松村　　若松城　　毛利元清

「ただ今戻りました、佐の兄上。留守中、色々と御迷惑をお掛けしました」

帰還の挨拶をすると兄、小早川左衛門佐隆景が穏やかな表情で〝はははははは〟と声を上げて笑った。

「迷惑など有る筈もない。私はこの城から海を見ていただけだ」

〝いいえ、そのような〟と妻の松が首を横に振った。

「貴方様の留守中、左衛門佐様が色々と御指図をして下さったのですよ。私ではとてもとても……。それに弓の相手もして下さったのです」

「はははは」

兄がまた笑い声を上げた。

「有り難うございます、兄上」

「まあ、少しは仕事をしないとな。しかし海を見ていたというのも嘘ではない。此処は賑わっているな。楽しい景色だ」

「はい」

若松城は遠賀郡の東にあり、洞海《くきのうみ》の入口にある中ノ島に築かれた周囲を海に囲まれた城だ。いわば洞海を制する位置にある城でその重要性は言うまでもない。そして対岸には良い湊が有り多くの船が出入りしている。当然だが若松城にはそれを守る役目も有る。極めて重要な城だ。

「山鹿、芦屋を回ってみた。あちらも賑わっている」

「黒崎も賑わっております。なかなか良い領地を相国様から頂いたもので」

「そうだな。有難い事だ」

兄が笑い私が笑い妻も笑った。毛利家は筑前国で遠賀郡、宗像郡を中心に約十万石を領有している。どちらも海に面した郡だ。朽木には九州攻めの時の上陸拠点を毛利に守らせるという狙いが有るのだろう。

だが海に面しているだけに良い湊にも恵まれ繁栄している。山鹿、芦屋は若松よりも西にあり直方川が響灘《ひびきなだ》に注ぎ込む河口の両岸に有る。水運、海運、どちらにも恵まれた湊だ。そして黒崎は洞海の中に有るが此処から船を利用して山陰、山陽、或いは四国へと行く者も少なくない。交通の要衝なのだ。毛利の領地になってから関を廃した。そのため益々人の移動が多くなっているらしい。土地の者達は以前よりも賑わうようになったと喜んでいる。

「龍造寺勢はこちらには参りませぬか?」

「来ぬ。大友を痛めつける事に集中しているようだ」

「本来なら此処を攻めても良い筈ですが……」

兄が〝そうだな〟と頷いた。朽木勢が上陸する拠点を奪うのが常道だ。しかし龍造寺山城守はそれをしない。

「まあこちらを攻めても薩摩、大隅、日向からでも上陸は可能だ。上陸を防ぐのは不可能と見ているのかもしれぬ」

「となると山城守は……」

兄が〝うむ〟と頷いた。厳しい表情をしている。

「相国様を誘き寄せるために大友を攻めている。そんなところだろう。龍造寺山城守は相国様との決戦を望んでいるのだと思う」

シンとした。空気が重い。天下の半ばを収めた御方と覇を競うとは……。龍造寺山城守、まさに乱世の梟雄なのかもしれない。

「信じられませぬ。そんな事を考えるなど……。このままでは龍造寺は滅びまする。それでも戦いを望むのでしょうか？」

妻が首を横に振っている。

「そういう男も居るのだ。いや、そういう男だから一介の国人領主から大友、島津と肩を並べるほどに大きくなったのだろう」

私の言葉に兄が頷いた。

「四郎の言う通りだな。山城守だけではない、相国様も同じだろう。ただの戦上手ではない。何かが我らとは違うのだ」

同感だ。龍造寺山城守、相国様だけではない。私や兄の父、毛利元就も一介の国人から身を起こした。世の中にはごく希にそういう男が存在する。他者とは何かが違う男だ。そう考えれば山城守と相国様が戦うのは共食いのようなものなのかもしれない。この日の本に二人も同じ男は必要ないのだろう。或いは二人も存在を許すほど天下は広くはないのか。二人の間に有るものは相手の存在を認められないという憎悪なのかもしれない。

なるほど、天下人は天下に一人か……。父は相国様と戦う事無く死んだ。それで良かったのかもしれぬ。もし二人が戦う事になればどちらかが滅ぶまで戦っただろう。いや、もしかすると父はそれを望んだのだろうか？　父が山城守と同じ種類の人間なら十分に有り得る事だ。となると戦わずに死ぬ事を悔しがったかもしれない。

「ところで向こうの様子は如何だったかな？　皆元気だったかな？」

「ええ、殿も次郎兄上も変わりは有りませぬ」

兄が満足そうに頷いた。

「そうか、それで？　婚儀の事は何と？」

「はい。此度の婚儀、随分と華やかなものになるそうです。五摂家の他にも公家の方々が何人も出席すると聞きました。それと竹田宮様が」

「宮様が？　出席なされると？」

兄が驚いている。妻の松も〝まあ〟と言って手を口元にやった。

「はい。院、帝の御内意が有ったそうです。次郎兄上の話では朝廷は毛利と朽木の結び付きを上杉と比べて案じているようだとの事でした。それで今回の婚儀を盛大なものにしようとしていると」

「なるほど」

兄が二度、三度と頷いた。

「あの、それは如何いう事でございましょう？」

妻の松が訝し気な表情をしている。まあ、松には難しいか。天真爛漫で心根の優しい女だ。物事の裏を読むなど思いも付かないのだ。兄もそう思ったのだろう。私を見て苦笑している。

「上杉は朽木との間に二重に縁を結んでいる。両家の当主はそれぞれ相手の妹を娶っているのだ。そして世継ぎも生まれている。極めて血の繋がりは濃い。それに朽木と上杉は昔から親密だった。それに比べて毛利は以前は敵対していたし今回の婚儀も次男、次郎右衛門様と養女である弓姫との婚姻だ。上杉と比較すれば繋がりは弱いと見られるのは仕方がない」

私の言葉に妻が頷いている。

「それに九州征伐が終われば残りは関東と奥州だ。西を安定させなければ安心して東へ向かえぬからな」

「それで公家の皆様方、竹田宮様が参列なされるのですね？」

「そうだ。婚儀を華やかなものにする事で少しでも朽木と毛利の関係を密なるものにしたいと考えているのだ」

「分かりました」

妻が晴れやかな表情で答えると兄が笑い出した。私も笑わざるを得ない。この妻の天真爛漫な性格に何度も助けられて来た。

「他には何か有ったかな？」

「いいえ、特には有りませぬ」

〝そうか〟と兄が言った。こちらを訝しむような目で見ている。妙玖様の血の事は言っても詮無い事だ。それに佐の兄も妙玖様の子、聞くのは辛かろう。次郎の兄も話し辛そうであった。

「婚儀まで間が無い。手抜かりの無いようにな」

「はい、有り難うございます。留守中、色々と有り難うございました」

改めて礼を言ってから妻と共に兄の前を下がった。妻と共に自室に戻るとそこには娘の弓が待っていた。

「お帰りなさいませ」

「うむ、元気だったか？　母上を困らせたりはしていなかっただろうな？」

「はい、しておりませぬ」

ニコニコしながら答える顔が妻に似ていると思った。次郎の兄に冷やかされた事を思い出す。この娘を手放せば寂しくなるだろう。

「月が変われば出立だ」

「京へ行くのでございますね」

「うむ。まあその前に御本家に行かねばならぬ。殿や南の方様に御挨拶をしなければ。そなたは毛利本家の娘として嫁ぐのだからな」

妻の表情に陰りが生じた。やれやれよ、例の噂を気にしているのだろう。

「父上、相国様は恐ろしい御方なのですか？」

意表を突かれた。娘は不安そうな表情をしている。

「何故そんな事を？」

「皆が言っております。寺を焼いたりお坊様を殺したりする恐ろしい御方だと。毛利家も沢山領地を取られてしまったと聞きました」

「……」

「次郎右衛門様も恐ろしい御方なのかしら？　頂いた文からはお優しい方のように思えたのだけれど……」

娘が不安そうに呟き妻が困ったような表情をして私を見ている。何度か娘に問われたのかもしれない。

「そのような事は無い。次郎右衛門様は明朗快活な御方だと評判だ。それに中々の美男子だと聞いている」

「相国様は？」

不安そうな表情は未だ消えない。むしろ強くなった。

「案ずるな。相国様は無闇に非道な事をなさる御方ではない、そのような御方では天下を治める事は出来ぬし朝廷の御信任も得られぬ」

「……」

娘は納得しかねるような表情をしている。

まあ色々と悪い噂は有るからな。しかし相国様を非道と誹れるかと問われれば天下を統一するには已むを得ない部分も有ると弁護せざるを得ない。あの方が躊躇えば天下は未だ群雄割拠の状況が続いていただろう。この城から湊の賑わいを楽しむ事など出来なかったに違いない。

「毛利が領地を取られたのは戦で負けたからだ。それ自体は珍しい事ではない。それに今は朽木家に服属して領地を頂いている。毛利は相国様から決して酷い扱いは受けていない。真だぞ」

毛利が酷い扱いを受けていないのは事実だ。手強く戦ったのだ。降伏の条件も厳しかった。警戒されてもおかしくは無いのだがむしろ気に入られたのではないかと思う時も有る。それほどに毛利と朽木の関係は良好だ。

「今年の正月に畿内では大地震が有った」

「はい」

「京の都でも多くの家や建物が壊れたそうだ。あれから半年が過ぎたが京では驚くほど復興が進んでいるらしい。それは相国様のお力によるものだ。朝廷もその事を大変喜んでいると聞いている」

「そうなのですか？」

「知らなかったか」

妻が訝しげに訊ねてきた。

「はい。相国様はあの地震で手と足に酷い怪我をされたと聞きましたから……。身動きもままならぬほどだと」

「御本人は動けなくても指示は出せよう。相国様は決して非道な御方ではない。勿論厳しいところが無いとは言わぬがむしろ頼り甲斐の有る御方だと私は思う。そのように怖れる事は無い」

もう一度〝案ずるな〟と言うと娘は漸く頷いた。

「さあ、自分の部屋に戻りなさい。次郎右衛門様に返事の文は書いたのかな？」

「いえ、未だ書いておりませぬ」

「ならば早く書く事だ。文を頂いたのに返事をせぬのは失礼だからな」

「はい」

次郎右衛門様からは弓へ度々文が来る。朽木側はこの婚儀に対して悪い感情は持っていないらしい。弓が養女で有る事にも不満は無いのだろう。朽木側には不安要素は無い。問題は毛利側だ。

「文の最後には京でお会い出来る事を楽しみにしていると書くのだぞ」

「はい」

「松、そなたは残れ。話が有る」

腰を浮かせ掛けた妻が座り直すと娘が一礼して部屋を出て行った。妻と二人だけになった。

「何でございましょう？」

「宍戸の姉上の事、南の方の事だ」

妻の表情が陰った。余程に気にしていたと見える。

「此度の婚儀に不満をお持ちだと聞いております。次郎右衛門様との婚儀は弓ではなく妙玖様の血を引く娘にすべきだと言っておられると」

「……」

「まして婚儀が華やかなものになると分かれば……。大丈夫でしょうか？」

縋るような眼差しで私を見た。

「次郎の兄上と話した。自分達の血を引く娘でない事に不満はお持ちだが宍戸の姉上も南の方も今回の婚儀が毛利家にとって重要だという事は理解している。それに次郎右衛門様に似合いの年頃の娘といえば弓しか居ないのも事実。案ずるな」

「古満姫様は？　お二方が推しておられると聞きました」

「古満は弓よりも年が下だ。それに相国様は妙玖様の血にこだわってはいない。日頼様の血を引く娘を殿の養女にすれば良いと言っている。次郎の兄上は古満を出せば朽木は何故年下で女系の娘を出すのかと訝しむだろうと言っていた」

それでなくとも朝廷は毛利と朽木の繋がりは上杉と朽木との繋がりに比べれば弱いとみているのだ。古満を出す事は出来ない。

「大丈夫でしょうか？」

不安そうな表情だ。

「兄上は古満には別な役目が有ると言っていた」

「それは？」

「分からぬ。詳しい話は無かったからな。だが宍戸の姉上や南の方を納得させるだけのものではあるのだろう。だから案ずるな」

松が息を吐いた。

「婚儀が終わればあの子は殿様と南の方様の下で過ごす事になります。此処で育てる事は叶いませぬか？」

縋るような視線を向けてきた。胸が痛む。だが……。

「それは出来ぬ。弓は毛利本家の娘になるのだ。殿様と南の方の下で過ごすのが道理だ」

「でもあの子が辛い思いをするのではないかと思うと」

言い募ろうとする妻を〝まあ待て〟と言って抑えた。

「そなたの気持ちは分からぬでも無い。だが此処で育てると言えば殿と南の方は不快に思うだろう。それは弓のためにならぬ。毛利のためにもだ」

「……」

不安が無いわけではない。妙玖様の血の事も有るが殿と南の方の不仲も不安だ。殿には南の方を抑える事は出来ぬ。それが如何影響するか……。

「案ずるな。次郎の兄上には良く頼んでおく。佐の兄上にもな。それに恵瓊にも頼んでおこう」

「……」

「皆、この婚儀の重要性を理解して推し進めているのだ。弓の事を気遣ってくれる筈だ」

松が大きく息を吐いた。

「あの子が不憫でなりませぬ」

〝馬鹿な事を〟と言ったが声に力が無かった。妻も分かったのだろう。恨めしそうな表情で私を見ている。

「……いずれは嫁ぐ事になるのだ。次郎右衛門様なら願ってもない良縁ではないか」

「そうでしょうか？　毛利の娘として嫁ぐのです。重い荷を背負わせるのではないかと心配です。普通に、家中のどなたかに嫁いだ方が幸せなのではないかと思うと……」

「そなたは古満が選ばれた方が良かったと思うのか」

「……」

俯いている。返事は無いがそう思っているのだと分かった。

「言っても詮無い事だ。朽木家には弓が嫁ぐと報せてあるのだ。今更替える事は出来ぬ」

「……」

「それより弓の許へ行ってくれ。次郎右衛門様にどのような文を書いたか確かめて欲しい。非礼が有ってはならぬからな」

「はい」

松が俯きながら立って部屋を出て行った。

不満なのだろう。元はと言えば殿と南の方の間に子が無い事が原因なのだ。二人の間に子が有れば何の問題も無かった。年頃の娘を次郎右衛門様に娶《めあわ》せて終わりだった。だが子が無い所為で弓が選ばれた。それなのに宍戸の姉上と南の方は弓は次郎右衛門様に相応しくないと文句を言っている。

「虫けらのような分別のない子供達か……」

父が亡くなった太郎の兄、次郎の兄、佐の兄に残した書状には側室の産んだ子の事をそう書いていた。一番年上の私でさえ十歳になっていなかった。虫けら扱いされても仕方がない事では有る。そして宍戸の姉には十分に配慮するようにと書いていた。

父は側室の子を一段低く置く事で太郎の兄、次郎の兄、佐の兄、宍戸の姉が結束する事を望んだのだ。そして兄弟で争う事が無いようにと願った。殿と南の方の婚姻もそれが理由だ。毛利と宍戸をしっかりと結びつけようというものだろう。だがその所為で側室の子は一段低く見られ蔑まれる事になった。今回の件もそれが原因だ。

「松の言い分にも一理有る……」

蔑まれたのでは弓は大事にされぬのではないかという松の心配は尤もだ。一度はっきりと宍戸の姉上と南の方に舐めるなと言った方が良いかもしれぬ。父に背くつもりは無い。だが父の遺した言葉が一族内で蔑視を生んでいるとなればそれは正さなければ……。そうでなければ本当の意味で一族の結束など望めない。そして私は娘を守れぬ。

掌をギュッと握った。

「やらねばなるまい」

外伝XXX

誄《しのびごと》 子から父へ

[しのびごとこからちちへ]

[あふみのうみ
みなもがゆれるとき]

朽木基綱《くつきもとつな》

禎兆六年（一五八六年）　十月下旬　　山城国久世郡槇島村　　槇島城　　朽木基綱

文を書いていると〝大殿〟と声が掛かった。廊下に徳川次郎三郎が控えている。

「如何した、次郎三郎」

「三好孫六郎様が御目通りを願っております。御尊父、三好左京大夫様の事で教えて頂きたい事が有ると」

左京大夫の事か……。嫌な予感がした。面倒な事になりそうな気がする。だが俺は孫六郎の舅なのだ。婿殿の頼みを嫌だとは言えない。……長くなりそうだな。

「良いぞ、入ってもらえ。少し長くなるかもしれぬ。次郎三郎、茶を用意してくれぬか。その後は人払いを頼む」

「はっ」

次郎三郎が〝はっ〟と畏まってから立ち去った。入れ替わりに三好孫六郎が部屋に入って来た。表情が硬いと思った。

「お忙しいところ、お時間をとって頂き有難うございまする」

「いやいや、構わぬ。明後日の準備は出来たのかな？」

問い掛けると〝はい〟と孫六郎が答えた。明後日の馬揃えには孫六郎も出る。それで昨日からこの城に泊まっている。

「今、お茶が来る。話はその後にしよう」

「はい、お気遣い有り難うございまする」

十三歳だけどしっかりしていると思った。十年後には二十三歳、大樹の良い相談相手になるだろう。次郎三郎が入って来た。大振りの茶碗を俺の前に、そして孫六郎の前に置く。茶碗には茶がなみなみと入っていた。長くなると聞いて大きめの茶碗に茶を用意したらしい。うん、次郎三郎は能吏になりそうな感じだな。父親の家康とも伯父の信長とも違うタイプの男になりそうだ。立ち去る次郎三郎の背中は結構逞しい。少し可笑しかった。

「左京大夫殿の事で俺に訊きたい事が有るそうだな」

「はい」

「それは？」

孫六郎が少し躊躇う様な素振りを見せた。如何やら嫌な予感は当たったらしい。

「父は何故足利義輝公を弑《ころ》したのでしょうか？」

「……」

「主殺しと非難されるのを分からなかったとも思えませぬ。実際、父の死は義輝公を弑した事への天罰だという声も有ると聞きました。それなのに何故……」

「……弾正、備前守は何と？」

問うと孫六郎が力無く首を横に振った。

「教えてくれませぬ。何度か問いましたが二人が哀しそうな顔をするので問えなくなりました。周囲の者も二人に遠慮して教えてくれぬのです」

まあ言い辛いだろうな、貴方様の御父君は嵌められて主殺しをしましたとは。それに本来なら義輝は死なずに済んだのだ。左京大夫にとって永禄の変は不本意の上に不本意が重なる出来事だっただろう。弾正も備前守もそれを知っている。だから言えなかった。しかしなあ、孫六郎にとっては知らないでは済まされない問題だ。だが気軽に誰彼に問える問題でもない。ずっと一人で胸に抱えてきたのだろう。

「なるほどな。それで俺のところに来たか……」

「はい」

孫六郎は思い詰めた表情をしている。答えねばならんだろうな、はぐらかせば孫六郎は人間不信になりかねない……。一口茶を飲んだ。

「辛い思いをしたな。分かった、俺の知っている事を教えよう」

「有り難うございまする！」

声が弾んでいる。もしかすると断られると思ったのかもしれない。

「だが忠告しておく。俺の知っている事が全て正しいとは限らぬ。それに俺の知らぬ事も少なからず有るだろう。だから鵜呑みにはするな。あくまでこういう見方が有ると思ってくれ」

「はい」

「先ず茶を飲んでは如何かな？　喉が渇いているのではないか？」

「はい」

孫六郎が顔を赤らめて茶を一口飲んだ。可愛いわ。

「左京大夫殿の事を話すとなれば三好家と細川家、三好家と足利家の因縁について知っておく必要が有る。婿殿は知っているかな？」

「はい、私の曾祖父が裏切りによって殺された事は知っております。祖父はその恨みを晴らし天下に覇を唱えました」

うん、如何やら足利義晴、細川晴元、三好長慶の因縁については知っているらしい。三好一族が恨みを晴らして天下を取った物語だからな。話し易いのだろう。

「足利将軍家というのは権威は有ったが実際の力である兵力は無かった。兵力を持つ大名達がその権威に従えば大名達の兵力は将軍家の兵力になった。だが応仁・文明の乱以降、足利将軍家の権威は低下し続けた。義輝公の頃にはその権威に従う者は数えられるほどに少なくなっていた。そして実際に義輝公のために兵を挙げて三好修理大夫殿と戦おうとする者は居なくなっていた。その結果、義輝公は朽木で五年もの間逼塞した」

孫六郎が頷いた。

「相国様が銭を使って義輝公を京に戻した事は私も知っております」

「本当なら義輝公はその現実をもっと重く受け止めるべきだった。自分のために兵を挙げる者は居ないという現実をな。そして畿内を事実上支配していた三好氏と協力して幕府の、将軍の権威を立て直すべきだった。だが義輝公はそれをしなかった」

「何故でしょう？　京から追われた事が許せなかったのでしょうか？」

孫六郎が小首を傾げている。この若者は素直に育ったのだと思った。人の悪意というものが分からぬらしい。或いは未だ子供なのか……。

「勿論それも有るだろう。だが俺はもう一つ有ると思う。三好氏は下剋上、世の秩序を覆す者と忌み嫌われたのだ」

「……」

「三好氏は元は細川氏の家臣だった。将軍家から見れば陪臣だったのだ。その陪臣が細川氏を追い落として直臣になり畿内を制した。そして将軍家を圧迫した。義輝公も幕臣達も、そして六角、畠山の有力守護大名も修理大夫殿を成り上がり、増長者と憎み蔑んだ。蔑むとは認めぬという事でも有る。とても協力など出来まい」

俺の言葉に孫六郎が唇を噛み締めた。代々の三好家の人間が味わった屈辱を孫六郎も感じているのだろう。

「俺も同じ扱いを受けた」

孫六郎がハッとしたように俺を見ている。同じなのだ。義輝は三好修理大夫を、義昭は俺を抑え付けようとした。この乱世で停滞など許されない。だから俺も修理大夫も足利と手を取り合って進む事は出来ないと判断せざるを得なかった。

「朽木家は陪臣ではなかった。将軍家の直臣だったが八千国の小領主だった。勢力を伸ばすにつれて成り上がり、増長者と憎まれ蔑まれた」

「相国様」

孫六郎が縋るような視線で俺を見ていた。そうか、孫六郎が生まれたのは修理大夫が死んだ後だったな。もしかすると孫六郎は俺に修理大夫を重ねているのかもしれない。

「笑止な事だな。世を乱したのは幕府であり守護大名達だった。そして乱した世を治める事も出来なかった。だから我らが台頭したのだ。そうは思わぬか？」

「はい、思いまする」

孫六郎が力強く頷いた。そうだ、それで良い。恥じるべきは世を混乱させ治められなかった幕府であり守護大名達なのだ。能登の畠山親子を思い出した。俺の力で能登に戻りながらも俺を蔑んでいた。統治能力など皆無の親子だった。あんなのは滅んで当然だ。

「義輝公は京に戻っても各地の大名達に文を出し続けた。三好を討て、とな。修理大夫殿はそんな義輝公を相手にしなかった。所詮応じる者は居ないと思ったのかもしれぬし応じる者が居ても叩き潰すだけだと思ったのかもしれぬ。自分に自信があったのだろう。だが三好家の内部には義輝公に対して強く反発する者も居た。何の力も無い傀儡の公方、京に置いてやっているのに何を考えているのかと。そう、軽蔑は義輝公の側だけではない。三好家の側にも生じたのだ」

孫六郎が暗い顔をしている。自分が想っている以上に三好と足利の因縁は深いのだと理解したのだろう。

喉が渇いたと思った。一口、茶を飲んだ。孫六郎も茶を飲んでいる。あの当時、何度も思った事だが修理大夫が適当に義輝を脅しておけばと改めて思わざるを得ない。場合によっては反三好の幕臣を一人か二人殺しても良かった。幕臣達も義輝を煽るのは危険だと思った筈だし義輝も危険を感じて控えただろう。三好家の内部でも溜飲を下げる者が少なからず居た筈だ。適当なガス抜きになったろう。そうであれば永禄の変は起きなかったかもしれないのだ。

「相国様？」

「ああ、済まぬな。つい昔の事を考えていた」

孫六郎が困ったような顔をしている。済まぬな、お前にとっては知らなければならない事かもしれない。だが俺にとっては余り思い出したくない事でもあるのだ。……義輝にはうんざりしている。乱世を生き抜ける男ではなかった。だが……、溜息が出た。考えても仕方のない事だな。

「修理大夫殿には筑前守殿という跡取りが居た。なかなかの人物だったらしいが惜しい事に修理大夫殿より先に亡くなった。修理大夫殿には筑前守殿の他に男子は居なかった。養子を迎える事になったが選ばれたのは左京大夫殿だった。左京大夫殿は修理大夫殿の末弟、十河讃岐守殿の子だった。本来なら跡取りは三好豊前守殿、安宅摂津守殿の子から選ばれるべきところを左京大夫殿が選ばれたのは左京大夫殿の母親が九条家の出身だったからだ。知っているかな？」

俺が問うと孫六郎が〝はい〟と答えた。

「当時足利家は近衛家と密接に繋がっていたと聞いております。義輝公、義昭公兄弟の母親は近衛家の出で義輝公の正室も近衛家から出ていたと。それに対抗するために九条家の血を引く私の父が養子に選ばれたと聞きました」

「そうだ。だがその事は三好豊前守殿、安宅摂津守殿に強い反発を抱かせた。それまで一枚岩だった三好家の内部に軋轢が生じた」

もしあの時、三好豊前守の息子が養子になっていたら如何だっただろう？　阿波守長治だから碌な事にはならないだろうが父親の豊前守が健在の間は三好は割れなかったかもしれない。強大な三好は健在だったのだ。そして義輝に反発していた豊前守も弑逆《しいぎゃく》の責任が阿波守に及ぶとなれば義輝殺害には慎重になった筈だ。そう、この場合も永禄の変は起きなかっただろう。

「修理大夫殿にあと五年の寿命が有れば左京大夫殿の立場も随分と違った筈だ。欲を言えば十年、あと十年有れば盤石になったかもしれない。三好家が混乱する事は無かっただろう。だが修理大夫殿は左京大夫殿を養子に迎えると然程の間を置かずに亡くなってしまった。残されたのは立場の弱い左京大夫殿だった」

〝父上〟と孫六郎の呟く声が聞こえた。年に似合わぬ沈痛な表情をしている。父親が辛い立場にあったと理解したのだろう。実際三好家当主の座は針の莚《むしろ》だっただろうな。多くの者が〝何故あいつが〟と反感を持った筈だ。

「その状況を喜んだのが義輝公だった。漸く三好を倒せると彼方此方の大名に文を送った。俺は止めるようにと忠告したのだがな。義輝公は止めなかった。そして紀伊の畠山が兵を挙げた。義輝公は喜んだかもしれぬ。だがこの状況を利用したのは豊前守殿、摂津守殿だった」

孫六郎が固唾を呑んで俺を見ている。漸く真相に近付きつつ有る、そう思ったのだろう。

「二人は義輝公は三好に強い敵意を持っている、そんな義輝公が周囲の大名を煽り続ける以上、三好の天下は安定しないと主張した。そして左京大夫殿に三好家の当主ならば義輝公を排除すべきだと迫ったのだ。この意見には三好家中の多くの者が賛同した。義輝公が大名を煽っているのは事実だし放置すれば畠山に続く者が出ると思ったのだろう」

修理大夫の死を喜んだ義輝に対する反発も有った筈だ。修理大夫は三好家の者達にとって神にも等しい存在だった。義輝はその死を喜んだのだ。三好家の者達にとって義輝の行為は許せるものでは無かっただろう。

義輝にはその辺りの配慮が無かった。敵の勢力範囲の中に居るのだという事が、危険なのだという事が理解出来なかったのだろう。周囲が自分を如何見るかという事に鈍感だったのだ。俺もその鈍感さに何度も苛立ちを感じた事が有る。

「それで父は義輝公を討ったのでしょうか？」

「違う、それほど簡単では無い」

俺が首を横に振ると孫六郎が〝なんと〟と声を上げた。

「豊前守殿、摂津守殿は畠山討伐に向かった。左京大夫殿に義輝公の排除を押し付けてだ。左京大夫殿は義輝公を討つ事に反対だった。義輝公に対する反発が無かったとは思わぬ。だが豊前守殿、摂津守殿が自分に反発しないか不安だっただろうし立場の弱い自分が主殺しをした場合、如何なるかが不安だったと思う。しかし義輝公を排除しなければ周囲から頼り無しと思われかねなかった。そうなれば当主の座から追われかねない。左京大夫殿は追い込まれた」

「……」

「左京大夫殿は義輝公を討つ準備を始めた。それと同時に義輝公に逃げるようにと伝えた。それしか主殺しをせずに周囲を宥め自分を守る手段は無かったのだ。襲撃の件は九条家から近衛家に伝わり太閤殿下が義輝公に伝えた。勿論極秘にだ。外に漏れれば左京大夫の立場が危うい。殿下は余人を交えず一対一で義輝公に伝えたと聞く」

「……では」

「そうだ、幕臣達には報せなかった」

秘中の秘だ、当然の配慮だろう。だがこの事が仇になった。

「左京大夫殿が三好の人間を使わなかったのはそれだけ三好家中には義輝公への反感が強かったからだろうし誰を信用して良いのか分からなかったからだろう。それほどまでに左京大夫殿は孤立していた。義輝公も流石に危険だと判断し逃げる事を決めた……」

「では何故……、手違いが有ったのでしょうか？」

孫六郎が訝しんでいる。

「義輝公は逃げようとしたのだ。実際御所の外に出たと聞く。行き先は朽木だったようだ。だが幕臣達が止めた。京を捨てて逃げれば幕府の権威が、将軍の権威が落ちると言ってな。幕臣達は襲撃の件を知らなかった。そして幕府の権威、将軍の権威を信じていたのだろう。弑逆など有り得ぬと思っていたのだ。義輝公もそれを否定出来なかった。否定すれば将軍自らが幕府の権威、将軍の権威を否定する事になる。已むを得ず死ぬ事を覚悟して義輝公は御所に戻った。左京大夫殿の配慮は無駄になった」

「そんな……」

孫六郎が悲痛な声を上げた。本来なら左京大夫が主殺しの汚名を着る事は無かった。左京大夫は無念だっただろう。絶望したかもしれない。しかし……。

「現実が見えていないと幕臣達を非難するか？」

俺が問うと孫六郎が頷いた。

「父の事を思うと……」

「そうだな。だが義輝公と幕臣達は五年も朽木で逼塞した。京に戻ったのも戦って勝って戻ったのでは無く御大葬、御大典を利用してのものだった。それが無ければ朽木での逼塞は更に続いただろう。京を離れれば次に戻れるのは何時になるか、或いは二度と戻れぬのではないか。そうなれば幕府の権威、将軍の権威は更に低下してしまう。いや、幕府そのものが消滅してしまうのではないか。幕臣達にはそんな危惧が有ったのかもしれぬ」

「……」

「幕臣達は襲撃の件は知らなかった。しかし三好家に不穏な動きが有る事に気付かなかったとは思えぬ。それでも敢えて京に留まる事を主張したのはその所為だと思う。襲撃の可能性よりも二度と京に戻れないという恐怖の方が大きかったのだ」

孫六郎が大きく息を吐いた。歳に似合わぬ仕草だが不自然とは思わなかった。どうにもやるせない話だ。そういう話は人を老けさせるのだろう。

「永禄の変の後、豊前守殿、摂津守殿は平島公方家と組んで左京大夫殿を三好家から排斥した。左京大夫殿は義昭公と組んでそれに対抗した。俺は義昭公に付いた。そして上洛戦を行い義昭公を京へ戻した」

「はい」

「義昭公は左京大夫殿の働きに感謝し妹の詩殿を左京大夫に娶せる事にした。左京大夫殿は嬉しかっただろう。義昭公の義弟になるのだ。永禄の変での主殺しの罪は払拭されたと思った筈だ」

孫六郎が頷いた。

「だがな、俺は婚儀の件を知った時、嫌な予感がした」

「何故でしょう？　父の最期を予期したと？」

孫六郎が訝しむような視線を俺に向けた。

「そうではない。いや、そうかもしれぬ」

「……」

「当時、俺と義昭公の関係は控えめに言っても険悪だった。義昭公は阿波の三好氏を無力化した後は俺を無力化しようとした筈だ。俺も義昭公との決裂を覚悟した。戦となれば義昭公が頼りにしたのは左京大夫殿だろう。左京大夫殿、弾正、備前守。三人を俺にぶつけようとした筈だ。実際、俺が京の政の実権を握ると義昭公は直ぐに朽木大膳大夫を討てと密書を送り付けた。多分、左京大夫殿に詩殿を娶せたのはそこまで考えての事だと俺は思っている」

左京大夫、弾正、備前守の三人は厄介な存在だった。朽木の畿内支配が遅れたのはこの三人の所為だと言って良い。

「父は相国様に敵対したのでしょうか？」

「いや、それは無かった。敵対すれば俺に潰される事は分かっていただろうからな。だが左京大夫殿は義昭公を見捨てる事も出来なかった。義兄だからというよりも主殺しの罪を払拭してくれた恩人を見捨てる事は出来ないと思ったのだろう。家を守るか、恩人を守るか。俺と義昭公の間で苦しんでいたと思う」

孫六郎が〝父上〟と呟いた。

左京大夫には狡さが無かった。左京大夫が狡ければ義昭を捨てて俺に付いただろう。妻も離縁したかもしれない。そうであればたとえ周囲から非難されてもあんな死に方をせずに済んだ筈だ。それが出来ずに苦しんでいたとすれば個人としては信頼出来ても組織のトップとしてはお人好しで不安定だったとしか言いようが無い。だから義昭に付け込まれて死ぬ事になった。もっともそんな事は目の前で左京大夫を偲んでいる孫六郎には言えぬな。

「孫六郎殿、これは俺の想像だがな、左京大夫殿は義昭公に斬られる事を望んだのではないかと思っている」

「まさか」

孫六郎が目を瞠って驚いている。

「恩人に背く事は出来ず、戦う事も出来ず。左京大夫殿は身動きが出来なかった。全てを終わらせるためには、三好の家を足利から切り離すためには自分が斬られるしか無いと思ったのではないか。そう思うのだ」

孫六郎が項垂《うなだ》れた。有り得ないとは思えない。正室の詩は義昭を殺そうとした。殺さなければ義昭によって左京大夫は滅びると思ったからだろう。

左京大夫もそれは分かっていた筈だ。だが左京大夫は義昭を裏切れなかった。自分を主殺しの汚名から救ってくれたのは義昭なのだ。自分が生きている限り義昭は三好家に執着する。その事がいつか三好家を滅亡に追い込むと思えば左京大夫は自分が死ぬしかないと考えたとしてもおかしくはない。そして一番良い死に方は左京大夫が義昭に殺される事だった。そうなれば義昭は三好家にとって仇となるのだ。縁が切れる……。

「左京大夫殿は義輝公に斬られた事を後悔はしておるまいよ。今の孫六郎殿を見て自分の決断は間違っていなかったと喜んでいると思うぞ」

「……」

孫六郎が膝を掴んで懸命に泣くのを堪えている。

「乱世において家を保つのは決して簡単な事ではないのだ。幾つもの家が滅びた。足利将軍家も滅びた。だが三好家は生き残った。左京大夫殿が命を捨てて三好家を、孫六郎殿を守ったのだ。見事なものではないか」

「はい」

「そなたは父左京大夫殿を恥じてはならぬ。左京大夫殿は恥じねばならぬ様な生き方はしなかったのだからな」

「はい。私は父を恥じませぬ！　誇りに思って生きまする！」

孫六郎が叫ぶと嗚咽を漏らしながら泣き出した。泣くなとは言わない。泣く事でしか伝えられない思いも有るのだ。相手が死者なら、そして肉親ならな……。

コミカライズ出張版
おまけ漫画
～外伝集２巻収録SS『仕官』より～
永禄五年 六月下旬
伊勢国《いせのくに》桑名《くわな》郡《ぐん》東方村《ひがしかたむら》
月
白湯《さゆ》を用意してくれ
はい
竹中 月
…長門守殿は野良田《のらだ》の戦いで鉄砲隊を率いた方ではありませぬか？
朽木《くつき》長門守《ながとのかみ》藤綱《ふじつな》
その長門守でござる
やはり左様か…朽木の鉄砲隊のことは聞いていましたが
野良田で浅井勢を打ち破ったと聞いた時には驚きました
某《それがし》も鉄砲隊を率いてみたいと思ったものです
竹中《たけなか》半兵衛《はんべえ》重治《しげはる》(19)

某も竹中殿の御働きのことは聞いております
何度も美濃に攻め込んだ織田を追い返したと
どのような御方かと思っておりましたので主《あるじ》より使者に選ばれたときは嬉しく思いました
――織田を追い返しても
そのことを右兵衛大夫《一色龍興》は評価しなかった
主君に評価されない武勲…
それに意味があるのだろうか……
主…朽木弥五郎基綱から竹中殿への書状を預かっております

・・・・・・
これは・・・
主の直筆にござる
…なるほど…
悪筆でござろう
…まあ…達筆とは…
――竹中殿
朽木家に仕え未熟な自分を支えてほしい
織田との戦で数々の武功を上げた竹中殿の武略を朽木家で発揮してほしい――
如何《どう》でござろうか？

…それに答える前に
長門守殿にお訊ねしたい
なんでござろう
長門守殿にとって
弥五郎様はどのような主でござろう
………
某は——
先代の朽木家当主朽木宮内少輔《くないしょうゆう》晴綱《はるつな》の弟にござる

この御方なら――
そう 安心しましたな
そして 頼もしく思いました
殿は未だ 元服前 十一歳でござった
………
あの時 叔父としてではなく 家臣として仕えると 誓ったのでござる
そして某は 鉄砲隊を預けられ 一年後に野良田の戦いで 浅井勢を打ち破った
六角が勝ったのは 朽木の鉄砲隊が あったからと 言われるほどの 大勝利でござる

竹中殿も某の名を御存じだった
そのことがどれほど誇らしいことか……
…お気持ち
よくわかり申す
人ならば
自分を試したい
名を上げたい
主を持つ身ならば
主のために役に立ちたいと思うのは
当然のことだ
朽木家は浅井を滅ぼし北近江で二十万石ほどの身代になり申した

自分が
役に立っている
という自信が…
誇りがある
それを
与えてくれたのが
殿です
あの日
家臣として
仕えると誓ったことは
誤りではなかった
そう思って
おります
…よいお話を
伺いました

某も自信と誇りを与えてくれる主君がほしいと思います
仕官いたしましょう
まずは白湯を一杯飲みませぬか
どうやら湯が沸いたようにござる——

あとがき

お久しぶりです、イスラーフィールです。

この度、「淡海乃海 水面が揺れる時 ～三英傑に嫌われた不運な男、朽木基綱の逆襲～十五」を御手にとって頂き有難うございます。


西暦二〇二三年もそろそろ終わろうとしています。今年、自分は六〇歳になり家族や親戚から還暦のお祝いをして貰いました。大きな怪我も無くここまで無事に生きてきました。平凡ですけど還暦を迎える前に亡くなった知人もいます。それを考えると良く頑張ったなと思います。そして五〇を過ぎてから本も出版出来ました。有り難い事ですね。本当にそう思います。色々失敗もしましたけどトータルで考えると少しプラスかなと思っています。次は古希ですね。七〇歳になった時、自分は何をしているのか？　小説を書き続けていられれば嬉しいですね。たとえ出版出来なくても趣味として続けていられれば嬉しいです。

　今年の後半は嬉しい事が三つ有りました。一つ目は淡海乃海が『信長の野望』とコラボした事。二つ目は読売新聞の戦国十大ニュースのインタビューを受けた事。最後に淡海乃海のコミカライズの十巻が発売された事です。十巻を超えると長編だなと思います。コミカライズを担当してくださるもとむらえり先生には本当に感謝しています。

さて、第十五巻ですがこの巻は結構毛利家について書いていると思います。毛利一族の血の問題、そして当主である輝元、その正妻である南の方の葛藤についてです。有力な大名家ほど血族を重視しますし血族を重視するという事は血統について拘るという事です。ここから家格というものが生まれてくる。そして血と対極に有るのが実力なのだと思います。この辺りを毛利家の物語の中で感じ取って頂ければと思います。

そして第十五巻では竜造寺が滅びます。これで西日本では朽木に敵対する勢力が無くなるわけです。全兵力を東に向けられる条件が整いました。天下統一も間近に迫った事になります。そういう状況下で琉球が服属を申し込んでくる。日本にとっては嬉しい事なのですがちょっと厄介な問題もあります。一体如何するのか？　ここから先は第十六巻のお話になります。しばらくお待ちください。

イラストを担当して下さったのは碧風羽様です。いつも素敵なイラスト、本当に有難うございました。出張漫画を描いて下さったもとむらえり先生、有難うございます。そしてＴＯブックスの皆様、色々と御配慮有難うございました。皆様の御協力のおかげで無事に第十五巻を世に送り出す事が出来ました。心から御礼を申し上げます。

最後にこの本を手に取って読んで下さった方に心から感謝を。次は本編の第十六巻になると思います。そちらでまたお会い出来る事を楽しみにしています。

二〇二三年十一月　イスラーフィール

[著]
イスラーフィール
[絵]
碧風羽《みどりふう》
最新第十六巻
2024年発売予定!
続報は作品公式HPをチェック!　tobooks.jp/afumi/

TOブックス
コミカライズ
連載最新話が
読める!
月額400円(税込)で
全作品が読み放題!

淡海《あふみ》乃《の》海《うみ》　水面が揺れる時
～三英傑に嫌われた不運な男、朽木基綱の逆襲～十五

2023年12月1日　第1刷発行

著　者　イスラーフィール

発行者　本田武市

発行所　TOブックス
〒150-0002
東京都渋谷区渋谷三丁目1番1号　PMO渋谷Ⅱ　11階
TEL 0120-933-772（営業フリーダイヤル）
FAX 050-3156-0508

印刷·製本　中央精版印刷株式会社

ISBN978-4-86699-969-2